बहरहाल, धन्यवाद

कहानी-संग्रह

बहरहाल, धन्यवाद

अचला बंसल

अनुवाद

मृदुला गर्ग

स्मिता

प्रियदर्शन

राजकमल प्रकाशन

मूल कृति *'Thanks, Anyway'* का हिन्दी अनुवाद

ISBN : 978-81-267-3050-6

मूल्य : ₹350

पहला संस्करण : 2017

प्रकाशक : राजकमल प्रकाशन प्रा. लि.
1-बी, नेताजी सुभाष मार्ग, दरियागंज
नई दिल्ली-110 002

शाखाएँ : अशोक राजपथ, साइंस कॉलेज के सामने, पटना-800 006
पहली मंजिल, दरबारी बिल्डिंग, महात्मा गांधी मार्ग, इलाहाबाद-211 001
36 ए, शेक्सपियर सरणी, कोलकाता-700 017

वेबसाइट : www.rajkamalprakashan.com
ई-मेल : info@rajkamalprakashan.com

मुद्रक : बी.के. ऑफसेट
नवीन शाहदरा, दिल्ली-110 032

BAHARHAAL, DHANYAVAAD
Stories by Achla Bansal
Translated by Mridula Garg, Smita, Priyadarshan

अनुक्रम

तुरुप का पत्ता

आसमान में छाए काले बादल कभी भी बरस सकते थे। तभी बगीचे का जर्जर फाटक चरमराकर खुला और एक जोड़ी जूते सीढ़ियों पर चढ़ने लगे। उसे पता था, वे पहले माले पर ठहरेंगे फिर थोड़ा रुककर, दूसरे माले के फ्लैट के लिए ज़ीना चढ़ना शुरू करेंगे। गुज़रे बरसों में जूते बदलते रहे थे लेकिन उस जाने-पहचाने शौहराना अन्दाज़ में फ़र्क़ नहीं आया था।

लेकिन जब परिचित पदचाप के साथ अपरिचित जूते ऊपर चढ़ते सुने तो असमंजस में पड़ गई। वे भी पहले माले पर ठिठककर कार्तिक की परिचित पदचाप के पीछे ऊपर चढ़ने लगे। कौन हो सकता था? कोई आगंतुक? काम से लौटते हुए, कार्तिक का मेहमान साथ लाना उसे बिल्कुल पसन्द नहीं था, वह भी बिला पूर्व सूचना।

पहले पता होता तो मुसी साड़ी बदल लेती पर अब कोई उपाय नहीं था। मुचड़ी सूती साड़ी की सलवटें झटकते हुए उसने दरवाज़ा खोल दिया।

'लिपिका, देखो कौन आया है,' कहता कार्तिक कमरे में घुस आया। अनचाहे मेहमान के स्वागत में मुस्कुराने की तैयारी करते हुए, उसने नाराज़गी से कार्तिक को देखा। जब नज़र साथ आए, भौंड़े ढंग से मुस्कुराते, जाने-पहचाने कुत्सित चेहरे पर पड़ी तो उसका चेहरा ज़र्द पड़ गया।

'कैसी हो लिपिका?' बेतकल्लुफ़ी से कमरे में घुस, राहुल ने अपना काले चमड़े का बैग उसके हॉल में नए कवर चढ़े सोफ़े पर टिका दिया। जब पहली बार आया था तो बातों-बातों में सगर्व बतलाया था; वह बैग असली चमड़े का था और एक कृतज्ञ मरीज़ ने उसे उपहार में दिया था। अब बैग की बगल में सोफ़े में धँस, उसने लिपिका की तरफ़ सवालिया नज़र फेंकी।

क्या उसे कोई मलाल नहीं था, जो उसके घर धमककर ऐसे बर्ताव कर रहा था मानो कुछ हुआ ही न हो? लिपिका तमतमा उठी। कोई बात नहीं, वह उसे उसी की चाल से हराएगी। अगर राहुल खेल में माहिर था तो वह भी नौसिखिया नहीं थी... अब तो बिल्कुल नहीं। वह उससे जीतकर रहेगी। राहुल को मात देने का डौल

बिठलाना ही होगा। खेल तब तक खेलना होगा, जब तक जीत न हो जाए। छरहरी देह में हो रही कँपकँपाहट के बावजूद, उसने अवज्ञा से गर्दन ऊपर उठाई, राहुल की मिचमिची आँखों की सर्द चुनौती से बेहिचक नज़र मिलाकर मीठे स्वर में कहा, 'मैं ठीक हूँ।'

राहुल की मुस्कुराहट फैली तो उसके तीखे दाँत झलक उठे। राहुल जानता था, उसके अप्रत्याशित आगमन ने उसे परेशान कर दिया है। उसने जान–बूझकर कार्तिक को उसे ख़बर करने से रोका था। अचानक प्रकट होकर उसे धर–पकड़ना चाहता था और वही हुआ था, हालाँकि लिपिका धक्के से उबरने की भरसक कोशिश कर रही थी। लिपिका के खुशमिज़ाज जवाब के बावजूद, राहुल ने उसके फक चेहरे और आवाज़ के कम्पन को भाँप लिया था।

'मेरी दवाओं में जादू है,' उसने शेखी बघारी।

स्तब्ध लिपिका उसे देखती रह गई। 'तुम्हारी नापाक दवाओं और अधकचरे ज्ञान ने मुझ पर ज़हर का असर किया था,' विह्वल–थरथराते स्वर में उसने कहा। वह तय नहीं कर पा रही थी—वह ठीक क्या महसूस कर रही थी—बेपनाह गुस्सा, दग्ध करता अपमान या आनेवाली क़यामत का डर।

'तुम्हारी देह में ज़हर तो उन ऐलोपैथ डाक्टरों ने भर रखा था, जिनके पास तुम जाती रही थीं,' उसके उद्वेग से बेअसर राहुल ने सपाट स्वर में कहा।

'तुम मुझे मारना चाहते थे...तुमने मुझे जानबूझकर गलत दवाएँ दीं,' कैमिस्ट की बात याद करके वह तुर्श हँसी हँस दी।

'वह तुम्हें घातक मात्रा में दवा दे रहा है,' कैमिस्ट ने उससे तब कहा था, जब एक चिलचिलाती दोपहर, वह उसकी दुकान पर अकेली ग्राहक थी।

लिपिका ने तेज़ी से गिरती अपनी सेहत के बावजूद, कैमिस्ट की डाक्टर बदलने की सलाह पर, इस उम्मीद में अमल नहीं किया था कि वह, कार्तिक को उसके नीम–हकीम दोस्त की असलियत समझा पाएगी। पर उसे अपने दोस्त की शफ़ा पर पूरा भरोसा था। लिपिका राहुल के बड़प्पन में उसके अन्धविश्वास और समर्पण भाव को मिटाना चाहती थी।

कार्तिक को उसकी गम्भीर हालत का पता तब चला जब त्वचा विशेषज्ञ उसकी सूजी, पपड़ाई टाँगें देख, अकबका कर पीछे हट गया।

'यह क्या है, डाक्टर?' डरे कार्तिक ने पूछा था।

डाक्टर ने उसे हिकारत से देखा, 'बुरी तरह संक्रमण फैला हुआ है। और फैलने से रोकने के लिए...'

'गैंग्रीन तो नहीं है न?' कार्तिक ने घबराकर बात काटी।

'अभी तक तो नहीं है। आपको एक–दो दिन और रुकना चाहिए था,' उसने तंज़िया जवाब दिया।

नाराज़ कार्तिक क्लीनिक से बाहर निकल गया। पीठ पर डाक्टर की सर्द भेदिया निगाहें महसूसती, लिपिका उसके पीछे चली आई।

घर लौटते हुए गाड़ी में मनहूस चुप्पी छाई रही। क्या वह डाक्टर के सन्देह से नाराज़ था, ठगी बैठी लिपिका सोच रही थी? या इलाज जारी रखने की राहुल की सलाह के बावजूद, लिपिका के उसकी बात न मानने से खीजा हुआ था। पति के सामने डाक्टर दोस्त की विफलता साबित करने के लिए लिपिका ने कुछ ज़्यादा ही इन्तज़ार किया था, इतना कि खुद को करीब-करीब पंगु बना लिया था।

'मेरा ख़याल था वह अच्छा डाक्टर है वरना तुम्हें उसके पास कभी न ले जाता,' कार्तिक की आवाज़ की आत्म-भर्त्सना ने उसे चौंका दिया।

'वह धोखेबाज है, बड़े-बड़े दावे करता है। मुझे होम्योपैथी पर कभी भरोसा नहीं था पर उस पर था। दोस्त के नाते और डाक्टर होने के भी...' उसकी आवाज़ डूब गई।

कार्तिक की कड़वी आवाज़ लिपिका के हताश कानों में अमृत घोल रही थी। जब उसने उम्मीद का दामन छोड़ दिया, तभी कार्तिक ने हथियार डाल दिए; दोस्त की विफलता और अपने बेबुनियाद भरोसे को स्वीकार कर लिया। लिपिका ने गुपचुप निगाहों से उसे देखा; माथे पर परेशान त्योरियाँ देख, उसे चूमने की इच्छा हो आई। पर यह सोचकर रुक गई कि कहीं वह उस सहज हरकत को सुलह की कोशिश के बजाय, ग़लती मानने पर खुशी का इज़हार न समझ बैठे।

खिड़की से बाहर देखने का स्वांग करती, वह अपनी मुस्कुराहट रोक न पाई। आखिर वह अपने पति को उस कुत्सित व्यक्ति के चंगुल से बाहर निकालने में सफल हो गई। ईश्वर से होड़ लेती लाजवाब डाक्टर की उसकी छवि तोड़ दी, उसने उत्फुल्ल खुशी से सोचा। मन्द-मन्द लहराते अमलतास के सुनहले रंग ने उसका ध्यान खींचा तो उसके चटख सौंदर्य से अभिभूत, उसकी साँस रुक-सी गई। एक और पेड़ को शोखी से मुस्कुराते देख, उसने जल्दी से खिड़की का शीशा नीचे गिरा दिया। 'कितना शानदार है, नहीं?' उसने कूक कर कहा।

कार्तिक फूलों से लदे पेड़ों को बेरुख़ी से देख, बोला, 'भगवान के लिए खिड़की बन्द कर दो। पता नहीं इतनी गर्मी में तुम किसी चीज़ की तारीफ़ कैसे कर सकती हो, वह भी एक कलूटे पेड़ की।'

गर्म हवा के झोंकों पर रोक लगाते हुए लिपिका ने शीशा चढ़ा दिया। कार्तिक ने गाड़ी की स्पीड बढ़ाते हुए हवा से उलझे अपने बालों को सहेजा।

'कलूटा नहीं, पीला,' आहत लिपिका ने पलटकर कहा।

'अमलतास का रंग क्या है, अच्छी तरह जानता हूँ। गरमियों की दुपहरियों में उसके नीचे ख़ूब खेला हूँ...जब घर की घुटन-भरी चुप्पी बर्दाश्त नहीं होती थी तो कंचे खेलने निकल जाता था।'

'अकेले?' वह खोखली आवाज़ में पूछ बैठी।

'अरे नहीं, राहुल के साथ,' सहज प्रमत्त हँसी हँस, कार्तिक कहता गया, 'हमेशा मैं ही जीतता था और कंचे लूट लेता था।'

सुनसान, बल खाती सड़क पर जहाँ-तहाँ खड़े चटख पीले पेड़, अब लिपिका की आँखों में चुभने लगे और उसने धूप का चश्मा लगा लिया। रंग कुछ फीका पड़ गया मगर खिले फूलों से लदे अमलतास के नीचे लिपटे बैठे दो लड़कों की छवि आँखों के आगे छाई रही। वह कार्तिक की तरफ़ मुड़ी तो देखा, अब उसके माथे पर शिकन नहीं थी। थोड़ी देर पहले की कठोरता भी चेहरे से गायब हो चुकी थी। वह बच्चे की तरह सुकोमल और मासूम दिख रहा था। वह किसके बारे में सोच रहा होगा—कंचों के या राहुल के?

दरअसल वह सफल नहीं हुई थी, यह सच्चाई उस पर चाबुक की मार की तरह पड़ी। कार्तिक के दिलोदिमाग़ पर राहुल अब भी काबिज़ था। वह जानती थी, सुख-दुःख के भागीदार, बचपन के दोस्त से रिश्ता आसानी से नहीं तोड़ा जा सकता।

राहुल वर्मा...एक नाम जो आसानी से मिटाया नहीं जा सकता था। चमड़े के काले बैग पर सुनहरे अक्षरों में खुदा उसका नाम और उसके घर में उसकी उपस्थिति, उसके अविजित होने के सबूत थे। या मामला ठीक उल्टा था? क्या बाहरी जन वह थी, दो दोस्तों के मिलन में रुकावट?

निर्जीव काले बैग के पास बैठे स्थिर व्यक्ति को उसने घूरकर देखा। वह हिल-डुल क्यों नहीं रहा? सो गया, ध्यान में है या मर गया? अप्रत्याशित भले हो पर असम्भव नहीं था। खामोश हार्ट अटैक, अनसुना नहीं था आजकल। निढाल पड़े आदमी को घूरती, वह काठ हुई बैठी रही पर दिल जोरों से धड़कता रहा।

राहुल के जिस्म में हरकत हुई, जम्हाई लेते हुए उसने आँखें खोलीं तो दो बिल्लौरी आँखों को अपनी तरफ घूरता देख, असमंजस छुपाने को पलकें झपका लीं। दहकते काले कोयले-सी सुलगती आँखों की उत्कट भावप्रवणता से एकबारगी वह डर गया था। यह बेवक़ूफ़ औरत, जो मुझे ताके जा रही है, मेरे भविष्य को बर्बाद कर सकती है। मेरी समूची योजना को ताश के पत्तों-सा बिखेर सकती है...इससे जीतने के लिए सही चाल चलनी होगी। एक भी चाल ग़लत हुई तो...क्यों इतना हल्ला मचा रही हो, उसका मन लिपिका को डपटने को हुआ। तुम ज़िन्दा हो, मस्त हो, फल-फूल रही हो जबकि मैं...उसके पेट में भूख की मरोड़ उठी। आकाश में गर्जना हुई तो उसे अपना फूलगोभी का बगीचा याद आ गया। हर साल की तरह बगीचे में ढेरों फूलगोभी खिली थीं पर उसे समझ नहीं आ रहा था, उनका क्या करे। इतनी तादाद में हुईं...बरसात आकर चली गई मगर पकौड़े नहीं बने; बस

गोभी ही गोभी थीं...एक भीगी शाम, गोभी के पकौड़े बनाने की असफल कोशिश के बाद, उसने हार मान ली थी और सब्ज़ीवाले से, गोभी के बदले आलू लेने का सौदा कर लिया था। हर बार जब दूधिया सफ़ेद गोभी के बदले मिट्टी में सने आलू लेता और उन्हें धोकर उबालता तो उसका दिल रो पड़ता। रोज़ यही होता। गोभी खत्म हो गईं, तब भी उन्हें याद करके उसके पेट में मरोड़ उठने लगती। उसकी यह हालत एक जाहिल औरत की वजह से हुई...शोभा, उसकी सीधी-सादी, अनुशासित पत्नी ने उसकी ज़िन्दगी में उथल-पुथल मचा दी; उसके जीने का ढर्रा बदल डाला। अब यह दूसरी औरत, शोभा जैसी विनम्र नहीं पर मूर्ख अवश्य, उसकी बृहद योजना को धूल में मिटाने पर तुली थी। नहीं, वह कभी उबले आलू की तरफ नहीं देखेगा; आलू उगाने वापस नहीं जाएगा। एक दिन सब्जीवाले से उसकी गुप्त अदला-बदली के बारे में पता लगा कर, उसके पड़ोसी ने घाघपने से कहा था, 'तुम गोभी के बदले आलू क्यों नहीं उगा लेते?' उसने सब्ज़ीवाले को उसकी ज़बानदराज़ी की सज़ा, हर गोभी के बदले अतिरिक्त आलू लेकर दी। वह गाजर पसन्द करता पर सब्जीवाले ने तुर्शी से याद दिलाया था कि सौदा गोभी के बदले आलू का हुआ था।

वह दोनों नहीं चाहता था। वह उस समूची स्थिति से मुक्त होना चाहता था—सड़े आलुओं से भरी रसोई और गोभियों से भरा अलमस्त बगीचा। वह वापस नहीं जाएगा।

सूखे होंठों पर मुस्कान चिपकाकर उसने लिपिका से कहा, 'यह तो सरासर बेइंसाफ़ी है तुम्हारी...मुझ पर हत्या की कोशिश का इल्जाम,' अपने कुत्सित विचारों को छुपाने के लिए उसने नज़रें झुका लीं पर मुस्कुराहट बनाए रखी, 'मैंने तुम्हें शुरू में ही चेतावनी दे दी थी कि हालात थोड़े बिगड़ सकते हैं,' आवाज़ की तल्खी कम करके उसने धीरज से कहा, 'हम होम्योपैथ...'

'तुम होम्योपैथ नहीं हो,' लिपिका ने शुष्क हँसी हँसकर कहा, 'तुम...तुम एक...'

'बस करो लिपिका,' कार्तिक राख होते चेहरे के साथ बरजा।

'नहीं, इसे कहने दो,' राहुल फीकी मुस्कान के साथ बोला, 'इसका मन हलका हो जाएगा। मेरे मरीज़ों की आशंका ग़लत हो तब भी मैं उनकी बात सुनता हूँ।'

'मैं तुम्हारी मरीज़ नहीं हूँ,' लाचार गुस्से के मारे आँखों में ढुलक आए आँसुओं को रोकते हुए, लिपिका ने दाँत पीसकर कहा, 'और मुझे कोई डर नहीं है। क्यों हो? मैं अपने घर में हूँ, अपने पति के साथ। घुसपैठिये तुम हो...अतीत के भूत।'

कार्तिक ने गुहार लगाई, 'भूल जाओ, वह सब खत्म हो चुका।'

'सच?' लिपिका ने तुनककर कहा, 'फिर इसे यहाँ क्यों लाए?'

'मैं...मैं,' कार्तिक को जवाब नहीं सूझा।

'लिपिका, यह मुझे नहीं लाया। मैं ही इसके दफ्तर पहुँच गया; इस बेचारे के

पास मुझे घर लाने के सिवा कोई चारा न था,' उसे दफ़्तर में देख, दोस्त की घबराहट याद करके, राहुल की हँसी छूट रही थी।

'तुम फिर से हमारी ज़िन्दगी बरबाद करने क्यों आ गए?' हर हाल अपने पर क़ाबू रखने की कोशिश में लिपिका पुकार उठी।

'अरे, मैं तो एक मेडिकल कॉन्फ्रेंस में भाग लेने आया हूँ। यहाँ बस दो दिन रुकूँगा। दो दिन तो तुम मुझे बर्दाश्त कर लोगी न?' शातिर आँखों से उसे चिढ़ाते हुए वह मुस्कुराया।

'कैरी, क्या वे पुराने सुहाने दिन भूल गए?' उसने निगाहें कार्तिक की ओर घुमा लीं। उसकी मिसरी घुली आवाज़ में रूठा-रूठी नहीं, धमकी छिपी थी, 'मैं यहाँ रुकूँ या...?'

'ज़रूर रुको!' लिपिका की नाराज़ निगाहों से आँखें चुराते हुए कार्तिक ने कहा।

'ठीक है। तब इसकी खुशी मनाई जाए। थोड़ी बर्फ हो तो...' भोली मुस्कुराहट ओढ़, उसने लिपिका को देखा।

तमतमाए चेहरे के साथ लिपिका कमरे से बाहर निकली और कार्तिक फ्रिज की तरफ़।

मूसलाधार बारिश शुरू हुई तो वह काँप उठी। उसे अब बारिश पसन्द नहीं रही। बारिश और गोभी। बुलन्दशहर की बरसात और भुन रही गोभी की गन्ध याद कर उसके रोंगटे खड़े हो गए।

'खाने के लिए कुछ है?' कार्तिक ने रसोई में घुसते हुए आज़िज़ी से पूछा।

'बरसात और गोभी,' वह बुदबुदाई, 'मगर गोभी है कहाँ?'

कार्तिक सख़्त पड़ गया, 'तुम्हें गोभी किसलिए चाहिए? तुम्हें पता है मुझे उससे नफ़रत है।'

'पर उसे तो गोभी के पकौड़े बहुत पसन्द हैं, हैं न?' उसने तल्खी से पूछा।

'अब नहीं। शोभा चली गई,' विस्मित-सा कार्तिक फुसफुसाया।

'चली गई,' लिपिका उसकी तरफ़ ताकती रह गई, 'कहाँ गई?'

'परलोक। और कहाँ जा सकती थी?' उसने मज़ाक उड़ाते हुए कहा।

'उसकी मौत हुई कैसे?'

'पता नहीं। काश, वह मुझसे बात करके अपना बोझ हलका कर लेता...वह जा चुकी है, उसने बस इतना कहा, जब उसकी मौत से अनजान, मैंने शोभा के बारे में पूछा...ऐसे जैसे सब्जी लेने बाज़ार गई हो।'

'वह गोभी से आज़िज़ आ गई होगी,' लिपिका बुदबुदाई।

कार्तिक ने उसे असमंजस से देखा फिर, 'मैं जाकर उसे दिलासा देता हूँ,' कह रसोई से बाहर भाग लिया।

बेचारा राहुल! बरसात में गोभी के पकौड़े नहीं मिलेंगे अब। बारिश की पहली झड़ी के साथ पकौड़े बनानेवाले हाथ हमेशा के लिए ठंडे पड़ गए। उसने शोभा को भी अपनी ज़हरीली दवाइयाँ खिलाकर मार डाला होगा, उसने हताशा से सोचा। उसकी बेवक़ूफ़ बीवी शोभा, क्या वह सचमुच उतनी विनम्र थी जितनी दिखती थी? उसकी सूनी आँखों से कुछ छिपा न था; बल्कि उसका हठी मौन समझने की उसकी ताक़त को छुपाए रखता था। जबकि वह ख़ुद, तमाम शिक्षा-दीक्षा और शहरी जीवन की जटिलता से साक्षात्कार के बावजूद, भद्दे सच का सामना होने से पहले कुछ देख-समझ नहीं पाई थी।

सब्ज़ी की टोकरी में हाथ फिराते हुए उसके आँसू निकल आए। उसने प्याज़ के बीच पड़े दो आलू उठाए और काटने शुरू कर दिए। मसालेदार पुदीने की चटनी के साथ आलू के पकौड़े बढ़िया रहेंगे। कार्तिक को उसकी बनाई चटनी बहुत पसन्द थी। और राहुल? उसे हलका-सा याद आया, उसने भी उसकी तारीफ़ की थी। कब की थी? उसका मन बरसात की एक शाम की तरफ़ लौट गया।

'लिपिका, मेरे बचपन के दोस्त से मिलो,' उस यादगार शाम, मेरठ से लौट कर, कार्तिक ने चहककर कहा था, 'सोचो, यह कितने साल बाद मिला है। मुझे अपनी आँखों पर विश्वास नहीं हो रहा था,' खुशी ज़ाहिर करने से कार्तिक खुद को रोक नहीं पा रहा था। लिपिका उस अजनबी को देख हलके-से मुस्कुराई थी, जो उसके पति की तरह भाव-विह्वल नहीं दीख रहा था। अपने प्रफुल्लित दोस्त को देख, उसके चेहरे पर बड़प्पन-भरी, हल्की-सी मुस्कान आई। मानो उसके लिए स्वाभाविक था कि उसे देख, उसका दोस्त खुशी के अतिरेक से झूम उठे। बेढंगा कार्तिक, जो वैसे उससे कई इंच लम्बा था, उसके आस-पास मँडरा रहा था।

'तुम तसल्ली से बैठ क्यों नहीं जाते? मुझे अभी कुछ नहीं चाहिए। मेरा दवाई लेने का वक़्त हो गया है,' उसने बैग उठाते हुए कहा।

कार्तिक ने बैग के अन्दर झाँका, 'तुम इतनी दवाइयाँ लेते हो?' वह हैरान था।

'नहीं, कतई नहीं,' राहुल हँसा, 'मुझे दवाओं की ज़रूरत नहीं है। बस कभी-कभार बीमारियों से बचे रहने की खातिर ले लेता हूँ। ये मेरे मरीजों के लिए है। मैं बैग बिना कहीं नहीं जाता।' शान बघारते हुए उसने कहा, 'इसमें हर मर्ज़ की दवा है।' फिर कार्तिक के कानों में फुसफुसाकर जोड़ा, 'नपुंसकता की भी।'

'अच्छा, तब तुम लिपिका का इलाज कर सकते हो,' उसकी फुसफुसाहट को नज़रअन्दाज़ कर कार्तिक ने कहा।

'क्या मामला है? नपुंसकता?' राहुल ने लिपिका को शर्माते देख शरारत से कहा।

'गम्भीर मामला है,' दोस्त के मज़ाक से चिढ़कर कार्तिक ने कहा।

'क्या बीमारी है? मुझे तो ठीक लग रही है,' राहुल ने कहा।

'समूची टाँगों में भयानक एलर्जी है। कितने डाक्टरों से इलाज करवा चुके पर हालत बदतर होती जा रही है।'

'ग़लती तुम्हारी है...शुरू में ही मेरे पास क्यों नहीं ले आए?' राहुल ने आत्ममुग्ध भाव से कहा।

'मुझे तुम्हारा ख़याल नहीं आया...भारी भूल हो गई।' राहुल की निगाहों के सामने लज्जित महसूस करते हुए कार्तिक ने धीमे से कहा।

'इतना बुरा भी नहीं है,' लिपिका ने पति को परेशान देखकर कहा।

'इसे मज़ाक में मत लो,' राहुल उसकी तरफ़ मुड़ा, 'इसके परिणाम गम्भीर हो सकते हैं...तुम अपाहिज भी हो सकती हो,' लापरवाही से एक पत्रिका उठाकर उसके पन्ने पलटते हुए उसने कहा। पत्रिका पढ़ने का ढोंग करते राहुल को लिपिका ने खौफ़ से देखा। उसने पत्रिका अलग रखकर कहना शुरू किया, 'एक लड़का था, जिसकी शादी होनेवाली थी। शादी से हफ़्ता-भर पहले पूरे शरीर पर दाने निकल आए। हालत यह हो गई कि उसका चेहरा पहचाना नहीं जा रहा था।' लिपिका के खूबसूरत चेहरे को देख उसने आह भरी। वह शीशे के पास जाने से खुद को रोकती, कुर्सी थामे बैठी रही। वह जानती थी, अभी तक उसका चेहरा बीमारी से बचा हुआ है। मगर...उसकी टाँगों में खुजली होने लगी तो उसे अपनी दयनीय हालत का अहसास हुआ।

'जिन-जिन डाक्टरों के बारे में सोच सकते थे, उन्हें दिखलाने के बाद वे उसे मेरे पास; आखिर मैं ठहरा होम्योपैथ; लेकर आए। उन्हें उम्मीद नहीं थी कि जब इतने डाक्टर हार चुके थे, मैं उसे ठीक कर पाऊँगा,' राहुल की आवाज़ में अवमानना झलक उठी।

'तुम्हें मना कर देना चाहिए था। तुम भगवान तो हो नहीं जो जादू कर देते,' कार्तिक ने दिलासा देते हुए कहा।

'मैं कर सकता हूँ...जादू...मैंने उसे ठीक कर दिया। नहीं, मैं भगवान नहीं हूँ पर खुशहाल वैवाहिक जीवन जी रहा लड़का, मुझे भगवान ही मानता है,' आँखें चमकाकर वह बड़प्पन से हँसा।

लिपिका को उसकी विजयी मुस्कान से घिन महसूस हुई।

'लिपिका, इसे अपने पैर दिखला दो,' कार्तिक ने अपने दोस्त से प्रभावित होकर कहा।

वह झिझकी; मना करना चाहती थी पर कोई बहाना नहीं मिला। अनिच्छा से साड़ी थोड़ी ऊपर उठाई तो सूजी ऐड़ियाँ नज़र आ गईं।

'नज़दीक जाओ, वह इतनी दूर से नहीं देख सकता,' कार्तिक ने अनुरोध किया।

'नहीं-नहीं, मुझे अच्छी तरह दिख रहा है,' लिपिका को पास आते देख राहुल पीछे हट गया।

लिपिका ने अचरज से उसके भयभीत चेहरे को देखा और मुस्कुरा उठी। उसकी विनम्रता ने उसका द्वेष कम कर दिया।

'चिन्ता मत करो, यह संक्रामक नहीं है,' कार्तिक हँसा, 'तुमने डाक्टर बनने का फ़ैसला क्यों कर लिया जब हमेशा संक्रमण से इतना डरते रहे थे।'

'मैं ख़ूब सावधानी बरतता हूँ। दूरी बनाए रखता हूँ और हर एहतियात बरतता हूँ। मैं नहीं चाहता मुझे कोई गम्भीर बीमारी हो,' वितृष्णा से मुँह बिचकाकर वह बुदबुदाया।

अपनी साड़ी ठीक कर पीछे हटते हुए लिपिका का चेहरा लाल हो गया; कितना घृणित व्यक्ति है, दुबारा वितृष्णा महसूस करते हुए उसने सोचा।

'काश, हालत इतनी बिगड़ने से पहले तुम मेरे पास आ गई होतीं...फिर भी मैं तुम्हारा इलाज करने को तैयार हूँ,' एहसान जताते हुए वह मुस्कुराया, फिर कार्तिक की तरफ़ स्नेह से देखकर बोला, 'दोस्ती की खातिर।'

भावुक हो कार्तिक बोला, 'कितना अच्छा हुआ तुम मिल गए और मैं तुम्हें यहाँ लेकर आया...लिपिका, फिक्र मत करो, यह तुम्हें ठीक कर देगा,' उसने अपना स्नेहिल चेहरा पत्नी की तरफ़ घुमा लिया।

'मैं चलता हूँ,' अचानक राहुल ने उठकर कहा।

'पर तुमने आज रात रुकने को कहा था,' दोस्त के अचानक जाने के फ़ैसले से परेशान, कार्तिक ने हैरानी जतलाई।

'तुम भूल रहे हो कि मैं एक अति-व्यस्त व्यक्ति हूँ।' दरवाज़े की तरफ़ जाते हुए उसने बर्फ़ीले स्वर में कहा। फिर दरवाज़े का हत्था पकड़कर रुका और बोला, 'मुझसे इलाज करवाना है तो जल्द से जल्द इसे बुलन्दशहर ले आओ...इससे पहले कि बहुत देर हो जाए। तुम्हें पता है न, मैं कहाँ रहता हूँ? याद है न, वह पुराना घर...आम का पेड़...जहाँ हम खेला करते थे,' राहुल ने उसे भावप्रवण निगाहों से देखा।

'कैसे भूल सकता हूँ?' फँसे गले से कार्तिक फुसफुसाया।

मुस्कुराता राहुल तेज़ी से बाहर निकल गया। वह जानता था, भौचक कार्तिक खिड़की से उसे जाते हुए देख रहा होगा। इससे पहले कि वह अपनी अर्ध मूर्छा से जगकर उसके पीछे आए, वह वहाँ से निकल जाना चाहता था। था वह हमेशा से ढीला-ढाला पर उत्तेजित किए जाने पर...बस स्टॉप की तरफ़ जाते हुए वह हँसा। वह जानता था, कुछ ही दिनों में कार्तिक उसी राह पर चल रहा होगा।

सात दिनों के बाद अनमनी लिपिका को साथ लिये हर्षित कार्तिक बुलन्दशहर की बस में चढ़ा। सबकुछ इतनी तेज़ी से घटा कि लिपिका न जाने का कारण न ढूँढ़ पाई। कार्तिक ने सारा इन्तजाम कर रखा था; सात साल के बेटे चिंकू के रहने का

भी, जिससे सब घबराते थे। सत्तर से ऊपर की उम्र का, उसका सख्तमिज़ाज दादा, उसके नाम से बौखला जाता था। मगर उसकी पत्नी इकलौते पोते पर जान छिड़कती थी, इसलिए अपनी शान्त ज़िन्दगी में उसके तूफ़ानी प्रवेश को रोक नहीं पाता था। एक बार उसके आने पर रोक लगाई तो हफ़्ते-भर, बिला बीवी रहना पड़ा। उसने ग़लती फिर नहीं दोहराई, फिर भी बीवी याद दिलाती रहती थी कि लाडले पोते के स्वागत में ज़रा नानुकुर की तो वह घर छोड़कर चली जाएगी। लाडला चिंकू, झगड़ते दम्पती के बीच के गुप्त समझौते का पूरा फ़ायदा उठाता था।

उसे उस बारे में पता नहीं चलता, अगर दोपहरी झपकी के दौरान, चिंकू के आसपास चक्कर काटने से नाराज़ होकर, एक दिन दादा ने आपा खो, उसके कान न उमेठे होते। उसकी ज़ोरदार चीख सुन, दादी हाँफती हुई कमरे में आई...और बिहँसते चिंकू ने ख़ूब मज़े लेकर, अपनी मौजूदगी से बेख़बर, उन्हें झगड़ते देखा। अगले दिन माँ-बाप को कुछ न बतलाने की कसम खाने पर, ढेरों क्रीम भरी चॉकलेट मिलीं। घर पहुँचकर उन्हें खाने के ख़याल से उसकी आँखें चमक रही थीं। 'क्या घमासान लड़ाई हुई थी। आप लोगों के बस की नहीं है,' अपने सहमे मम्मी-पापा से घटना का बखान कर, वह खूब हँसा था।

'दादी यहाँ आ रही हैं या यह वहाँ जा रहा है?' लिपिका ने पूछा। वह जानती थी, बेटे के लिए अपने पिता की रुखाई से कार्तिक कितना नाराज़ रहता था।

'यह वहाँ जाएगा,' कार्तिक का चेहरा स्याह पड़ गया, 'वे चाहते क्या हैं, लड़की की तरह चुपचाप बैठा रहे? वही मेरे साथ किया...मुझे इसलिए बर्दाश्त नहीं करते थे क्योंकि मैं लड़का था। बदमाश कहते थे मुझे,' कार्तिक की आवाज़ रुँध गई।

'बूढ़े लोग ऐसे ही होते हैं,' लिपिका ने ढाढ़स बँधाया।

'बूढ़े! जब मैं स्फूर्ति से भरा बच्चा था तो वे बूढ़े नहीं थे,' कार्तिक के माथे पर शिकन उभरी फिर दोस्त के घर आने के उदार निमंत्रण को याद कर, चेहरा खिल उठा।

नींद लेते पिता के कमरे से भागकर उसने अनेक दुपहरियाँ वहाँ बिताई थीं। ऊँघते बगीचे की ठंडी हरी घास पर; खामोश आम के पेड़ों के झुरमुट में...अपने इकलौते दोस्त राहुल की सुकून देती बाँहों में, वह अपने दिल का बोझ हलका कर लेता था। थोड़े दिनों के लिए ही सही, वह उन जादुई क्षणों में लौट जाना चाहता था।

'हम चिंकू की छुट्टियाँ होने पर जा सकते हैं, उसे साथ लेकर,' लिपिका ने सुझाव दिया।

'नहीं, बिल्कुल नहीं। हम उतना इन्तज़ार नहीं कर सकते,' कार्तिक लगभग चीख दिया।

उसकी रुखाई से खीज कर, लिपिका ने ठंडे स्वर में कहा, 'मैं तो तुम्हारी मदद कर रही थी। चिल्लाओ मत मुझ पर।'

'वह बहुत व्यस्त रहता है लिपिका। मेरा दोस्त, सिर्फ़ सच्चा दोस्त नहीं, एक जाना-माना डाक्टर भी है।'

मूक लिपिका उसे ताकती रह गई। उसके चहेते दोस्त के लिए, जिसने इतनी उदारता से उसे नीरोग करने का वादा किया था, वह अपनी नफ़रत ज़ाहिर नहीं कर पा रही थी। उसे समझने की पति से क्या उम्मीद कर सकती थी जब खुद उसे राहुल से वितृष्णा की वजह समझ नहीं आ रही थी।

हिचकोले खाती बस की यात्रा उबाऊ और नागवार थी। राहुल की मोहक आवभगत उनकी बेआरामी मिटाने में काफ़ी हद तक कामयाब रही हालाँकि उसकी बीवी की मौन अवहेलना कुछ अलग कहती रही। उससे हँसकर बतियाने की कोशिश में नाकाम होने के बाद, कार्तिक ने उसे नज़रअन्दाज़ करना बेहतर समझा और छुट्टियों का भरपूर मज़ा लेने में जुट गया।

अपने शान्त छोटे कस्बे में, जो रात बारह बजने से बहुत पहले नींद के आग़ोश में चला जाता था, बचपन के दोस्त के साथ बिताए, आह्लाद भरे दिनों को दुबारा जीते, कार्तिक जैसे मतिभ्रम की स्थिति में पहुँच गया। रात बीतने के साथ सुनहली शराब के जाम ख़ाली करता राहुल वाचाल होता गया और धीरे-धीरे अपने 'पेशे' के राज़ उगलने शुरू कर दिए।

'सफल होने के लिए पेशे की बारीकियाँ सीखनी पड़ती हैं,' उसने ज्ञान बघारा, 'सबसे अव्वल, हर किसी को वह दो, जो वह चाहता हो। अमीर आदमी महँगा डाक्टर और महँगी दवाइयाँ चाहता है। मैं उनसे मोटी फीस लेता हूँ और उन्हें इम्पोर्टेड महँगी दवाइयाँ देता हूँ। उनमें कुछ घालमेल भी करता हूँ ताकि वे ठीक होने के कगार पर झूलते रहें और मेरे पास चक्कर लगाते रहें। सेहत और दौलत के बीच के नाज़ुक सन्तुलन को बनाए रखने के लिए बहुत कौशल की ज़रूरत होती है। उनके पास बहुतायत में दोनों नहीं हो सकतीं। इसलिए मैं उनसे कुछ दौलत लेकर उन्हें थोड़ी-सी सेहत लौटा देता हूँ। पूरा सिलसिला 'सी-सौ' झूले की तरह ऊपर-नीचे होता रहता है।'

सुनकर लिपिका के पेट में हौल होने लगी।

'चाहूँ तो उन्हें पूरी तरह ठीक कर सकता हूँ मगर क्यों करूँ? क्या वे मुझे अपनी पूरी दौलत देते हैं?' उसने चिचियाकर कहा।

'तुम्हें उनका पैसा नहीं चाहिए, तुम्हारे पास अपना बहुत है,' कार्तिक ने दोस्त की भड़की भावनाओं को शान्त करने के लिए कहा।

'मेरा अपना? तुम जो शराब पी रहे हो वह भी मेरी नहीं है,' अपने गिलास की शराब गले के नीचे उतारकर, ख़ाली गिलास दिखलाकर वह हँसा, 'यह तक नहीं।'

लज्जित असमंजस में कार्तिक ने नज़रें झुका लीं।

'अपने इस थोड़े से ऐश की भरपाई, मैं किसी ग़रीब मरीज़ का इलाज मुफ़्त में करके कर देता हूँ। दवाइयों के पैसे तो ख़ैर लेता हूँ। पर मैं ग़रीब मरीजों को कम ही देखता हूँ। मेरे अमीर मरीज़ों की नाज़ुक भावनाएँ, क्लीनिक में बदबू मारते चिथड़े बर्दाश्त नहीं कर पातीं।'

'तो वे बदबूदार चिथड़े इलाज के लिए कहाँ जाते हैं? तुम्हारे हिसाब से तो उन्हें जीने का भी हक़ नहीं है,' लिपिका ने तुर्श लहजे में कहा।

'उन्हें पता है कहाँ जाना चाहिए, फिर भी मेरे पास आ जाते हैं। मैं सबको सड़क की दूसरी तरफ़ बैठनेवाले होम्योपैथ के पास भेज देता हूँ। कहलाता डाक्टर है पर कुछ आता-जाता नहीं,' उसने मज़ाक उड़ाते हुए जोड़ा, 'बेचारे को जीने के लिए कमाना पड़ता है और ग़रीब लोग उसे उतना ही दे सकते हैं। इसे कहते हैं, प्रबन्धन। किसी को तो करना होता है न, शान्तिपूर्ण सह-अस्तित्व के लिए।'

'तुम में हमेशा से वह गुर रहा है,' कार्तिक ने जोश से कहा।

'तुम्हें हमें भी वहीं भेज देना चाहिए था। मुझे नहीं लगता, हम तुम्हारी फ़ीस चुका सकते हैं,' लिपिका ने रुखाई से कहा।

'क्या मतलब? क्या मैं तुमसे फ़ीस लूँगा?' राहुल ने आहत स्वर में कहा।

हमेशा की तरह लिपिका उसे दोस्त के सामने नीचा दिखलाने पर क्यों तुली थी? 'हम शर्तिया फ़ीस चुका सकते हैं।' खीजकर कार्तिक ने ऐलानिया सुर में कहा, 'हम हमेशा सबसे बढ़िया डाक्टर के पास जाते हैं।'

'इस शहर में मैं ही सबसे बढ़िया हूँ। इस शहर में क्यों, पूरे भारत में सबसे अच्छा डाक्टर हूँ। मुझे पता है तुम मेरा यकीन नहीं करतीं,' उसकी निगाहें लिपिका पर इल्ज़ाम लगा रही थीं, 'मैं तुम्हें वे उपहार दिखला सकता हूँ जो मना करने के बावजूद, मेरे मरीजों ने मुझे दिए हैं...मैं उनकी भावनाओं का आदर करता हूँ। वे उन्हें प्यार की निशानी कहते हैं। मुझे नहीं पता क्यों, पर मैं काफ़ी लोकप्रिय हूँ...मेरे मरीज़ बढ़ते जाते हैं और मुझे उनका इलाज करना पड़ता है। वे किसी और डाक्टर के पास जाने से इनकार कर देते हैं।' उसने विनम्र दिखने की नाकाम कोशिश करते हुए कहा। विनम्र दीखता कैसे; आत्ममुग्धता में बिचके होंठ और आत्मतुष्ट आँखें, ज़ुबान की नकली विनयशीलता से मेल नहीं खा रहे थे।

लिपिका ने उसे नफ़रत से देखा। वह उसकी नम्रता या बढ़िया इलाज करने के दावे के झाँसे में नहीं आई। पति को देखा तो उसके लरज़ते होंठ देख समझ गई, वह परेशान है। ठीक है, पुराने रिश्ते तोड़ना उतना आसान नहीं होता, ख़ासकर बचपन में बने रिश्ते। वह बेचैनी से इन्तजार करती रही कि उसका पति, दोस्त के ढोंग की निन्दा करेगा।

'तुम हॉस्टल में भी बहुत लोकप्रिय थे। याद है हम तुम्हें गुरु कहते थे,' कार्तिक की अलहदा अनचीन्ही-सी आवाज़ लिपिका के कानों में चुभी और वे

जल उठे, 'इसे हाथ देखना भी आता है, तुम्हें दिखाना है?' उसने जोड़ा। वह ज्योतिषियों के लिए लिपिका के रुझान को जानता था।

मोह से लरज़ते पति को वितृष्णा से देख, लिपिका की मुट्ठियाँ इनकार में ख़ुद-ब-ख़ुद भिंच गईं। बीवी के भाव से कुछ परेशान होने पर भी, कार्तिक ने हँसकर कहा, 'यार फ़ँस गए तुम! अब यह तुम्हें तब तक नहीं छोड़ेगी जब तक हथेली की हर रेखा के बारे में बतला न दो,' उसने लिपिका को, हथेलियाँ बन्द-खोल कर, बचकानी जिज्ञासा से रेखाएँ देखते पकड़ लिया। पुराने शौक को उभरता देख, मौके का फ़ायदा उठाते हुए मज़ाक किया, 'लेकिन ध्यान रहे, बातें सही बतलानी होंगी...तुम पहले नहीं हो, पहले भी कइयों ने इसकी सुन्दर हथेली हाथ में ले, इसका अतीत, वर्तमान और भविष्य बतलाया है।'

'तुम जानते तो हो मैं हर काम बढ़िया करता हूँ, जो जैसा भी काम हो,' राहुल ने लापरवाही से कहा। कार्तिक को मूक सहमति में सिर हिलाते देख, उसने नज़र लिपिका की तरफ़ घुमाई। उसकी बँधी मुट्ठियाँ देख, आँखें सिकुड़कर आक्रामक ढंग से चमकीं फिर हमेशा की तरह भारी पलकों के पीछे छिप गईं।

'सब चाहते हैं, मैं उनका हाथ देखूँ पर मेरे पास समय कहाँ है। मेरे पास जो वक़्त होता है, मरीजों को दे देता हूँ। परिवार और खुद अपने पर भी ध्यान नहीं दे पाता। मगर वह भी काफी नहीं होता।' उसने आह भरी। उसकी आवाज़ का बनावटी पछतावा उसके गुस्से को ढँक नहीं रहा था, जो लिपिका के उसे एक अच्छा दोस्त, नि:स्वार्थ डाक्टर और बढ़िया ज्योतिषी मानने से इनकार पर आ रहा था। अपनी गढ़ी झूठी छवि के बारे में सिर्फ़ वह जानता था और उसे बनाए रखना आसान नहीं था।

इतने सालों बाद कार्तिक से मिलने पर उसे अचरज ज़रूर हुआ था; सुखद अचरज, हद से हद इतना कह सकता था। कार्तिक के लिए भी, मेरठ बाज़ार में राहुल से मिलना अचरज की बात थी। पर राहुल जल्द ही बिछड़े दोस्त से मिलने के अचरज से उबर गया था। और पास से गुज़रते लोगों के घूरने और बुड़बुड़ाने से बेख़बर, रास्ते में मुँह बाये खड़े कार्तिक को देख, उसने बेहद खीज महसूस की थी। अगर उसे खींचकर किनारे फुटपाथ पर न ले आता तो उसके कान के नीचे थप्पड़ पड़ चुका होता।

जब उसने साथ दिल्ली चलने की मनुहार की तो राहुल मना करनेवाला था कि उसने कहा, 'कार से ज़्यादा समय नहीं लगेगा। मेरे पास ड्राइवर भी है। रास्ते में बातें करते चलेंगे।' राहुल ने भेदती नज़रों से उसे देखा। लगा, उसकी माली हालत अच्छी थी। क्या वह उसे अपनी कमाई से प्रभावित करना चाहता था? ज़रूर ग़लत तरीके से की होगी या...अमीर बाप की बेटी से शादी तो नहीं कर ली? दूसरी बात

ही सही होगी क्योंकि सफलता के लिए, यहाँ तक कि भ्रष्टाचार के ज़रिये सफलता के लिए भी, तेज़ दिमाग़ और साधक निष्ठा की ज़रूरत होती है। उसके हिसाब से कार्तिक में दोनों का अभाव था। हाँ, जाने-अनजाने अमीर बाप की लाडली बेवकूफ़ बेटी को पटा ज़रूर सकता था।

बाज़-सी तेज़, निर्मम नज़रों से उसने कार्तिक को परखा और निश्चित हो, पलकें झुका लीं। दोस्त की मुग्धता और उससे मिलने पर खुशी असली थी। कार्तिक अपनी भावनाएँ छुपा नहीं पाता था। कम-से-कम निरीह लड़कपन और दिशाहीन किशोरावस्था में तो नहीं ही। कम उम्र में भी राहुल उसका नेतृत्व आत्मविश्वास से कर लेता था, जो उसकी उम्र के लड़के कम ही कर पाते थे। राहुल के उन गुणों को देख, जिनका ख़ुद उसमें सर्वथा अभाव था, झेंपू कार्तिक आश्वस्त हो नहीं, इतना अभिभूत हुआ था कि उसका अन्धानुकरण करता गया था। ख़ुशक़िस्मती से वह उसका पड़ोसी भी था। नौजवानी का बेढंगा अन्धड़ गुज़र गया पर हॉस्टल के मुश्किल और बेमुरव्वत दिनों में भी, वह राहुल का पिछलग्गू बना रहा। उसके बाद वे अपने-अपने रास्ते चल पड़े। रिटायर होकर कार्तिक के पिता ने बुलन्दशहर छोड़ा तो उसके बाद राहुल उससे नहीं मिला। राहुल वापस आकर अपने पुश्तैनी घर में बस गया। मगर कार्तिक दुबारा बुलन्दशहर नहीं आया। आता तो क्या होता? राहुल ने धूर्त पैनी नज़र से अब दुबारा मिले अपने खोये दोस्त को देखा। आज अचानक न मिलता तो वह जान भी नहीं पाता कि वह मेरठ में था। कार्तिक आसानी से बुलन्दशहर आकर उससे बिना मिले लौट सकता था। उसके वहाँ होने का पता न था, तब भी पुराने दिनों की खातिर, वह घर देखने तो जा सकता था न।

'क्या अक्सर यहाँ आते हो?' राहुल ने खुश्क स्वर में पूछते हुए ज़बरन होंठों को मुस्कुराहट में ढाला पर आवाज़ गुस्सैली गुर्राहट-सी निकली।

'कभी-कभार।' कार्तिक स्नेह से मुस्कुराया, 'पिछले दिनों अक्सर आना हुआ,' हाल फ़िलहाल मेरठ कितनी बार आया होगा, हिसाब लगाते हुए उसने जोड़ा।

'बुलन्दशहर गए कभी?' राहुल ने थाह ली।

'नहीं, पता होता कि तुम वहाँ हो तो ज़रूर आने की कोशिश करता,' उसने लरज़कर कहा।

क्या सचमुच मुझसे मिलने आते, अब, जब मेरी ज़रूरत नहीं रही, राहुल ने उसे शक से देखा। क्या उसके साथ जाने से इनकार कर दे? पर मतलब की बात समझ में आते ही, उसने आहत अहंकार पर क़ाबू पा, कार्तिक की पीठ पर धौल जमाई और खुशमिज़ाजी से कहा, 'चलो, चलें। बहुत दिनों से हिल-मिलकर बातें नहीं कीं।'

धूल उड़ाती गाड़ी दिल्ली की तरफ़ चल पड़ी। आरामदायक ठंडक से पैदा हुई खुमारी में कार्तिक से बातचीत जारी रखना, खीजे राहुल के लिए मुश्किल होता

गया। दोस्त की बढ़ती बेरुख़ी से बेख़बर, कार्तिक बखुशी बोलता रहा।

भावनाओं के इसी उफ़ान के साथ कार्तिक दोस्त को, जीत की निशानी की तरह साथ लिये, घर पहुँचा और बीवी से मिलवाया। राहुल ने लिपिका को पैनी निगाहों से देखा तो समझ गया कि पति के अति उत्साह ने उसे असमंजस में डाल दिया था और घर आया घुसपैठिया उसे ख़ासा नापसन्द था। हालाँकि अपनी बेरुखी ज़ाहिर न करने की उसने भरसक कोशिश की पर वह पूरे माहौल पर मँडराती रही। जैसे-जैसे कार्तिक का उत्साह बढ़ा, लिपिका की बेरुख़ी हवा को बोझिल बनाती रही, इतनी कि राहुल के लिए साँस लेना दूभर होने लगा।

कार्तिक की दिली आसक्ति और उसकी बीवी की मुखर तिरस्कार से अधिक बेधक बर्फ़ीली चुप्पी, राहुल के तिकड़मी दिमाग़ को सान पर चढ़ा, उसे लड़ाई के मैदान में कूदने को उकसा रही थी। वह जीतने के लिए खेलता था इसलिए एक भी ग़लत चाल की गुंजाइश नहीं थी। उनकी तरफ गिद्ध नज़र से ताकते हुए, उसका शातिर दिमाग़ काम कर रहा था पर चेहरे पर यांत्रिक मुस्कान क़ायम थी। तभी उसके प्यारे वफ़ादार दोस्त कार्तिक ने अनजाने में सही संकेत दे डाला। उसने फ़ौरन डाक्टर का चोला ओढ़ा और उसकी बीमार बीवी का इलाज करने का बीड़ा उठा लिया; एक समर्पित डाक्टर और पक्के दोस्त की तरह। मासूम कार्तिक उसके झाँसे में आ गया और दोस्त के पीछे-पीछे बुलन्दशहर पहुँच गया। पुराने चेले को शरण में आया देख, राहुल का अहम् तुष्ट हुआ...वह उसे और उसकी घमंडी बीवी को दो-चार दाँव तो सिखा ही सकता था। अब वह कार्तिक का गुरु ही नहीं, उसकी बीवी लिपिका का डाक्टर भी था। एक नहीं दो वयस्क बन्दों का बन्दापरवर। वह जानता था, वह अपनी मर्जी से नहीं आई थी पर राहुल ने चारा क्या छोड़ा था? वह मना कर सकती थी पर किस आधार पर? और कार्तिक भला मेरठ से बुलन्दशहर क्यों न आता? यह तर्क सम्मत ही था कि वह अपने प्रिय दोस्त से मिलने आना चाहे; पुरानी दोस्ती फिर शुरू करना चाहे।

'मैं तुम्हें यहाँ देखकर बहुत खुश हूँ कैरी। लगता है पुराने दिन लौट आए,' राहुल ने प्यार से कहा। उसकी आँखें जीत की खुशी से चमक रही थीं। उसके तेज़ कान औरतों की परेशानी को आसानी से भाँप लेते थे, जिसे वे कभी कलफ़ लगी साड़ी की चरमराहट से, कभी गुस्से से भिंची मुट्ठी के पीछे कलाइयों पर टकराती चूड़ियों की झन्कार से ज़ाहिर करती थीं। उसके पतले होंठों पर हल्की-सी मुस्कान दौड़ गई। लिपिका का उसके लिए तिरस्कार वाजिब था। वह भविष्य वक्ता नहीं था पर दूसरे ही क्या ख़ाक़ जानते थे। उसने ख़ुद को समझा रखा था, वह उतना ही अच्छा या बुरा था जितने दूसरे। शुरू में वह मौज-मज़े के लिए वह सब करता था; नौजवानी में उसकी वजह से काफ़ी लोकप्रिय हो गया था। मगर अब वह मौज-

मज़े से ज़्यादा था। उससे उन अमीर मरीज़ों से काफी पैसा मिल जाता था, जो भविष्य जानना अपना जन्मसिद्ध अधिकार समझते थे, वैसे ही जैसे अमीर घर में पैदा होना।

देवतागण भी शायद उसे सही मानते होंगे वरना इनसान की हथेलियों में आड़ी-तिरछी लकीरें क्यों उकेरते? वह भी हर हथेली में दूसरी से जुदा। एक छोटी-सी तिरछी या ग़लत बल खाई रेखा किसी की ज़िन्दगी को बर्बाद या आबाद कर सकती थी। समय के साथ बुरी से बुरी क़िस्मत सुधर सकती थी। भगवान को खुश करने और उसके प्रकोप से बचने के कई तरीके थे। इसलिए वे उस आदमी को कुछ भी देने को तैयार हो जाते, जो न सिर्फ़ वर्तमान में उनकी नाजुक देह का ख़याल रखता, बल्कि भविष्य के संकटों की इत्तिला दे, उनसे बचाव के उपाय भी बतलाता। ऐसा भरा-पूरा इलाज उन्हें और कहाँ मिलता? मौजूदा बीमारियों का इलाज और आनेवाली परेशानियों से मुक्ति। अपने कम अमीर रिश्तेदारों और दोस्तों से उपहार प्राप्त करने के मामले में वह उतना भाग्यशाली नहीं था। उपहार देने का मौका आने पर वे उसे हस्तरेखा विज्ञान की किताब थमा देते। साल में एक बार किताबों की दुकान पर जाकर हस्तरेखा विज्ञान की कोई घासलेटी क़िताब खरीद, कर्तव्य पूरा कर लेते। चूँकि हर कोई सबसे सस्ती किताब चुनता, उसके पास एक किताब की अनेक प्रतियाँ इकट्ठी हो जातीं। वह उन उपहारों की कल्पना करता, जो अलमारी के अँधेरे कोने में पड़ीं बेकार किताबों के बजाय उसे मिल सकते थे। जब कबाड़ी ने भी उन्हें लेने से मना कर दिया तो छुटकारा पाने को उसने कहा, 'मुफ्त में ले जाओ।' समय बरबाद करने के लिए कबाड़ी उसे कोसता, पैर पटकता लौट गया। तब उसने उठाकर क़िताबें बैठक के रैक में सजा दीं। वे लगातार लोगों को याद दिलाती रहीं कि उनके बजाय, उन्हें अपने उस अशालीन दोस्त या रिश्तेदार को कुछ और देना चाहिए था, जो गर्मी में पैदा होने की गुस्ताखी करके तोहफ़ा भी चाहता था। उसका इशारा समझ वे अपनी सालाना कोशिश में दुबारा जुट गए कि उसके जन्मदिन पर कुछ बेहतर तोहफ़ा लाएँ।

उसने कार्तिक को दोष देती नज़र से देखा। क्या उसे याद नहीं कि उसका जन्मदिन आनेवाला है? नहीं भी याद तो प्यार की निशानी के तौर पर, कम-से-कम छोटा-सा उपहार ला सकता था। नकचढ़ी और एहसान-फ़रामोश बीवी के इलाज की ख्वाहिश और अब उसके घर रहकर खाने-पीने के एवज़ में, उसका इतनी उम्मीद करना गलत नहीं था न?

'मैं चाहूँ तो इसकी मार्फ़त ख़ूब दौलत कमा सकता हूँ,' उसने उसकी तरफ़ हिकारत से देखकर कहा, 'पर मैं मानता हूँ, बीमारों का इलाज करके मैं मानवता की ज़्यादा सेवा कर सकता हूँ।'

'तुम्हें पता है, इसने इंजीनियरिंग की है। चाहता तो कहीं भी, विदेश भी, जा

सकता था। पर इसने यहाँ रहकर मरीजों की सेवा करना चुना।' कार्तिक की तारीफ़-सनी आवाज़ से लिपिका के बदन में झुरझुरी आ गई। वह इतना ठस्स कैसे हो सकता है, वह मन-ही-मन बिलख रही थी, क्या वह उस आदमी का दोगलापन नहीं भाँप सकता?

'हम हॉस्टल में चार साल साथ रहे। एक कमरे में रहते और साथ पढ़ते।'

'कैरी! पूरी बात बतलाओ, ईमानदारी से। और बहुत सारी चीज़ें भी हमने साथ की थीं, नहीं?' हल्की झिड़की लगाते हुए राहुल ने शहद घुली आवाज़ में कहा।

'देर हो गई...अब सोना चाहिए,' उठते हुए कार्तिक कुनमुनाया।

'हाँ, चलें सोने,' लिपिका को उठते देख राहुल बोला।

पीठ पर राहुल की भेदती आँखों का अहसास लिये, लिपिका चुपचाप कार्तिक के पीछे चल पड़ी।

'मैं उससे इलाज नहीं करवाना चाहती,' कमरे में पहुँचकर वह फट पड़ी, 'हम यहाँ से लौट चलते हैं।' कार्तिक ने उसकी बात पर ध्यान नहीं दिया।

सुबह उजली और खिली हुई थी; लिपिका की उदासी भी छँट गई। 'कितनी सुन्दर सुबह है,' राहुल ने हर्ष से कहा।

नाश्ते पर उत्साहित कार्तिक ने सुझाव दिया, 'पिकनिक पर चलते हैं।'

'नहीं, मुझे इसका इलाज शुरू करना है,' राहुल ने आपत्ति की, 'जाँच के लिए ज़रूरी विवरण लिखने में कम-से-कम एक घंटा लगेगा।'

कार्तिक उदास हो गया।

'तुम चाहो तो घूमने जा सकते हो,' राहुल मुस्कुराया, 'मैं तुमसे बगीचे में मिलूँगा, मेल-मिलाप की हमारी पुरानी जगह। याद है न?'

लिपिका विरोध करती, उससे पहले कार्तिक खिसक गया।

मारे डर के लिपिका का गला रुँधने लगा। डरने की क्या बात है, शोभा को याद करके उसने खुद को डपटा। शोभा, वह पीली ज़र्द औरत, जिसका परिचय राहुल ने अपनी बीवी कहकर करवाया था। वह कहाँ थी वह सोच उठी। क्या वह कभी बोलती नहीं; कोई आवाज़ नहीं करती? पर घर का सारा काम अकेले कर लेती थी। लिपिका ने रसोई में मदद करने की पेशकश की तो विनम्र इनकार मिला। उसे ध्यान आया कि बस तभी एक बार उसने शोभा से बात की थी। दरअसल अपनी तरफ से उसने कभी बात शुरू ही नहीं की। अपने पति से भी हाँ-हूँ या ज़रूरत पड़ने पर एकाध वाक्य में जवाब देती थी। हो सकता था, वह बहरी हो, ऊँचा सुनती हो। उसे कार्तिक से पूछना चाहिए था; शायद वह जानता हो। और यह आदमी, उसका पति? उस से... ?

'मैं अभी आया, शोभा को दवा देनी है,' अचानक कमरे से बाहर जाते हुए राहुल ने कहा। चाहती तो बाहर निकलकर वह कार्तिक के पास जा सकती थी। पर कहाँ? उनके मेल-मिलाप की पुरानी जगह, राहुल ने कहा था।

लिपिका को अजीब-सा अहसास हुआ जैसे कोई उसकी जासूसी कर रहा हो। देखा, राहुल बेआवाज़ कमरे में सरका आ रहा था। वह तेज़ी से पलटी। 'अब आराम से बैठकर मेरे सवालों का सावधानी से जवाब दो,' अपनी कुर्सी पर बैठकर राहुल ने दृढ़ता से कहा, 'तुम्हारे जवाबों के आधार पर ही मैं तुम्हारा इलाज करूँगा।' उसने उसकी तरफ़ एक चमकीली मुस्कान फेंकी तो उसके सफेद दाँतों की झिलमिलाहट ने उसे उस खरगोश की याद दिला दी, जिसे उसने बचपन में पाला था। ख़याल से कुछ तसल्ली मिली...खरगोश...एक निरीह जीव।

'लिपिका, ध्यान दो, तुम सुन नहीं रही हो,' उस आवाज़ में गुर्राहट थी, खरगोश जैसा कुछ नहीं। चोर नज़र से लिपिका ने उसे देखा। खरगोश जैसे निरीह जानवर से उसकी तुलना करने का अफसोस हुआ। उसकी सर्द चुभती नज़र लिपिका को असंयत कर, उसकी ओर देखने पर मजबूर कर रही थी। उसी पसोपेश में उसके बेमानी सवालों के जवाब दिए और बीच-बीच में खिड़की के बाहर ताकती रही कि शायद कार्तिक की झलक मिल जाए। खिड़की की रेलिंग पर एक कौआ आकर बैठा पर कमरे के अन्दर झाँक, मानो कोफ़्त से भर दुबारा उड़ गया। उड़ते कौए को देख लिपिका को ईर्ष्या हुई। काश, वह भी उड़ सकती...

'पति के साथ तुम्हारा सम्बन्ध कैसा है, अच्छा या... ?' सुनकर लिपिका सन्न रह गई।

'मेरा मतलब...ज़रूरी न होता तो मैं न पूछता मगर तुम जानती हो, मैं क्या पूछ रहा हूँ।' उसकी निगाहें उसे कुरेद रही थीं।

उसकी बेहूदगी से स्तब्ध, वह चुप बैठी रही। वह कैसे पूछ सकता है...उसे समझने में भूल हुई होगी। उसने मुस्कुराने की असफल कोशिश की।

'साफ़-साफ़ कहूँ तो...आप लोग कितनी बार...'

रोष से थरथराती लिपिका उठ खड़ी हुई, 'हिम्मत कैसे हुई तुम्हारी!'

'क्या चल रहा है?' कार्तिक कमरे में दाख़िल हुआ, 'अभी तक खत्म नहीं हुआ? मैं तुम दोनों के इन्तज़ार में कब से बाहर टहल रहा हूँ।'

'यह जानना चाहता है...' लिपिका ने उग्र स्वर में कहना शुरू किया।

'सिगरेट चाहिए?' उसे टोक, राहुल ने सिगरेट केस खोल, कार्तिक की तरफ़ बढ़ाया।

'वाह, क्या शानदार केस है!'

'उपहार में मिला है,' लापरवाही से कह, डिब्बा ज़ेब में रखते-रखते ठिठका,

मुस्कुराकर कहा, 'तुम रख लो,' और उसे कार्तिक की तरफ़ बढ़ा दिया।

कार्तिक ने थोड़ी नानुकुर के बाद ज़ेब के हवाले कर लिया। उसके चेहरे पर ऐसी खुशी दिख रही थी मानो बच्चे को मनचाहा खिलौना मिल गया हो।

'मैं शाम तक इसकी दवाइयाँ तैयार कर दूँगा,' राहुल ने घड़ी पर नज़र दौड़ाकर अक्खड़ स्वर में कहा।

'कितने दूँ?' बटुआ निकालकर कार्तिक ने झेंपते हुए पूछा।

राहुल ने हाथ हिलाकर मना किया तो बोला, 'कम-से-कम दवाइयों के तो देने दो।'

पर राहुल यह कहकर कमरे से निकल गया कि उसे किसी से मिलना था।

रसोई से शोभा की आवाज़ आई, 'खाना तैयार है।'

राहुल चिल्ला दिया, 'बात क्या कर रही हो तुम! मरीज़ मेरा इन्तज़ार कर रहा हो तो बैठकर खाऊँगा क्या!' वह बाहर चल दिया।

लिपिका ने इन्तज़ार किया...कार्तिक को बतलाना होगा...उन्हें वहाँ से लौटना होगा।

'कार्तिक...' वह फुसफुसाई।

'मेरे साथ चलोगे,' मुस्कुराता राहुल दहलीज पर खड़ा था।

'ज़रूर, तुम्हें मुर्दे में जान फूँकते देखना चाहता हूँ,' कार्तिक उछल पड़ा।

रोष से फड़फड़ाते नथुनों के साथ लिपिका ने नज़रें ऊपर उठाईं। पर कार्तिक के पीछे जाते राहुल की आँखों की कौंध देखी तो गुस्सा निगल लिया। उसके मुस्कुराते होंठ, उसकी आँखों की निष्करुण चुनौती को छुपा नहीं रहे थे।

'मैंने अपनी छुट्टियाँ बढ़ा ली हैं,' लौटकर कार्तिक ने उसे बतलाया।

लिपिका खोई-खोई आँखों से खिड़की के बाहर देखती रही।

'अब आ ही गए हैं तो कुछ दिन रुक जाएँ। वह कह रहा था कि तुम यहाँ रुकीं तो इलाज आसान होगा...और हम छुट्टियाँ भी मना लेंगे। मुझे पता है छुट्टियाँ मनाने के लिए बहुत उम्दा जगह नहीं है। पर कम-से-कम यहाँ शान्ति और ताज़गी है,' कार्तिक ने उसकी प्रतिक्रिया जानने की कोशिश में दलील दी पर जवाब में पाई उसकी अकड़ी पीठ।

हौले-हौले झूमते पेड़ों के सौम्य सौन्दर्य और अंकुरित हो रही सब्जियों की सलीकेदार क्यारियाँ देख, उसका भी वहाँ छुट्टियाँ बिताने का मन हो आया।

घर के पिछवाड़े लहराती सब्जियाँ...यह विलासिता उसे कभी नसीब नहीं हुई। कम दाम पर बढ़िया सब्ज़ी खरीदने की ख़ातिर, सब्जी बाज़ार की कीच सनी गलियों में भटकने की ज़हमत उठाए बिना, घर बैठे मनपसन्द सब्जी का मिलना, क्या बात थी! कौन करता था उनकी देखभाल? कोई माली नज़र नहीं आया...वह

रहे, आलसीराम, दूधिया गोभी की तरफ़ फावड़ा उठाए आदमी को आते देख, उसने क़यास लगाया।

'मैं थकान से मर रहा हूँ और वह बन्दा खुदाई करने निकला है। क्या दम है,' कार्तिक ईर्ष्या से बुड़बुड़ाया।

'तब...उसे काम करने के पैसे जो मिलते हैं...हे राम यह तो राहुल है!' उस आदमी ने टोपी उतारी तो लिपिका ने सन्न अविश्वास से उचारा। उसे मानना पड़ा कि फ़िड्डी हाफ़ पैंट और उधड़ी टी-शर्ट में वह आकर्षक माली लग रहा था। मासूम-सा, भयावह कदापि नहीं। हाथ में टोकरी लिए शोभा के वहाँ पहुँचने ने घरेलू माहौल की सुकूनदेह तस्वीर मुकम्मल कर दी। राहुल दुष्ट नहीं, बस बड़बोला और अभद्र है। शोभा जैसी बीवी हो तो स्वाभाविक है, हालाँकि उसका दूसरी औरत की ताक-झाँक करना, भले दोस्त की बीवी क्यों न हो, माफ़ी के क़ाबिल नहीं था।

कोई बात नहीं; वह दूरी बनाए रखेगी। वह उसे सस्ता रोमांच देने नहीं आई। डाक्टरी जाँच के दौरान उसके व्यवहार को याद करके, उसके गाल सुर्ख हो गए। उस वक़्त वह उसके लिए तैयार नहीं थी। अगली बार कुछ हुआ तो उसे ठीक कर देगी। पर शायद हो ही नहीं। अब उसे लेकर हंगामा करने का औचित्य नहीं था, वह जानती थी, कार्तिक को बतलाया तो वह बवाल मचा देगा। पर क्या वह यही नहीं चाहती रही थी? अब उसके पास तुरुप का पत्ता था। क्या उसे सँभाले रहे या इस आदमी की असलियत खोलने के लिए इस्तेमाल कर ले? पर...कौन-सी असलियत?

'क्या पर्फ़ेक्ट गोभी हैं,' राहुल की आवाज़ खिड़की के भीतर तैर आई, 'अब तक की सबसे बढ़िया,' वह गर्व से दमक रहा था।

लिपिका ने मौन सहमति दी; उतनी दूर से भी वह जान रही थी कि ऐसी गोभी उसने पहले नहीं देखी थी।

'डाक्टर से कहीं बेहतर माली ज़रूर है,' अनचाहे, कुशल बागवानी की तारीफ़ में वह बुदबुदाई।

गोभियाँ तोड़कर टोकरी में डालते हुए शोभा के चेहरे पर रीझी मुस्कुराहट थी, मानो माँ अपने लाडलों को सुला रही हो। लिपिका का दिल अपनी मेजबान के लिए पिघल गया। हो सकता है उसे मेहमान पसन्द न हों, खासकर थोपे गए मेहमान। राहुल सारे फ़ैसले अकेले करता था। क्या उसे उनके वहाँ रुके रहने के बारे में पता है? क्या वह राज़ी है? रुके रहें तो शायद शोभा को बेहतर जान सकें और दोस्ती कर पाएँ। शोभा को नापसन्द करने की कोई वजह नहीं थी, बस उसकी चुप्पी उसे चिढ़ा देती थी, नहीं, उससे ज़्यादा, उसे व्याकुल कर देती थी।

'सब्ज़ी के लिए काफ़ी है...पर शायद बारिश हो जाए,' छुपते सूरज को देख राहुल ने उम्मीद जतलाई।

शोभा ने भी ऊपर देख सिर हिलाया, 'मैं इन्तजार करूँगी,' उसने मोहक मुस्कान के साथ कहा। लिपिका को यह सब दिलचस्प लग रहा था। पर शोभा को टोकरी उठाकर अन्दर जाते देख वह अचकचा गई। शोभा ने इन्तज़ार करने को कहा था। किसका इन्तज़ार? बरसात का? फिर अन्दर क्यों चली गई? अजीबोगरीब जोड़ा था। यहाँ आने के बाद मियाँ-बीवी के बीच इस पहली बातचीत का सिर-पैर समझ नहीं आ रहा था। शायद वे सिर्फ़ रात को बैडरूम के एकान्त में बात करते हों। मन्द हँसी के साथ वह हैरान खड़े पति की तरफ़ मुड़ी।

'एक हफ्ते की छुट्टी, वाह!' उसने खुशमिज़ाजी से कहा। वह हिचक के साथ मुस्कुराया, उसका जोश उसे और हैरान किए दे रहा था। पहले वह सिल-सी ठंडी शोभा सर्दियों में निकली धूप की तरह बगीचे में थिरक आई; अब उसकी बीवी उस पर बरसने के बजाय, टुथपेस्ट के इश्तिहार-सी दमकती मुस्कान बिखेर रही थी। औरतों से भगवान बचाए! गिरगिट की तरह रंग बदलती अजब शै होती हैं। उनके शातिर दिमाग़ की बारीकियाँ उसे कभी समझ नहीं आईं।

'हम भी बाहर उनके पास चलें?' लिपिका हँसी।

कार्तिक तुरन्त मान गया और उसे ले कमरे से बाहर हो गया कि कहीं वक़्त मिलने पर वह इरादा बदल न ले।

'कुछ पीना चाहोगे?' बरामदे में बैठ बतियाते हुए राहुल ने पूछा। शोभा भी पास आ बैठी थी। बीच-बीच में गड़गड़ाते आसमान को नज़र उठा चुपचाप देख लेती थी।

'तुम्हें बरसात पसन्द है न?' लिपिका ने फुसफुसाकर शोभा से कहा, 'मुझे भी।'

जवाब नहीं मिला। बादल गड़गड़ाते रहे।

'बारिश होनेवाली है,' राहुल ने उत्फुल्ल घोषणा की।

'अन्दर चलते हैं,' कार्तिक फ़ौरन उठ लिया।

'बैठे रहो, ऊपर छत है। दो-चार बूँद डुबा नहीं देंगी तुम्हें,' राहुल ने फटकार लगाई, और मुस्कुराती बीवी की तरफ काइयाँ नज़रों से देखकर जोड़ा, 'बारिश रात या सुबह से पहले नहीं होगी। हाँ, होगी ज़रूर।'

लिपिका ने उसकी तरफ़ असमंजस से देखा। क्या वह नहीं जानता कि उसकी बीवी जवाब नहीं देगी? शोभा को देख पहली बार उसकी शान्त चुप्पी भली लगी। सम्मोहित वह उसके फीके होंठों पर फैली कोमल मुस्कान निरखती रही। बिना तारों के आसमान को ताकते, मुस्कान बनी रही। ज़्यादातर ख़ाली-सी दीखती आँखों में एक वहशी उम्मीद भरी थी। वह अजब ढंग से ख़ूबसूरत लग रही थी।

'लाजवाब,' राहुल की आवाज़ हवा में तैरी।

तो राहुल भी, अपनी बीवी की वायवीयता महसूस कर रहा था। कुशल माली

से प्रशंसक पति के रूप में बदलते राहुल को देख, उसके मन में कुछ सम्मान जगा। अपना पूर्वाग्रह याद करके अपराधबोध भी हुआ। पर उसकी भावना जल्द बिला गई। राहुल की नज़रें अपनी बीवी पर नहीं थीं।

'तुम यहाँ हो, गोभी तैयार है और बारिश होनेवाली है,' वह सहलाती आवाज़ में फुसफुसाया तो नज़र कार्तिक पर थी।

लिपिका को लगा जैसे वह एक घुसपैठिया हो; उसने नज़रें हटा लीं। आख़िर वह कहना क्या चाहता था? शब्द बेमानी थे...पर आँखें बहुत कुछ कह रही थीं। आकुल होकर उसने उसकी बीवी की तरफ़ देखा। वह भावहीन चेहरा लिए अँधेरे में आँखें गड़ाए खामोश बैठी थी।

'जश्न मनाना चाहिए,' घर के अन्दर जाते हुए राहुल ने जोश के साथ कहा। उसके बढ़ते जोश से लिपिका का दिल डूबने लगा। वजह कोई नहीं थी। वैसे ही जैसे राहुल की बेहिसाब प्रफुल्लता की वजह नहीं थी। 'आओ, कल की भीगी भोर की खुशी में पिएँ,' बोतल और गिलास के साथ लौटते हुए उसने कहा। कितना अजीब था सबकुछ, लिपिका ने कसमसाकर सोचा, काश वह उस खुशी में शामिल हो पाती। परेशानी क्या है उसे? शोभा भी खुश नहीं दिख रही पर वह तो कभी खुश नहीं दिखती। जो थोड़ी देर पहले देखा था, शायद छलना थी। हो सकता है वह कभी मुस्कुराई ही न हो या अनजाने में मुस्करा उठी हो। मगर वह तो शोभा जैसी नहीं है। उसे तो बारिश, मौज-मस्ती-हँसी पसन्द हैं।

कार्तिक की साँस का स्फुरण सुन लिपिका ने चौंककर उसे देखा। उसकी मुग्ध नज़रों का पीछा कर, उसकी मुस्कुराहट फीकी पड़ गई।

'शिवाज़ रीगल!' दमकती बोतल पर नज़र टिकाकर वह बुदबुदाया।

काले आसमान में बिजली ने चमक फेंकी। पति की आँखों में जलती दीप्ति देख लिपिका काँप उठी।

राहुल की उनींदी आँखें खुल गईं। उसने भी दोस्त की आँखों में चाहत और मांसपेशियों में सनसनी देख ली थी। उसके उत्साह का जितना अन्दाज़ा उसे था, वह उससे कहीं ज़्यादा उत्तेजित लग रहा था। पता नहीं क्यों? उसकी भावना और उदारता की तारीफ़ करने के बजाय, बौड़म की तरह बैठा कार्तिक बोतल को ऐसे घूर रहा था, जैसे वह खुद-ब-ख़ुद वहाँ अवतरित हो गई हो।

'शायद तुम कुछ और पसन्द करो,' उसने परिहास किया, 'अपनी पुरानी इंडियन व्हिस्की...पीटर स्कॉट...'

'मुझे उससे नफ़रत है,' कार्तिक ने थूकते अन्दाज़ में कहा। उस अतिरिक्त उत्तेजना ने राहुल को स्तब्ध कर दिया।

कार्तिक झिलमिल करती बोतल को घूरता रहा। उसकी आँखें चाहत से लपलपा रही थीं। शिवाज़ रीगल; दिवाना था वह उसका। बहुत पहले, अपने कुँवारे दिनों में

एक बार पीने को मिली थी। उसका दोस्त, दरअसल उसके भाई का दोस्त, जिसे वह रात के खाने की दावत देने पर मजबूर हो गया था, वह 'छोटा-सा उपहार' लिये प्रकट हुआ था।

उसने अपने अनचाहे मेहमान के लिए खरीदी पीटर स्कॉट फ़ौरन हटा दी थी।

जैसे-जैसे घूँट पर घूँट भरते रात गुज़री थी, मेहमान उसके लिए और स्वागत योग्य होता चला गया था। भोर होने तक उन्होंने इतनी पी ली थी कि दिन-रात और एक-दूसरे में फ़र्क़ करना भूल चुके थे।

'कार्तिक शराब नहीं पीता,' लिपिका की आवाज़, कोड़े की मार की तरह उसे ग़फ़लत की दुनिया से बाहर खींच लाई।

'सच?' राहुल की भौंहें अचरज से तन गईं, 'दिलचस्प-वाक़ई दिलचस्प,' अचरज की जगह लुत्फ़ ने ले ली।

चेहरे पर लिपी शर्मिन्दगी के बावजूद, कार्तिक ने लापरवाही दिखलाते हुए कहा, 'डाक्टर ने मना किया है। मुझे बेहद सिरदर्द रहता था, सो लिपिका डाक्टर के पास खींच ले गई।' उसने राहुल की सवालिया नज़र का जवाब देने की कोशिश की।

'अहा, और उसने पीना बन्द करने की सलाह, नहीं, हुक्म दिया? या तुम लिपिका का हुक्म मान रहे हो?' राहुल ने रेशम सी मुलायम आवाज़ में कहा।

'चढ़े नहीं तो लिपिका को ऐतराज़ नहीं होता,' कार्तिक ने बात को उड़ाते हुए कहा।

'पसन्द तो शोभा को भी नहीं है पर मैं परवाह नहीं करता। मैं किसी का हुक्म नहीं मानता।' उसने लिपिका की तरफ़ टेढ़ी नज़र फेंकी।

लिपिका के कानों की लवें जल उठीं। उसने उसे हिकारत से घूरा, जवाब में कुछ तीता कहने को हुई तो ख़याल आया, उसने आपत्तिजनक तो कुछ कहा नहीं, कम-से-कम उससे नहीं। उसके तंज़ भरे जुमले सीधे वार नहीं करते थे, इसलिए वापसी वार करने में वह नाकाम थी। नाराज़ होने की न कोई वाजिब वजह थी, न उसकी रेशमी आवाज़ में छिपी चुनौती या अधखुली आँखों में झलकते कटाक्ष का ठोस सबूत। कार्तिक को उसकी वफ़ादार दोस्ती के सिवाय कुछ दीखता न था और शोभा थी कि अपनी भावनाओं को चुप्पी में छिपाए रखती थी—उसके पास भावनाएँ थीं भी, उसे शक़ था। काश उसकी बीवी इतनी दब्बू न होती, शोभा को चुपचाप वहाँ से खिसकते देख उसने सोचा।

'वाह, क्या बात है!' शोभा को ट्रे में बर्फ़ और नमकीन लाते देख राहुल चहका।

'सोचता हूँ एक पैग ले लूँ—छोटा,' कार्तिक ने सतर्क लहज़े में कहा।

'यह हुई न बात,' राहुल ने लिपिका की तरफ़ महीन मुस्कान फेंकी, 'मैं कभी अकेले नहीं पीता।'

लिपिका ने मुस्कुराने की कोशिश की मगर असफल रही।

राहुल की मुस्कान फैली तो वह समझ गई, वह फिर जीत गया था।

रात गुज़रने के साथ, आसपास बढ़ते सन्नाटे को महसूसती लिपिका अपने कमरे में जगी पड़ी रही। सूनी गली से कुत्ते के रोने की आवाज़ आई तो सहम गई। दूर आसमान में पक्षी ग़मगीन गुहार करता उड़ा। उसे नींद आ ही गई बिला सपने।

बारिश की टप-टप से झपकी टूटी। उसे बारिश से प्यार था। बगल में कार्तिक को चैन से सोया देख उसके भीतर स्फूर्ति भर गई। उसे बेतुकी-सी खुशी महसूस हुई। खुश होने की कोई वजह थी नहीं, फिर भी खुशी थी कि भीतर समा नहीं रही थी। ज़ोरों की भूख भी लगी थी। रात खाना न खाने की वजह से शायद। पर यह बेपनाह उल्लास क्यों? शायद बारिश की वजह से। बारिश उसे हमेशा पुलक से भरती रही थी। आज शोभा को टरकाने नहीं दूँगी, सोच वह रसोई की तरफ़ चल दी।

शोभा ने उसकी तरफ़ ताका ज़रूर पर गोभी काटना जारी रखा।

'मैं तुम्हारी मदद करती हूँ,' लिपिका ने चहककर कहा।

'मुझे मदद नहीं चाहिए,' शोभा ने धीमे से कहा।

कहने को कुछ न सूझा तो लिपिका शोभा का भावहीन चेहरा देखती खड़ी रही। उस पर कोई मलाल, नापसन्दगी या रुखाई नहीं थी, बस एक नकार था।

'जानती हूँ, फिर भी मदद करना चाहती हूँ,' लिपिका अड़ी रही।

'तुम काम में अड़चन ही डालोगी।'

वह अचरज से मुँह खोल उसे ताकती खड़ी रही, फिर चुपचाप लौट आई। नाराज़ होना चाहिए था पर उसके अजीब व्यवहार ने उसे चक्कर में डाल दिया था। वह न बदतमीज़ थी, न नाराज़, बस उदासीन। पति के बड़बोलेपन से बिल्कुल उलट। उसने क्लान्त भाव से सोचा, मेरा दोनों से जी भर गया है। वह अपने घर के परिचित शोरगुल में लौट जाना चाहती थी। चिंकू के पास होने पर हल्ला-गुल्ला मचा रहता था। उथल-पुथल भरे घर को याद करके वह मुस्कुराई और वहाँ जाने के ख़याल से सुकून मिला।

'बारिश और गोभी, दिन शुरू करने के लिए शानदार योग है,' राहुल नाश्ते की मेज़ पर चहक रहा था।

'बारिश तो है,' खिड़की से बाहर देख कार्तिक ने कहा, 'मगर गोभी कहाँ है?'

'तुम्हारी नाक के नीचे, पकौड़ों में,' राहुल हँसा।

'अच्छा,' पकौड़ों पर नज़र डाल कार्तिक ने कहा।

'क्या तुम्हें पकौड़े पसन्द नहीं?' राहुल ने चौंककर पूछा।

'नहीं, बहुत पसन्द हैं,' कार्तिक ने एक पकौड़ा उठाते हुए कहा।

'सब खत्म कर दो, ढेर सारे और आ रहे हैं,' शोभा को ट्रे भर पकौड़े लाते देख राहुल ने कहा।

'हम इतने ज़्यादा नहीं खा सकते,' कार्तिक ने एतराज़ किया। उसे गोभी, खासकर गोभी के पकौड़े बेहद नापसन्द थे।

'एक गोभी और तोड़ी जा सकती है। अगर बारिश फिर हुई तो हम और पकौड़े बनवा लेंगे।' राहुल का उत्साह बढ़ रहा था।

'मुझे नहीं लगता अगले कुछ दिनों में बारिश होगी,' धूप निकलते देख कार्तिक ने खुश होकर कहा, 'यह बेमौसमी बारिश थी।'

राहुल ने बदमिज़ाजी से जवाब दिया, 'बदक़िस्मती तुम्हारी! बारिश न हुई तो पकौड़े नहीं बनेंगे।'

'तब मैं गोभी की कढ़ी बना दूँगी,' शोभा बोली।

'शोभा गोभी शानदार बनाती है, चाहे जैसे बनाए,' राहुल ने डींग हाँकी।

कार्तिक को, पकाए जाने को तैयार, बगीचे में उगी असंख्य गोभियाँ याद आईं।

'लगता है तुमने अपने हिसाब से ज़्यादा गोभी खा ली,' राहुल ने उसे तिरस्कार से देख, ठहाका लगाया, 'जल्दी ही तुम्हें हमारे खाने की आदत पड़ जाएगी—यानी गोभी की इफ़रात की आदत।'

कार्तिक खराब मुँह बनाते-बनाते, ज़बरन मुस्कुराया।

'गोभी बहुत हो ली,' अचानक राहुल उठकर बोला, 'अब हम रात खाने पर मिलेंगे। मैं पूरा दिन बाहर रहूँगा।'

लिपिका ने अपनी मुस्कान छिपा ली मगर उसकी आँखों की चमक ने राहुल को रोक लिया, 'मुझे यकीन है तुम बोर नहीं होगे। मेरे पीछे लिपिका तुम्हारा ध्यान रखेगी।' उसने तंज़िया मुस्कान के साथ कार्तिक को देखा।

'चिन्ता न करें, हम बहुत आराम से रहेंगे,' वह मुस्कुराई।

लपककर बाहर जाते राहुल की हँसी ग़ायब हो गई।

'तुम्हें ऐसे नहीं कहना चाहिए था,' कार्तिक ने झिड़का, 'उसने ग़लत मायने लगा लिये होंगे।'

'लगाने दो,' लिपिका ने उछाह से कहा, 'चलो, बारिश में घूमें।'

'क्या बचपना है,' कार्तिक ने टोका पर बाहर भागती लिपिका के पीछे चल दिया।

'तुम्हें जुकाम होने को है,' कार्तिक तीसरी बार छींका तो राहुल ने शुष्कता से कहा।

'कुछ ख़ास नहीं,' तक़लीफ़ में हिम्मत दिखलाते कार्तिक मुस्कुराया। बारिश में सैर को न निकलता तो यह नामुराद जुकाम न होता, त्यौरी चढ़ाकर पत्नी को देख, उसने कहा , 'मैं...' कि नथुने फड़के और बात पूरी होने से पहले वह फिर छींक दिया।

'आओ, थोड़ी ब्रांडी दे दूँ, सुबह तक ठीक हो जाओगे,' राहुल ने उठते हुए कहा। झिझकता कार्तिक उसके पीछे चला गया।

गहराती रात में बाहर झाँकती लिपिका, खिड़की पर अकेली खड़ी थी। अँधेरा दूर करते इकलौते बल्ब के धुँधले उजाले में उसकी नज़र सफेद रंग की एक आकृति पर पड़ी...बारिश में भीगा रजनीगन्धा! पूरा खिला हुआ। सुगंधित शीतल हवा सूँघते हुए दिल की धड़कन बढ़ गई। ऐसी एक बीती रात की याद से गाल लाल हो गए। तब वह अकेली नहीं थी। वह उसकी सुहागरात थी।

उसने बेचैनी से घड़ी देखी। कार्तिक को गए एक घंटा से ज्यादा हो चुका था। थोड़ी-सी ब्रांडी पीने में इतना वक़्त नहीं लगता। उसने उनके पास जाने का फ़ैसला किया। खाली गलियारे से गुजरते हुए, शोभा को अपने कमरे में खड़ा देख, वह रुक गई। पिछली झिड़की याद करके पीछे हटने को थी कि अचानक शोभा ने उसे पुकार लिया, 'कहाँ जा रही हो?' पूछते हुए उसका लहज़ा एकदम सपाट था।

'तुम्हें मतलब?' वह कहने को हुई कि ध्यान आया, घर उसका था और मेहमानों की आवाजाही पर रोक लगाने का उसे अधिकार था, ख़ासकर अनचाहे मेहमानों पर।

'मैं देखने जा रही थी कि मेरा पति क्या कर रहा है,' ताक-झाँक करते बच्चे-सा महसूस करती लिपिका ने कहा।

'की-होल से झाँक कर?'

'ऐसा क्यों करूँगी?' वह आक्रोश से कुनमुनाई।

'दरवाज़ा बन्द है,' शोभा फुसफुसाई और अपना दरवाज़ा उसके मुँह पर बन्द कर दिया।

पागल औरत, लिपिका ने उसे हँसी में उड़ाने की कोशिश की पर अँधेरे में रास्ता तलाशती टाँगें काँपने लगीं। राहुल की स्टडी का दरवाज़ा बन्द था, मगर दरवाज़े के नीचे की झिर्री से रोशनी की फ़ाँक नज़र आ रही थी। बाकी घर अँधेरे में डूबा था। उसने दरवाज़े पर दस्तक देने के लिए हाथ बढ़ाया फिर झिझकते हुए दरवाज़े का हत्था घुमा दिया। ताला बन्द था। खौफ़ से जकड़ी, वह स्तब्ध खड़ी रह गई...घुमावदार अँधेरे गलियारे में क़दम लौटा लेने से डरी-सहमी, वह बत्ती का स्विच ढूँढ़ने लगी। बन्द दरवाज़े के पीछे से दबी हँसी सुनाई दे रही थी। अँधेरे के डर को दरकिनार कर, वह अपने कमरे की तरफ़ भागी।

आधी रात के बाद, उसे न जगाने की खातिर, कार्तिक दबे-पाँव कमरे में दाख़िल हुआ।

'इतनी देर तक कहाँ थे?' काँपती आवाज़ में लिपिका ने पूछा।

'मुझे लगा तुम सो रही हो,' चौंककर वह फुसफुसाया।

'मैं तुम्हें बुलाने गई थी। दरवाज़ा तालाबन्द था।' उसने शुष्क आवाज़ में कहा।

'वाक़ई। हवा से हो गया होगा,' बेसबब बुदबुदाकर वह बिस्तर में घुस गया।

कार्तिक के सोने का इन्तज़ार करते हुए, उसे उम्मीद की एक किरण नज़र आई। ज्यादा देर इन्तज़ार नहीं करना पड़ा। साँस रोककर खिड़की पर जाकर पल्ले खोले। झाड़-पत्ता तक नहीं हिल रहा था।

नाश्ते की मेज़ पर राहुल हमेशा की तरह प्रफुल्ल था। कार्तिक ने चेहरा गम्भीर बनाए रखने की कोशिश की मगर लिपिका का उतरा चेहरा भी उसे दोस्त के हँसी-मज़ाक में शामिल होने से रोक नहीं पाया। लिपिका ने खामोशी से उन्हें देखा और पिछली रात की आशंका पर शर्मिन्दगी महसूस की। दिन के उजाले में पिछली रात की घटनाएँ अजीबोगरीब और झूठ लग रही थीं। अपनी शर्मनाक ताक-झाँक की याद को परे खिसका, वह भी हँस दी। हैरान कार्तिक ने उसे ताका। राहुल ने उस बेवक़्त हँसी को दरकिनार कर, मजेदार वाक़या सुनाना ज़ारी रखा।

'अफ़सोस, मुझे जाना होगा, तुम लोग मज़े करो।' अचानक उठकर उसने कहा, 'मैं शहर से बाहर जा रहा हूँ।'

वह दिन भर बाहर रहेगा, हो सकता है कई दिन तक बाहर रहे, लिपिका का मन खुशी से गा उठा। आँखें चमक उठीं।

'मैं जल्दी लौटने की कोशिश करूँगा, रात से पहले पक्का लौट आऊँगा,' लिपिका की आँखों की चमक ग़ायब हुई तो राहुल मुस्कुरा दिया। कार्तिक ने मृदुल, स्नेहिल मुस्कुराहट के साथ राहुल को देखा। उन दोनों को देख लिपिका का आखिरी कौर किरकिरा हो गया।

'कितनी नीरस जगह है। मैं पूरी ज़िन्दगी यहाँ बिताने की सोच भी नहीं सकता। राहुल के यहाँ रहने के निर्णय पर हैरान हूँ मैं। पर वह ठहरा गज़ब का इनसान; इतना समर्पित,' करने को कुछ और न कर पाने की वजह से बाज़ार में भटकने पर मजबूर कार्तिक ने गर्मजोशी से कहा।

'चलो, घर लौट चलते हैं,' लिपिका ने रुखाई से कहा।

'और करेंगे क्या? उस बर्फ़ की औरत के पास जाने से बेहतर है हम यहीं रुके रहें,' वह बुदबुदाया।

'मुझे भी यही लगता है,' लिपिका बरबस मुस्कुरा दी, 'हमें उसे साथ आने के लिए कहना चाहिए था न? हो सकता है...' शोभा से हुई बातचीत याद आई तो उसने आगे कुछ नहीं कहा।

'हो सकता है सूरज के ताप ने उसे कुछ कम पत्थर कर दिया हो,' कार्तिक हँसा, 'मैं तो गरमी में समझो पिघल ही गया हूँ। देखें कौन-सी फ़िल्म दिखला रहे हैं।' लिपिका को गली के पार, सिनेमा हॉल की तरफ ले जाते हुए, कार्तिक ने कहा।

थके और धूल से भरे शाम को घर लौटे। घर में दाख़िल होने से पहले ही वह जान गई कि राहुल लौटा नहीं था। बाहर जर्जर नीली फिएट नहीं थी। उसने अजीब-सा सुकून और खुशी महसूस की।

'रास्ते में होगा...उसने कहा था, रात से पहले लौट आएगा,' कार्तिक ने घड़ी देखी।

'काम में फँसा होगा,' लिपिका ने उम्मीद जताई, 'मुझे नहीं लगता, वह आज लौटेगा।'

तभी नीली फिएट को अहाते में घुसते देख वह जड़ रह गई। कार्तिक उससे मिलने आगे लपका जबकि बुझा चेहरा लिये लिपिका दूसरी तरफ़ मुड़ गई।

रात के खाने के बाद, जैसे ही लिपिका यह कहकर उठी कि वह सोने जा रही थी, राहुल ने सुझाया, 'शतरंज हो जाए?' वह सख़्त पड़ गई और कामना कर उठी कि कार्तिक इनकार कर दे। कार्तिक झिझक रहा था सो चुप्पी छा गई। 'ठीक है, सिर्फ़ एक पारी,' उसकी आवाज़ कमरे से बाहर जाती लिपिका की पीठ पर बरसी।

जब कार्तिक बिस्तर पर लौटा तो पक्षी नए दिन के आगमन में चहचहा रहे थे। लिपिका ने ऐसे जतलाया जैसे सो रही हो।

वह बुलन्दशहर में उनका आखिरी दिन था। आसमान पर बादल छाए थे। राहुल ने छुट्टी ले ली थी। 'पिकनिक के लिए बढ़िया दिन,' उसने घोषणा की तो कार्तिक ने सन्देह से ऊपर देखा। 'बारिश हो सकती है,' उसने आपत्ति की।

'चिन्ता मत करो, मुझे पता है कहाँ जाना ठीक रहेगा। पास ही एक वीरान छप्पर है। बारिश होगी तो वहाँ पनाह ले लेंगे। मगर मुझे यकीन है बारिश होगी नहीं। चलो, चलते हैं।' कार्तिक का तना चेहरा देख वह हँसा, 'लगता है तुम्हें अभी से गोबर की बू आने लगी।'

'बारिश आनेवाली है...क्या गोभियाँ तैयार हैं?' शोभा ने रसोई से बाहर निकलते हुए कहा।

'बारिश नहीं होगी और गोभियाँ भी तैयार नहीं हैं,' राहुल ने फटकार बतलाई, 'हम पिकनिक पर जा रहे हैं। जल्दी से कुछ पैक कर लो।'

शोभा चुपचाप रसोई की तरफ बढ़ी तो लिपिका को गुस्सा चढ़ने लगा। राहुल को जलती नज़र से देख, वह शोभा के पीछे चल दी। आखिर वह वहाँ उसका आखिरी दिन था। शोभा का इनकार सुनने का भी आखिरी दिन। अचरज कि शोभा ने चुपचाप, प्रसन्न भाव उसकी मदद स्वीकार कर ली।

'बेवकूफ़ औरत, इसे गोभी के अलावा कुछ सूझता ही नहीं,' राहुल चिढ़कर भुनभुनाया।

'चलते हैं, मज़ा आएगा...कब से पिकनिक पर नहीं गया,' कार्तिक ने दोस्त

की ज़िन्दादिली क़ायम रखने को जल्दी से कहा। बारिश हो न हो, गोभी खाने से तो बेहतर रहेगा!

अपनी पसन्दीदा परतदार चिकन सैंडविच का कौर तोड़ते, कार्तिक की नाक पर बारिश की पहली बूँद पड़ी। उसने अपनी बीवी की तरफ प्यार से देख, उसकी पसन्द के अनुरूप सेंडविच वही बना सकती थी, बारिश की बूँद को नज़रअन्दाज़ कर दिया। जब दूसरी बूँद सैंडविच पर पड़ी तो फटाफट उसे निबटा, उचारा, 'बारिश हो रही है।'

'बकवास!' राहुल ने खाना जारी रखा।

'मुझ पर दो बूँद पड़ चुकी हैं,' कार्तिक ने जवाब दिया।

राहुल ने ठहाका लगाया, 'कौवा होगा।'

उन्होंने आधा खाना ही खाया था कि बारिश की बड़ी-बड़ी बूँदें सब पर पड़ने लगीं।

'है तो बारिश ही,' राहुल सहमत हुआ और वे फटाफट बचा खाना समेटने लगे।

'मेरे पीछे आओ,' बारिश की बौछार चाबुक की तरह बदन पर पड़ी तो दौड़ते राहुल ने आदेश दिया। बिना देखे-भाले, वे उसके पीछे चल दिए। उसके बतलाए मुताबिक छप्पर था ज़रूर पर वीरान कतई नहीं। आधा दर्जन अड़ियल गायें वहाँ बैठी मूढ़ भाव से उन्हें निरख रही थीं। पूरी तरह चोड़ा ग्वाले ने उनकी टोकरी भूखी निगाहों से देखी। पर जब उन्होंने भीगा खाना उसे दिया तो वह बदमिज़ाजी से पीछे हट गया।

'एहसान फ़रामोश,' कार की ओर बढ़ता राहुल बुदबुदाया। सिर्फ़ लिपिका ने गुस्साए पति के पीछे आती शोभा की आँखों में विजयी मुस्कुराहट देखी।

नाराज़ राहुल और छींकते कार्तिक की वजह से रात का खाना ख़ासा मनहूस रहा। सिर्फ़ लिपिका अगले दिन लौटने को लेकर प्रफुल्लित थी। उसने अपनी खुशी राहुल की पैनी नज़रों से छिपाए रखी कि कहीं वह उसे चुनौती न मान बैठे।

'तुम हर वक़्त सुड़-सुड़ क्यों करते रहते हो?' राहुल ने खीजकर कार्तिक को देखा।

'बरसात में पिकनिक मनाने का बेवकूफ़ सुझाव तुम्हारा था,' दोस्त की बेवजह फटकार से आहत, कार्तिक बोला।

'ओहो, ज़ुकाम हो गया,' ग़लती का अहसास कर राहुल ने नरमी से कहा, 'मेरी स्टडी में चलो, मैं दवाई दे दूँगा।'

लिपिका कसमसाई।

'तुम भी आ जाओ,' राहुल ने नामचारे को मुस्कुराकर कहा, 'तुम्हारी दवाएँ भी देनी हैं। उसमें समय लगेगा। तुम्हें इन्तज़ार करने में ऐतराज़ तो नहीं?' उसकी

नज़रें क्षण भर लिपिका पर टिक कर हट गईं। मुस्कुराहट फैली तो तीखे दाँत चमक उठे।

उसने अनिश्चय से राहुल की तरफ देखा। साथ चलने के औचक निमंत्रण से वह चकरा गई। समझ नहीं आया क्या कहे! पर उसके मनोरंजन को भाँप उसकी गरदन तन गई, हँसकर कहा, 'इतने मैं पैकिंग कर डालती हूँ। सुबह–सुबह दिल्ली की बस पकड़नी है।'

'ठीक है, पैकिंग कर लो। मैं तुम्हारी दवाइयाँ कैरी को दे दूँगा।' उसने सद्भाव से कहा और स्टडी की तरफ़ बढ़ते हुए आवाज़ लगाई, 'प्यारे दोस्त, आओ, समय बरबाद मत करो।'

अनिश्चित लिपिका खड़ी रही और कार्तिक कुर्सी से उछल, दोस्त के पीछे चल दिया।

क्या वह उसके पीछे जाए? साथ चलने को कहा था न? उसीने मना कर दिया। बेमन से अपने कमरे में पहुँच, पैकिंग शुरू कर दी।

कल वे चले जाएँगे...जाने का ख़याल राहत दे रहा था पर उदास भी कर रहा था। छुट्टी मनाने का कितना मन था। घर और ऑफिस के बीच हफ्ते में पाँच दिन पिसते बिताती, फिर हफ़्ता खत्म होने को आता तो बाक़ी बचे दो दिन, चिंकू के साथ, पाँच दिन न रहने की कमी पूरी करती थी।

यहाँ कितनी शान्ति थी। काश, उसका दिमाग़ भी माहौल की तरह शान्त रहता। शंका और अज्ञात भय के कारण, हर्ष की हर उम्मीद नाकाम हुई और वह हताशा के गर्त में गिरने–गिरने को हो गई। क्या उसके सन्देह और डर का ठोस आधार था? या राहुल की क्षुब्ध और पगलाई–सी बीवी की बुड़बुड़ाहट ने उसकी कल्पना में रंग भर दिया था? शोभा पागल थी या बेवकूफ़? या महज़ एक विनम्र पत्नी? नहीं, असली शोभा को वह कभी नहीं जान पाएगी। और राहुल? जितना उसे जानती, उतनी नफ़रत बढ़ती जाती। जिस तरह वह उसे दुविधा में डाल, उसकी परेशानी और लाचारी का मज़ा लेता, उसे झिंझोड़कर रख देता। वह जानती थी, कार्तिक जिसे मज़ाक कहकर टाल देता है, वह कुछ और था; जानती थी, उनके बीच लगातार चलती रस्साकशी में उसे हराने में राहुल को कितना मज़ा आता था। आख़िर उसका खेल था क्या? उसे मुसीबत में डाल उसकी परेशानी का मज़ा लेना, बस?

अगर वह अपनी भावनाएँ छुपा पाती तो राहुल को मात दे सकती थी, जैसे आज रात दी थी। उसके इनकार ने राहुल से जीत की खुशी छीन ली थी। जैसे ही लिपिका के अनिश्चय ने राहुल की शिकारी प्रवृत्ति जगाई, लिपिका ने बाज़ी पलटकर चरमोल्लास का क्षण आने से रोक दिया। राहुल के साथ चलने की पेशकश से इनकार कर, वह जीत गई थी।

हालाँकि उसे कार्तिक के लौटने का इन्तज़ार था फिर भी वह बिस्तर में उनींदी लेटी विजयी भाव से मुस्कुराई, पर अवचेतन में सन्देह ने दुबारा सिर उठा लिया। क्या वह सचमुच जीती थी? या...वह दबी-दबी हँसी क्या थी, जो रात-भर उसका पीछा करती रही थी?

जब लिपिका अलार्म की तीखी आवाज़ से चौंककर जगी तो दिन निकल रहा था। उन्हें अल्लसुबह बस पकड़नी थी...उसने कार्तिक को जगाने के लिए हाथ बढ़ाया। हाथ खाली ठंडे बिस्तर पर पड़ा तो दिल ज़ोरों से धड़क उठा। कहाँ गया वह? उसने कार्तिक को पुकारा। कोई जवाब नहीं मिला। इतनी सुबह कहाँ जा सकता था? टहलने? नहीं, उसे टहलना पसन्द नहीं था; सुबह-सुबह तो कतई नहीं। हो सकता है, राहुल, जो रोज़मर्रा सुबह सैर पर जाता था, आख़िरी दिन उसे साथ ले जाने में कामयाब हो गया हो। बेचारा कार्तिक! ख़ुमारी में खाली बिस्तर की तरफ़ देखकर उसे हँसी आई, फिर झटके से उठ बैठी। कुछ गड़बड़ तो थी। बिस्तर पर सोने के निशान ही नहीं थे। कार्तिक रात-भर वापस नहीं लौटा था। पिछली रात उसे राहुल के पास छोड़ा था। उसे हो क्या सकता था? क्या चोरों ने उसे पीट-पाटकर मार डाला? और राहुल? अँधेरे में बैठी वह डर कर बेतरह काँप उठी।

हिम्मत बटोरकर आखिर बिस्तर से उठी और बाहर झाँका। सब शान्त था। आदमज़ात कहीं नहीं था। अन्दर से भी कोई आवाज़ नहीं आ रही थी। बाहर नए दिन का स्वागत करते पक्षी चहचहा रहे थे।

पक्षियों के कलरव से कुछ तसल्ली पा, वह दबे क़दम शोभा के कमरे के दरवाज़े पर पहुँची और कान लगाकर सुनने लगी। चुपके से हैंडिल घुमाकर दरवाज़ा ज़रा-सा खोला और नीम अँधेरे कमरे में झाँका। आँखें बिस्तर पर शान्त लेटे शरीर पर टिक गईं। शोभा सो रही थी या...सोचकर लिपिका काँप गई। उसने कभी लाश छुई नहीं थी। वह भागने के लिए मुड़ी...तभी शरीर में हरकत देख, क़दम रुक गए। शोभा मरी नहीं, सोयी हुई थी। उसे राहत महसूस हुई। फिर यह याद कर दुबारा तनाव में आ गई कि कार्तिक रात से ग़ायब था। राहुल भी तो। और इस बेवक़ूफ़ औरत को देखो, जघन्य हत्याओं से बेख़बर, सो रही थी। वैसे सोने के लिए उसे दोषी नहीं ठहराया जा सकता था। अलार्म न बजा होता तो लिपिका भी सो रही होती।

'शोभा,' उसने आहिस्ता से पुकारा और बिस्तर की ओर बढ़ी। फिर जड़ रह गई। घने पत्तों से छन कर, खिड़की की राह आती, सूरज की किरणों को रोमिल छाती पर पड़ते देखा तो बेतरह घबरा गई।

सुर्ख गाल लिये वह कमरे से बाहर भागी। बाहर निकली तो भाँप उड़ाती चाय लेकर आती शोभा की सर्द निगाहें देख, गर्मी उसके कानों की लवों तक पहुँच गई।

'मैंने सोचा तुम हो अन्दर,' उसने कहा। फिर अपनी ग़लती की वजह याद करके खुद को संयत किया। वह अपने ग़ायब पति को खोज रही थी; उसके बारे में जानने का उसे पूरा अधिकार था।

'कार्तिक ग़ायब है। कल रात से...मुझे लगा वह राहुल के साथ है मगर...' बात पूरी किए बिना वह रुक गई।

'वह सो रहा है...' शोभा ने भावहीन स्वर में कहा।

'तो जगाओ उसे। मेरे पति को तलाशना है,' उसने ज़ोर देकर कहा।

शोभा को अपनी तरफ़ लापरवाही से ताकता देख उसका असमंजस क्रोध में बदल गया। बोली, 'मैं पुलिस को बुलाऊँगी।'

'तुम यहाँ से चली क्यों नहीं जातीं? वापस!' उसके कन्धे पकड़कर झिंझोड़ते हुए शोभा फुफकारी।

हैरान लिपिका ने अपने पर हावी उस औरत की जलती आँखें देखीं तो डर से पथरा गई। ज़रूर वह एक पागल औरत की गिरफ़्त में थी जो अवसाद की वजह से हत्यारी बन गई थी। और कार्तिक का कहीं अता-पता न था। यह सोचकर उसके पसीने छूट गए कि कहीं उस पागल ने कार्तिक की हत्या तो नहीं कर दी...और अब उसकी बारी है। उसे पुलिस का नाम नहीं लेना चाहिए था। वह जानती है कि अपना अपराध छुपाने के लिए हत्यारे कुछ भी कर सकते हैं? पर उसे पक्की तौर पर पता नहीं था कि शोभा ने हत्या की थी या नहीं? उसने सोचा नहीं था कि एक औरत हत्या कर सकती थी, वह भी शोभा जैसी औरत। वह असली शोभा को जानना चाहती थी न?...तो यह था उसका असली रूप। उसे अपने भीतर हिस्टीरिया की लहर उठती महसूस हुई, 'कार्तिक,' उसने रुँधे गले से पुकारा।

'रीं-रीं बन्द करो,' शोभा ने उसे पकड़े रखकर डाँटा और दूसरे हाथ से दरवाज़ा ज़ोर से बन्द कर दिया, 'अपनी चीख-चिल्लाहट से उसे जगा दोगी।'

'कार्तिक,' उसने और ज़ोर से पुकारा ताकि आवाज़ बन्द दरवाज़े के अन्दर पहुँच सके।

शोभा ने अचानक अपनी पकड़ ढीली कर दी जिससे वह डगमगा गई। 'बेवकूफ, स्टडी में जाओ,' उसे धकियाकर वह फ़ुत्कारी, 'तुम्हारा लाडला पति वहीं है।' उसके ज़हर बुझे स्वर ने लिपिका को डरा दिया पर अपने को आज़ाद पा, वह स्टडी की तरफ दौड़ी। उसके पीछे एक दरवाज़ा खुलकर बन्द हुआ तो उसका खून जम गया। वह इतना डरी हुई थी कि मुड़कर नहीं देखा; सिर्फ़ भागते-भागते प्रार्थना करती रही कि शोभा उसे पकड़ न सके।

बिला ठीक से देखे, उसने स्टडी के दरवाज़े का हत्था घुमाया कि कहीं बन्द न हो। दरवाज़ा खुला पाकर राहत महसूस की। अन्दर से दरवाज़ा बन्द करके कुंडी लगा दी। जब तक वहाँ थी, सुरक्षित थी...और उसे तब तक वहीं रहना था, जब

तक पुलिस न आ जाती। फ़ोन की तलाश में उसने कमरे में नज़र दौड़ाई तो वह सोफ़े पर आराम करते, जाने-पहचाने चेहरे पर पड़ी। भोर के उजाले में धड़कती छाती देख, लिपिका की आँखें चमक उठीं। मगर जब नज़र नीचे डाली तो खौफ़ से जम गई। कार्तिक बिल्कुल नग्न था।

एक सप्ताह तक दोनों के बीच मनहूस चुप्पी छाई रही। चिंकू मम्मी-पापा के अजीब व्यवहार और तनातनी की वजह समझ नहीं पाया। पीछे छोड़ दिए जाने का उसे कोई मलाल नहीं था; दादा के घर उसने खूब मज़े किए थे। मगर वह हमेशा मम्मी-पापा से यह बात छुपाकर रखता था और उसका ध्यान न रखने के बदले उपहार वसूल करता था। घर वापस आता तो यह नहीं बतलाता कि दादी ने उसे कितना दुलार किया, बस दादा-दादी के बीच के झगड़े की कहानी सुनाता। वह सब बच्चों को नहीं देखना चाहिए, पापा गुस्से से बुदबुदाते और चिंकू पर उसके दुष्परिणाम को हटाने के लिए उससे खूब दुलार करते। मम्मी भी चिंकू से लाड़ लड़ाती हालाँकि उसे उसकी बात पर यकीन न होता। वे कभी नहीं जान पाए कि चिंकू को वे झगड़े कितने मज़ेदार लगते थे, जो होते भी ज़्यादातर उसी को लेकर थे।

उसे चुप्पी नापसन्द थी और दादा के घर, ऐसे उबाऊ पल कभी नहीं आते थे। कम-से-कम उसके वहाँ रहते नहीं। पता नहीं उसके मम्मी-पापा उनकी तरह बहादुरी से क्यों नहीं झगड़ते? दादा की डाँट-डपट से सहम कर, जब भी वह मुँह लटकाता, दादी कहती थी न, 'ऐसे रूठा-रूठी तो नन्ही बच्चियाँ करती हैं।'

'राहुल का फ़ोन आया था,' एक शाम कार्तिक ने चुप्पी तोड़ी तो लिपिका का चेहरा फक्क पड़ गया।

'तुम्हारे बारे में पूछ रहा था, तुम दवाइयाँ नियमित लेती हो या नहीं? जैसे बतलाया था, वैसे एक ख़ुराक़ भी बिना भूले लेनी चाहिए।'

बस करो, इससे पहले कि मैं पागल हो जाऊँ, चुप हो जाओ, लिपिका के होंठ हिले पर शब्द बाहर नहीं निकले।

'दवाइयाँ खत्म होने की चिन्ता मत करना।' उसने कहा, 'और भेज देगा। फिर बुलन्दशहर मेरठ से दूर कितना है। अगली बार जाऊँगा तो...'

'मैं उसे फिर कभी नहीं देखना चाहती,' पीड़ित लिपिका ने पुकारकर कहा तो आँखों से बेबसी के आँसू बह निकले। उतना सब होने के बाद, उसकी फ़ोन करने की हिम्मत कैसे हुई? कार्तिक को भी तोते की तरह उसकी बात दुहराने में शर्म नहीं आई।

'मैं नहीं समझता तुम्हें देखने की ज़रूरत होगी। हम उससे फ़ोन पर बात करके ख़ुद दवाइयाँ खरीद सकते हैं। आखिर वे महँगी दवाइयाँ हैं; उससे बेला पैसे लेनी ठीक नहीं हैं।' उसने नैतिकता जतलाई।

उसकी पीड़ा रौद्र गुस्से में बदल गई। उनके कारगर न होने पर भी वह राहुल की दवाइयाँ बिला नागा लेती रही थी। उसकी बिगड़ती हालत से क्षुब्ध हुए बिना, कार्तिक राहुल से फ़ोन पर देर-देर तक मशविरा करता रहा था। लिपिका की देह से जमा ज़हर बाहर निकाल उसे शुद्ध करने की ख़ातिर, राहुल दवाइयों की खुराक बढ़ाता गया था। 'चाहूँ तो मैं भी एलोपैथ की तरह इसे दबा सकता हूँ पर स्थायी इलाज तभी होगा, जब वह बाहर फूट आए,' उसने कार्तिक को समझा दिया था। कार्तिक ने उसका सन्देश शब्दश: लिपिका को दे दिया था। लिपिका ने न स्वीकार किया था, न अस्वीकार। कार्तिक ने उसकी चुप्पी को स्वीकृति मान लिया था।

उसकी बढ़ती ढील से हिम्मत पा, एक रात कार्तिक ने उसे अपनी तरफ खींचा। घायल जानवर जैसी उसकी चीख़ ने उसकी पकड़ ढीली कर दी। यूँ चीखने के बजाय मना कर सकती थी, अलग छिटककर उसने सोचा। फिर उसका सुबकना सुन, बत्ती जलाई और घबराकर पूछा, 'कुछ लाऊँ तुम्हारे लिए?'

उसने जवाब नहीं दिया। कार्तिक ने अनिर्णय से उसे देखा। अब वह रो नहीं रही थी। उसने रोने का कारण न जानना ही बेहतर समझा। आधी रात को दौरा पड़नेवाली बीवी के साथ रहने का ख़याल खासा नागवार था। रात की चुप्पी में आवाज़ें दूर तक जाती थीं और वह नहीं चाहता था, पूरा पड़ोस तरह-तरह के क़यास लगाए।

उसकी निगाहें लिपिका के छरहरे बदन पर फिसलीं तो उसकी उघरी टाँगें देख, वह घबराकर पीछे हट गया। वितृष्णा को दबा, टाँगों पर उभरे बेशुमार बदसूरत फफोलों को देखने की हिम्मत जुटाई। ये कब हुए? लिपिका ने उनके बारे में कभी नहीं बतलाया। राहुल को भी नहीं पता। राहुल को बतलाना चाहिए। वह बिस्तर से उठ फ़ोन की तरफ भागा।

वह उसे हबड़-तबड़ फ़ोन मिलाते सुन रही थी। दर्द के बीच ओंठ खिन्न मुस्कुराहट में सिकुड़े। काश, राहुल फ़ोन न उठाए।

उसने आँखें मूँद लीं। जो भयानक दृश्य उसने अभी-अभी देखा था, उसका विवरण देते हुए कार्तिक की आवाज़ तीखी होती गई। फिर धीमी पड़ गई, ज़रूर दोस्त से तसल्ली पा कर। वह जानती थी, वह फिर जीत गया था। कार्तिक को अपने दोस्त पर बिला शक़ोशुबहा यक़ीन था।

'वह कहता है, चिन्ता की कोई बात नहीं है।' उसके पास आकर वह चहका, 'दरअसल उसे ऐसा होने की आशंका थी। इससे साबित होता है कि उसकी दवाइयाँ कितनी असरदार हैं।'

'घातक,' वह बुदबुदाई।

'क्या?' भ्रमित कार्तिक ने पूछा।

'उसने कहा था, वे जानलेवा हैं।'

‘किसने?’

‘कैमिस्ट ने,’ उसने उदास स्वर में कहा।

‘बकवास!’ कार्तिक फट पड़ा, ‘उसे क्या मालूम, वह डाक्टर नहीं है।’

‘है, डाक्टर है।’

‘नीम-हकीम होगा, जिस होम्योपैथ के बारे में राहुल बत्ला रहा था, उस जैसा,’ उसने मखौल उड़ाया, ‘ये तेज़ दवाइयाँ हैं। मुझे पता है, राहुल ने बतलाया था। बड़बोला नौसिखिया होम्योपैथ दे तो घातक भी हो सकती हैं।’

जैसे राहुल, उसने सोचा और काँप उठी।

‘जब राहुल जैसा कुशल डाक्टर तुम्हारा इलाज कर रहा है तो तुम्हें चिन्ता क्या है?’ उसने आत्मतुष्ट भाव से उचारा और उसके बराबर में लेट बत्ती बुझा दी।

‘वह तुम्हें एक बार देखना चाहता है, सुबह वहाँ चलेंगे, अँधेरे में उसकी आवाज़ थरथराई।

रात-भर जागकर वह सुबह की पहली किरण का इन्तज़ार करती रही। काश, वह सुबह होने को रोक सकती।

जैसे ही सूरज उगा, कार्तिक बिस्तर से उछलकर उठ गया, ‘तो तुम जगी हुई हो?’ वह मुस्कुराया, ‘अच्छा है, हम जल्दी चल सकते हैं।’ बिना मुड़कर देखे वह बाथरूम में घुस गया। लौटकर लिपिका को बिस्तर में लेटे देखा तो उसकी सुस्ती से चिढ़ गया। फिर उसकी घायल टाँगों को याद कर नरम पड़ा और उदारता दिखलाते हुए चाय बनाने की पेशकश की। सोचा, इशारा समझकर वह उठ जाएगी। वह बिस्तर से नहीं हिली। मन-ही-मन बददुआएँ देता, वह रसोई की ओर बढ़ा।

उदासीन दिखने की कोशिश करती, वह बैठकर चाय पीने लगी; कार्तिक अपनी चाय गटक उसके आसपास मँडराता रहा। ‘बेहतर होगा कि तैयार हो लो, देरी हो रही है,’ आखिर उसने कहा।

वह बेतरह घबरा गई...प्याला नीचे रखा तो वह हिल रहा था। ‘मैं नहीं जाऊँगी,’ उसने काँपती आवाज़ में कहा और अख़बार उठा, उसके पीछे छिपकर सम्भावित हमले से बचने की कोशिश की।

‘क्या!’ कार्तिक ने प्रतिवाद किया, ‘क्या मतलब नहीं जाओगी? मैंने उससे तय कर लिया है। वह इन्तज़ार कर रहा होगा।’

अख़बार एक तरफ पटक, लिपिका ने सख्त शिकायती नज़र से उसे घूरा।

उस तिक्त नज़र से वह घबरा गया। दूसरी तरफ देखते हुए भुनभुनाया, ‘इतनी परेशानी उठाई; देर रात उसे फ़ोन पर परेशान किया और अब तुम कह रही हो, नहीं जाओगी। उससे क्या कहूँ मैं?’ वह कराह दिया।

‘जो दिल में आए, तुम्हारा दोस्त है,’ उसने बर्फ़ीली आवाज़ में कहा।

‘तुम्हारा डाक्टर भी है।’

'अब नहीं।'

'तुम मुझे रात को ही बतला सकती थीं,' कार्तिक ने दाँत भींचकर कहा।

'तुमने मुझसे पूछा कब? बस कह दिया जाना है।'

'जैसे अब बतला रही हो, पहले भी बतला सकती थीं। पूछा तो मैंने अब भी नहीं,' वह चिढ़कर बोला।

वह चुप रही।

कार्तिक ने उसके सख्त चेहरे को देख अपनी रणनीति बदली, 'लिपिका, मेरी बात सुनो,' उसने खुशामद की, 'तुम्हारी खातिर एक बार वहाँ चलते हैं। जानती हो न, तुम्हारी हालत खराब है। तुम उसे छोड़ नहीं सकतीं, तुम्हें अभी उसकी ज़रूरत है, लिपिका।'

लिपिका का चेहरा भावशून्य बना रहा। उसकी टाँगों में दर्द की लहरें उठ रही थीं, जो पूरे शरीर में फैलती जा रही थीं।

'मुझे उसकी ज़रूरत नहीं है,' वह बुदबुदाई।

क्या तुम्हें है? उसकी नज़रों ने चुपचाप पूछा।

उस पैनी नज़र से बौखलाकर कार्तिक ने निगाहें फेर लीं।

उसने नीची नज़रों से देखा, कार्तिक ने रिसीवर उठाकर जल्दबाज़ी में कई बार ग़लत नम्बर मिलाया। सही नम्बर मिलाकर राहुल की शर्बती आवाज़ सुनने में बस कुछ पल की देर थी, वह जानती थी।

'कितना प्यारा आदमी है। तुम्हारे लिए यहाँ आना मंजूर कर लिया है।' लिपिका के बिस्तर के पास आकर उसने प्रफुल्ल स्वर में कहा, 'बल्कि यह सुझाव पहले न देने के लिए माफी भी माँगी। जब मैंने उसे तुम्हारे इनकार के बारे में बतलाया तो कहा, मैं समझ सकता हूँ; ऐसी हालत में कैसे आ सकती है? इतनी करुणा, इतना समर्पित जज़्बा,' कार्तिक ने श्रद्धा से कहा।

लिपिका को झुरझुरी आ गई। उसने ज़ल्दी से टाँगों को चादर से ढँक लिया। कार्तिक के इसरार पर राहुल को टाँगें दिखलाने पर, वह कैसे भयभीत हो बिदका था, याद करके उसका चेहरा लाल पड़ गया। तब भोलेपन में उसके डर को शर्मीलापन मान लिया था। खतरनाक बीमारी के लिए उसकी जुगुप्सा ने उसे लज्जा से जलता छोड़ दिया था।

उसकी टाँगों का वीभत्स हाल देख, उस पर क्या प्रतिक्रिया होगी? जाँच करेगा कैसे जब संक्रमण से इतना डरता है?

वह किरच होते शीशे की तरह हँसी, 'उसे कहो यहाँ न आए, यह संक्रामक है।'

कार्तिक मुँह बाये उसे देखता रहा फिर लज्जित हँसी हँसा, 'तुम्हें सिर्फ़ एलर्जी है, वह संक्रामक नहीं होती।'

'तुम्हें कैसे मालूम?'

'होती तो मुझे हो जाती न? राहुल भी तुम्हारा इलाज करने को तैयार है। अगर संक्रामक होता तो तुम्हें अपने घर नहीं बुलाता। वह हमेशा से बीमारी से डरता रहा है।' लिपिका का खिंचा चेहरा देख उसने जोड़ा, 'लेकिन वह डाक्टर बनने से पहले की बात है। पर डाक्टर को भी कुछ सावधानी तो बरतनी होती है न। आखिर हर तरह की बीमारी को हाथ लगाना पड़ता है।' लिपिका की सहमति की आस में उसने दलील दी।

उसने कोई टिप्पणी नहीं की। चेहरा निर्लिप्त बना रहा।

'लिपिका, समझदारी से काम लो,' उसने तंग आकर कहा, राहुल तुम्हारा इलाज करने से मना कर सकता था पर उसके लिए वह किसी भी हद तक जा सकता है। वह तुम्हें निराश नहीं कर सकता, मुझे त्याग नहीं सकता। वह...'

'उससे कहो, न आए,' लिपिका की तीखी आवाज़ ने बात काट दी।

उसकी ज़िद से नाराज़ होकर कार्तिक ने उसे काफ़ी फटकारा पर उस पर असर न हुआ।

वह चुपचाप उसे बेचैनी से इधर-उधर टहलते देखती रही...उसने फ़ोन का रिसीवर उठाया तो दिल ज़ोरों से धड़क उठा।

उसने चोंगा उठाया तो साँस रोक सुनने लगी। कौन जाने राहुल का कुटिल दिमाग़ क्या नई चाल सोच बैठे?

रिसीवर वापस रख कार्तिक उसे आहत अविश्वास से घूरता रहा। 'भाड़ में जाओ,' कह राहुल ने फ़ोन काट दिया था।

उसकी यह एक सलाह मानने को वह तैयार नहीं था। दूसरे डाक्टर के पास जाना बेहतर समझा। त्वचा विशेषज्ञ की तीखी प्रतिक्रिया ने दोस्त के डाक्टरी कौशल पर उसकी निष्ठा को हिलाकर रख दिया।

उनका सम्पर्क टूट गया। लिपिका सोचती, क्या कार्तिक दफ़्तर से राहुल को फ़ोन करता होगा या उसकी औचक चुप्पी से परेशान होकर, राहुल ने उसे फ़ोन करने की कोशिश की होगी? वह इतनी जल्दी हार माननेवाला जीव नहीं है। और कार्तिक? वह उसे टालने में कब तक सफल होगा? क्या वह उसके ठीक होने का इन्तज़ार कर रहा था? राहुल का नाम न लिये जाने से सन्तुष्ट उसने अपनी आशंकाओं को अपने तक रखा। वह ठीक होने लगी।

फिर एक दिन अचानक राहुल का घर पर फ़ोन आया। उसकी कपटी फुसफुसाती आवाज़ सुन उसका सिर घूमने लगा।

'कार्तिक कहाँ है?' उसने सवाल किया।

'मुझे नहीं पता,' उसने टालते हुए कहा।

'क्यों, तुम्हारे साथ नहीं रहता क्या? या तुमने उसकी ज़िन्दगी में दखल देना बन्द कर दिया है?' उसने कुरेदा।

लिपिका की तक़लीफ़ और बहादुरी से उससे मुकाबला करने की कोशिश को महसूसने को वह बेताब था। उसके कान उसके कपटी जवाब का हर शब्द, हर अक्षर, हर ध्वनि पर एकाग्र थे। उसका शिकारी मन वापसी हमले के लिए तैयार था।

उसकी चुप्पी से हैरान और कुछ निराश होकर उसने छेड़ा, 'कुढ़ो मत। मैं तुम्हें चिढ़ा रहा था; तुम्हारे लड़ने का जज़्बा परख रहा था,' उसने मखौल उड़ाते हुए कहा।

लिपिका ने जवाब नहीं दिया।

'तुम्हारे पास सेंस ऑफ़ ह्यूमर कभी नहीं था, हाँ वापसी हमला करना ख़ूब आता था,' वह हँसा।

वापसी आक्रमण करने को उकसाता भीतर गुस्सा पनपा कि आँखों में शर्म के आँसू आ गए और उसने गुस्सा थूक दिया। उसकी रुँधी आवाज़ से सच ज़ाहिर हो जाएगा; इतनी दूर से भी उसे धोखा देना आसान नहीं था। वह जानती थी, उसकी बाज़-सी आँखें जो नहीं देख पाएँगी, उसके तेज़ कान भाँप लेंगे। वही नहीं राहुल भी जानता था कि उसके चुटीले शब्दों के पीछे क्या मनोकामना थी। उसका स्त्रियोचित्त सम्मान और अस्मिता निर्वस्त्र हो गए थे, फिर भी वह सोचती थी कि उसे और ख़ुद को इस भ्रम में रख सकेगी कि कुछ नहीं हुआ था? कि बुलन्दशहर में जो घटा, उसने उसे आहत नहीं किया था? वह जानती थी, उसके ज़ख्म भरे नहीं थे; कभी भर भी नहीं सकते थे। वह चाहता तो उन्हें खुरचकर दुबारा लहूलुहान कर सकता था। वह कुछ भी कर सकता था, कार्तिक को उससे छीन सकता था, किसी और वजह से नहीं तो उससे लड़ने और जीतने का सुख पाने के लिए। पहले कर चुका था, दुबारा करने में झिझकेगा नहीं। अभी तक उसके और कार्तिक के बीच जो खाई उसने पैदा की थी, उसके पार जाया जा सकता था; हमेशा नहीं पर कभी-कभार, जब दोनों एक बिन्दु पर मिलने के लिए उसे पाटने की कोशिश करते। राहुल ने उनकी ज़िन्दगी में दुबारा घुसपैठ की, चाहे जितनी कम देर के लिए हो तो वह फ़ासला, गहरी खोह बन कर, दोनों को लील जाएगा। या सिर्फ़ उसे? राहुल की मज़बूत बाँहों में बँधा, किनारे खड़ा कार्तिक क्या उसे डूबते देखता रहेगा?

खौफ़ की जकड़न में उसका लड़ने का जीवट चुकने लगा और वह जड़ हो गई। निस्पन्द उँगलियों से फ़ोन पकड़े रही पर आनेवाले प्रलयंकारी संकट की आशंका से, जो उसकी ज़िन्दगी को तहस-नहस करनेवाला था, दिल धड़धड़ करता रहा। संकट को अपरिहार्य बनाने के लिए राहुल से खुलेआम मोर्चा लेना काफ़ी था।

राहुल को उसकी धड़कती चुप्पी में मज़ा आ रहा था...उससे उस पक्षी के

फड़फड़ाते दिल की याद हो आई, जिसे उसने बचपन में अपनी मुट्ठी में मज़बूती से जकड़ लिया था। अपने सैयाद से छूटने की नाकाम कोशिश करते, आख़िर वह निढाल हो गई थी तो उसने हिकारत से मुट्ठी खोल दी थी। मुग्ध-स्तब्ध दोस्तों को अपाहिज पक्षी को घेरे दुःखी खड़ा छोड़, वह छाती फुलाए वहाँ से चल दिया था।

'लिपिका,' उसने फुसलाती आवाज़ में कहा, 'तुम ठीक तो हो? तुम बोल क्यों नहीं रहीं? तुम मुझे बतला सकती हो, मुझ पर विश्वास कर सकती हो। आखिर मैं तुम्हारे पति का पुराना दोस्त हूँ।' उसे कुछ कहने; विरोध, इनकार या आरोप का मौका देने को वह पल भर रुका। लिपिका ने कुछ नहीं किया तो बोला, 'मुझे उसकी फिक्र है...उसने ऐसा पहले कभी नहीं किया। ज़रूर उसे कुछ परेशानी है जो मुझे बतला नहीं रहा। लिपिका, तुम बतला सकती हो, वह मुझसे कटा-कटा क्यों है?' उसने नरमी से पूछा मगर आवाज़ की उत्तेजना छिपी न रही। लिपिका को ठंडे पसीने छूट गए; पसीजे हाथों से फिसलकर रिसीवर धड़ से मेज़ पर गिरा। तत्काल उसे थाम वह फ़ोन काटनेवाली थी कि राहुल की आवाज़ सुनने पर मजबूर हो गई, 'अगर तुम्हें मेरी ज़रूरत हो; कार्तिक किसी परेशानी में हो तो मैं दिल्ली आ सकता हूँ।'

लिपिका ने कुर्सी में धँसकर राहत की साँस ली। चलो, था तो दूर...बुलन्दशहर में। मगर सिर पर संकट मँडरा रहा था। नहीं जानती थी, मुसीबत कब आ पहुँचे, काफ़ी जल्दी या कुछ दिनों बाद। तुरन्त नहीं आ रही थी, इतनी आश्वस्ति उसे स्वस्थ करने को काफ़ी थी। सिसकी निकली तो साड़ी के पल्लू से घोट दी।

उधर हिम्मत खारिज होने पर उसकी दयनीय रुलाई की कल्पना करके राहुल लोमहर्षित था। उसकी ज़िद्दी चुप्पी धीरे-धीरे टूट रही थी। दुबारा हमला करने से पहले, वह उसकी ख़ुशफ़हमियों के चुक जाने का इन्तज़ार करेगा।

पुरानी पेंडुलम घड़ी ने बारह बजाए तो वह उछलकर खड़ा हो गया। यह सोच परेशान हो गया कि निराशा और गुस्से में, काफ़ी समय पहले, कार्तिक का नम्बर मिला बैठा था। भूल गया था क्योंकि फ़ोन मिलाने की उसे आदत न थी; हमेशा कार्तिक ही फ़ोन करता था। अब फ़ोन का बिल बढ़ता जा रहा था और लिपिका थी कि गूँगी बनी हुई थी। वह अपने भीतर भरे ज़हर को उगलने से रोक नहीं पाया और पूछ बैठा, 'कार्तिक आज दफ़्तर गया था?'

'हाँ,' मना करना फ़िज़ूल जान उसने सपाट जवाब दे दिया। वह जानती थी, कार्तिक जहाँ होगा, राहुल उसे खोज लेगा; उससे सम्पर्क साधने पर आमादा जो था।

'मगर वह वहाँ नहीं है, तुम्हें फ़ोन करने से पहले दफ़्तर फ़ोन किया तो पता चला, वह छुट्टी पर है।' उसने खीजे स्वर में कहा।

'वह घर पर नहीं है,' लिपिका ने रुखाई से कहा।

'वाक़ई! यानी खेल खेल रहा है?' वह हँसा, 'उस पर नज़र रखना, लिपिका। यूँ लड़का भला है पर यार मेरा कभी-कभी शरारत कर जाता है।'

आहत लिपिका ने फ़ोन पटक दिया।

उसकी खिल्ली उड़ाती आवाज़ कई अँधेरी रातें उसका पीछा करती रही। वह बन्द दरवाज़ों के पीछे खड़ी होती...दरवाज़े, जिन्हें खोलने की हिम्मत उसमें न होती। पसीना-पसीना हो जगती और दुबारा सोने से डरती कि कहीं दरवाज़े अपने आप खुलकर सब कुछ खोलकर न रख दें...दबी संयुक्त हँसी, बालों से भरी छाती और निर्वस्त्र देह...

'क्या जल रहा है?' पुकारता कार्तिक रसोई में घुसा और लिपिका के कन्धे पर झुक उफ़नते काले पकौड़ों को देखने लगा।

राख में दबी उस रात की याद को उसने वापस दिमाग़ के सुप्त गलियारे में खदेड़ा, जहाँ बरसों उसने ख़ुद को जाने से रोक रखा था तो बदन झनझना गया। भीतर धधकते गुस्से के लावे को हवा न देना ही बेहतर था। वह बुझनेवाली आग नहीं थी; दावानल बनने के लिए उसे बस एक चिनगारी की ज़रूरत थी।

'उन्हें आग से हटाओ, वे जल रहे हैं,' चारों तरफ़ फैले धुएँ को चीरती कार्तिक की आवाज़ आई।

उसने जल्दी से गैस बन्द की और स्याह पकौड़ों को देखा। कुछ देर पहले देखा था तो सुनहले थे। वे उसकी नाक के नीचे काले पड़ गए थे, उसकी तरह; जैसे उस पल नंगे सच का सामना करके, उसका समूचा अस्तित्व खाक हो गया था। धीरे-धीरे, क़दम-दर-क़दम, फिनिक्स की तरह वह राख से बाहर निकली थी।

'इतना परेशान मत हो,' कार्तिक ने नरमी से कहा, 'हम इनके बग़ैर काम चला लेंगे। पर तुम चली कहाँ गई थीं? मैंने सोचा यहीं हो,' चटनी की ताजा गन्ध सूँघ, उसने कटोरे को ललचाई नज़रों से देखा।

'यहीं थी मैं।' लिपिका ने सपाट सुर में कहा।

'और तुम्हें पकौड़ों के जलने की बू नहीं आई,' उसने अविश्वास से कहा, 'तुम्हें पता है, रसोई में दिन में सपने देखना कितना खतरनाक है।' उसकी आवाज़ में हल्की भर्त्सना थी, 'चाहे बारिश क्यों न हो रही हो,' अपनी बात का दंश कम करने के लिए वह आत्मीयता से मुस्कुराया।

उसने कार्तिक को वहशी भुतहा आँखों से देखा, 'मैं सपना नहीं देख रही थी...दुःस्वप्न को दुबारा जी रही थी,' वह फुसफुसाई।

लाजवाब कार्तिक ने घबराकर उसकी तरफ़ ताका, फिर 'राहुल बुला रहा है,' कह दोस्त की पनाह में लौट गया।

कलछी से जले पकौड़े निकाल, नए तलते, लिपिका की आँखें जल रही थीं।

उसे सोचने के लिए समय चाहिए था। इस बार वह अपने मन के जालों में नहीं उलझेगी। पकौड़े बढ़िया बनेंगे; शोभा के पकौड़ों की तरह। मगर शोभा की तरह उसे निबटाया नहीं जा सकेगा।

बारिश तेज़ हो गई और मूसल की तरह खिड़की पर बरसने लगी। बिजली कड़की तो नंगे आकाश में कौंध दौड़ गई।

'बारिश और पकौड़े,' लिपिका की आवाज़ बारिश के शोर के ऊपर उठी।

भरी ट्रे लिये लिपिका बैठक में पहुँची तो राहुल ने हैरान होकर उसे देखा। वह इतनी खुश थी जैसे...जैसे वह...राहुल ने तंग करते ख़याल को, मिट्टी के कण की तरह अलग झटक दिया और खुशी-खुशी पकौड़ों को देखा, 'तो तुम्हें याद है,' वह बड़प्पन से मुस्कुराया।

'हाँ, मुझे याद है...' वह सूखी हँसी हँसी, फिर सोफ़े पर पसरे कार्तिक को देख भुनभुनाई, 'सब कुछ!' एक-एक कर...कपड़े नीचे गिर रहे थे

'बहुत स्वादिष्ट दीख रहे हैं...' राहुल पकौड़ा उठाने को झुका।

'मैं चटनी लाना भूल गई,' रसोई की तरफ दौड़ती लिपिका की आवाज़ काँपी।

'वाह,' राहुल ने कहा, 'वाक़ई यह कुछ नहीं भूलती।'

रसोई में लिपिका का अजीबोगरीब व्यवहार याद कर कार्तिक अनमने भाव से मुस्कुराया।

संयत होने के लिए लिपिका कुछ देर ठहरी। बेख़याली में चटनी उठाई, झिझकी, फिर काँपती उँगलियों से, चम्मच-भर मिर्ची पाउडर चटनी में मिला दिया। राहुल इन्तज़ार में है...गला क्या, भीतर आँतें तक जल जाएँ तो वाजिब होगा, उसने निर्ममता से सोचा। तभी याद आया कि कार्तिक को बुरी तरह खाँसी है। उसे नहीं खानी चाहिए, खाँसी बिगड़ जाएगी। उसे खाने से रोकना होगा। राहुल के रहते मुश्किल था। हल्की-फुल्की खाँसी के मारे इतना बड़ा त्याग! वह मखौल उड़ाएगा। उसकी विकृत छवि का ख़याल आया तो आँखें सख्त पड़ गईं।

'वह चटनी का इन्तज़ार कर रहा है,' आरोप लगाते कार्तिक ने आकर उसके हाथ से कटोरा ले लिया।

'रुको,' रसोई से बाहर निकला तो लिपिका ने आवाज़ दी।

'अब क्या हुआ?' उसने खीजकर पूछा।

'मुझ पर ऐंठ मत दिखलाओ,' लिपिका ने तीखा जवाब दिया।

राहुल के तेज़ कानों ने उनकी बक-झक सुनी तो आँखें चमक उठीं, 'अरे झगड़ो मत तुम दोनों,' उसने पुकार लगाई, 'बिना चटनी भी पकौड़े खासे चटपटे लग रहे हैं।'

एक ठंडा पकौड़ दाँत से काटा तो बुरा-सा मुँह बना उठा। इतनी दूर वह आलू खाने नहीं आया, बेवकूफ औरत, पकौड़ों में ठूँसने के लिए आलू के सिवा कुछ न मिला? गोभी नहीं थी तो बैंगन ही डाल देती।

'चटनी के साथ खाओ,' कार्तिक कटोरा लिये प्रकट हुआ। चटनी चखने को आतुर उसने कहा, 'बहुत स्वादिष्ट चटनी बनाती है।'

उसने चम्मच-भर चटनी अपनी प्लेट में डाली तो लिपिका ने आँखें फेर लीं। जब वह खाँसने लगा तो अपराधी भाव से उसे ताका। 'यह...तुम्हें पता है...मैं...' आँखों से बहते आँसू पोंछता कार्तिक बौखलाया।

'तुम्हें काफ़ी खाँसी है,' उसकी तरफ़ नापसन्दगी से देख, पकौड़े चटनी में लपेट, भुक्खड़ की तरह खाते हुए राहुल बोला। चटपटी चटनी के साथ आलू भी स्वादिष्ट लग रहे थे। अपने हुत्तू चढ़े दोस्त से लापरवाह, वह मज़े लेकर पकौड़े खाता रहा।

'लम्बे समय से है। मैं एक के बाद एक सिरप पीकर देख चुका,' वह कुलबुलाया।

'खाँसी के सिरप! ये बकवास शरबत! तुम्हें मेरे पास आना चाहिए था,' राहुल ने लिपिका के तने चेहरे को परखकर भर्त्सना भरे स्वर में कहा।

'मैं आना चाहता था मगर...' कार्तिक ने अपनी बीवी की तरफ तिरस्कार से देखा तो उधर आरोप लगाती दृष्टि नज़र आई।

'कोई बात नहीं,' घटनाक्रम के मोड़ ने राहुल को गुदगुदाया और वह मुस्कुरा दिया। यह उसकी योजना में बेहतरीन तरीके से फिट हो रहा था। यहाँ आने से पहले वह ठीक से नहीं जानता था, अपनी योजना को कार्यरूप कैसे देगा। अब जान गया था।

'अब मैं आ गया हूँ तो तुम्हें बहुत जल्द ठीक कर दूँगा। एक खुराक से तुरत आराम और हफ्ते भर में पूरी तरह दुरुस्त,' उसने शेखी बघारी, 'हो सकता है पूरी तरह नीरोग होने में कुछ वक्त लग जाए पर घबराओ मत, मैं तब तक यहीं ठहरूँगा। तुम्हारी खातिर, बाकी मरीजों को छोड़ दूँगा...हालाँकि वे पीछा करते यहाँ आ धमकें तो अचरज नहीं,' उसने आह भरी, 'तुम्हें बुरा तो नहीं लगेगा?'

'नहीं, मुझे बुरा क्यों लगेगा,' लिपिका की असम्मति महसूस कर, कार्तिक ने जल्दी से कहा। अनजाने में लिपिका की लापरवाही वरदान साबित हुई। चटनी में मिर्च न भरती तो राहुल चला गया होता। ठीक है, लिपिका के मामले में वह सफल डाक्टर साबित नहीं हुआ पर मन-ही-मन, दोस्त और डाक्टर के रूप में, उसकी अब भी उस पर आस्था थी।

'रुक सको तो मुझे खुशी होगी,' उसने खुश्क गले से कहा।

राहुल ने लिपिका पर कुटिल नज़र डाली तो उसका जीर्ण चेहरा देख सन्तुष्ट

हुआ। आसानी से मिली जीत की खुशी में उसकी सपनीली आँखें मुँद गईं। बात जम गई थी। हलचल भरी दिल्ली के दिल में काम ही नहीं, फ़ुर्सत के लिए भी बढ़िया ठिकाना मिल गया था। चुनिन्दा अमीर लोगों के लिए छोटा-सा क्लीनिक; घर का खाना और...बाक़ी जो चाहे, सब। अभी तक वह सम्भावना थी, पुख्ता बनाना उस पर निर्भर था।

लम्बे-चौड़े ड्राइंगरूम को देख, उसने सोचा, घर वाक़ई ख़ूब बड़ा है। तभी नज़र फ्रेम में जड़ी तस्वीर पर पड़ी, जिसमें कार्तिक की बाँहों में बाँहें डाले दमकती लिपिका और कार्तिक की शक्ल का एक दुष्ट लड़का था। बिगड़ा लाडला होगा। उसे घर में चक्कर लगाते डोलते शरारती बच्चे पसन्द नहीं थे। पर चूँकि घर उसी शैतान का था, उसे दूर रखने के लिए कुछ कर भी नहीं सकता था नाम क्या था उसका...याद नहीं आ रहा था।

'बर्खुरदार कहाँ हैं?' ज़बरन उसने मुस्कुराकर पूछा।

'कौन, ओह तुम्हारा मतलब चिंकू,' कार्तिक का चेहरा खिल उठा, 'वह बदमाश अपने दादा-दादी के घर छुट्टियाँ मनाने गया हुआ है। उन्हें उसका साथ बहुत पसन्द है। कल उसे ले आऊँगा। तुम्हें उससे मिलना चाहिए,' उसने उल्लसित होकर कहा।

'अरे नहीं, उसे छुट्टियाँ मनाने दो,' राहुल ने टोका, 'यहाँ रहूँगा तो मिलेंगे ही, बल्कि हममें खूब पटेगी भी,' वह ज़बरदस्ती मुस्कुराया और सिर पीछे टिकाकर आँखें मूँद लीं। तनिक-सी बाधा है बस, उसने खुद को दिलासा दिया। अपनी प्रबन्धन कला के भरोसे, उस शरारती बच्चे को सँभाल लेगा। दरअसल...'

'दरअसल मैं सलाह दूँगा कि जितने दिन तुम्हारा इलाज चले, उसे दादा-दादी के पास ही रहने दो। खाँसी संक्रामक हो सकती है, खासकर बच्चों के लिए,' कार्तिक के परेशान चेहरे को भेदते हुए वह उसके जाल में फँसने का इन्तज़ार करने लगा।

'मुझे खुशी है, तुम यहाँ हो,' लिपिका की लरज़ती आवाज़ कानों में पड़ी तो मुड़कर हैरानी से उसे देखा।

बाज़ की तरह उसे जाँच, वह आश्वस्त हो मुस्कुरा दिया। वह उसके जाल में फँस गई थी और वह जानता था, कार्तिक भी फँसकर रहेगा।

'मुझे इनकी बहुत फ़िक्र थी,' लिपिका की आवाज़ फिर काँपी।

'अरे चिन्ता की कोई बात नहीं है,' राहुल ने लापरवाही से कहा, फिर बेचैन दोस्त-मेज़बान कार्तिक को घूरकर सख्ती से जोड़ा, 'हाँ, खाँसी लम्बे समय तक चले तो अनदेखी नहीं करनी चाहिए।'

'मैं इनका एक्स-रे लाती हूँ,' लिपिका ने ख़ामोशी से कहा।

'मुझे एक्स-रे की ज़रूरत नहीं है,' राहुल ने मखौल उड़ाया, 'वे उन पोंगाओं के लिए है जो बीमारी का निदान नहीं कर पाते। मैं...'

'डाक्टर ने कहा था, चिन्ता की बात नहीं है। आजकल टी.बी. का इलाज हो सकता है, इसीलिए शायद...' उसने दुविधा से कार्तिक की तरफ़ देखकर आह भरी।

'टी.बी.' कार्तिक फूट पड़ा, 'बेवकूफ़ मत बनो। मुझे...नहीं है,' वह खतरनाक शब्द बोलने की हिम्मत उसमें नहीं थी। वह उसे उसी मातमी नज़र से देखती रही। उसका अविश्वास ढल गया और उसकी जगह दहशत ने ले ली। उसका त्रास देखकर लिपिका को दया नहीं आई। उसने कार्तिक की आँखों में पागलपन की हदें छूता आतंक देखा। कार्तिक ने कभी अपनी पसन्दीदा चीज़ खोने का डर या दर्द नहीं झेला था। वह अपने से ज़्यादा किसी को प्यार नहीं करता था...अपना नीरोग बदन और दमख़म उसे बेहद प्यारे थे। अब दोनों पर खतरा मँडरा रहा था।

लिपिका ने बेपनाह दर्द और डर...गहराई से अनुभव किए थे। अब वे उसे द्रवित नहीं करते थे। कार्तिक भागकर राहुल के पास जा पहुँचा और उसकी बाँह पकड़ ली, 'तुम मुझे ठीक कर दोगे न?' उसने अनुनय की।

परेशान राहुल ने इधर-उधर कर पीछे हटने की कोशिश की। कार्तिक उसे जकड़े रहा। 'अगर तुम लम्बे समय तक यहाँ नहीं ठहर सकते तो मैं छुट्टी लेकर तुम्हारे पास आ जाऊँगा। वैसे भी मुझे आराम करना चाहिए...' साँस घुटती-सी लगी तो वह बीच में रुक गया।

'मैं एक्स-रे लेकर आती हूँ,' लिपिका ने नज़र घुमा ली।

राहुल ने खुद को दोस्त की जकड़ से छुड़ाया और दूर छिटक गया, 'मैं तो भूल ही गया था, आठ बजे मुझे किसी से मिलना है। जल्दी करूँ तो अब भी पहुँच सकता हूँ,' बैग उठाते हुए उसने कहा।

'तुम नहीं जा सकते,' कार्तिक चीखा, 'तुम मुझे मरने के लिए नहीं छोड़ सकते।'

'तुम मर नहीं रहे,' राहुल ने उसे झिड़का, 'मैं तुमसे बाद में मिलूँगा। अभी मुझे जाना है।'

'क्या तुम उसे कल तक टाल नहीं सकते?' कार्तिक ने अनुरोध किया।

'नहीं, मुझे जाना होगा। मैं अपने मरीज़ों को इन्तज़ार नहीं करवाता। चिन्ता मत करो, जाने से पहले तुम्हें देखने आऊँगा।'

'क्या मतलब?' कार्तिक मिमियाया, 'तुम आज रात लौटकर नहीं आ रहे?'

'नहीं और कल सारा दिन कॉन्फ्रेंस में व्यस्त रहूँगा। तुम्हें फ़ोन पर बतला दूँगा, कब आ सकता हूँ।' बाहर भागता राहुल बुदबुदाया।

कार्तिक हैरत से उसे जाते हुए देखता रहा।

'वह मुझे इस तरह छोड़कर कैसे जा सकता है? उसे पता है कि मैं कितना बीमार हूँ,' कराहकर उसने कहा।

'तुम्हें कुछ नहीं हुआ, तुम...' लिपिका ने सहज भाव से कहना शुरू किया, फिर बात बीच में छोड़ रुक गई। उसे सोचने दो, उसे टी.बी. है। राहुल को बुलन्दशहर की बस पकड़ने दो...निठुर निश्चय के साथ उसने उसकी व्याकुलता से मुँह फेर लिया।

भौचक कार्तिक उसे देखता रह गया, 'यह तुम क्या कह रही हो? कुछ कैसे नहीं हुआ मुझे?' ज़र्द चेहरे पर चुहचुहा आई पसीने की बूँदें पोंछता वह हकलाया।

'अब वह कभी वापस नहीं आएगा,' उसने इतमिनान से कहा।

'ज़रूर आएगा। मैं उसे फ़ोन करूँगा। नहीं, तुम्हें ग़लत साबित करने के लिए फ़ोन नहीं करूँगा, उसके आने का इन्तज़ार करूँगा।'

'पहले आए तो!' लिपिका हँस दी।

कार्तिक ने उसे घूरा पर बहस नहीं की। उसे अपने दोस्त की वफ़ादारी पर पूरा भरोसा था।

बुलन्दशहर के लिए आखिरी बस रास्ते में खड़ी थी। दुःखी राहुल बस में बैठा खिड़की से बाहर देख रहा था। काम बननेवाला था कि क़िस्मत ने साथ छोड़ दिया। उसके सपनों-आकांक्षाओं पर पानी फिर गया।

अपनी खोयी बीवी के सदमे से वह अब तक उबर नहीं पाया था। उसने शोभा के बारे में पता लगाने की कोशिश नहीं की थी। आधी रात को उसे सोता छोड़, वह क्यों, कैसे, कहाँ चली गई? और वह बेवकूफ़ डाक्टर; दिमाग़ में धेले भर अक्ल होती तो उसके छोड़े ग़रीब मरीजों का इलाज करके गुज़ारा कर सकता था। वह भी उसी रात ग़ायब हो गया। उसने उसे बेमानी संयोग मान टाल दिया था। मगर लोगों की जुबान तो बन्द नहीं कर सकता था। आखिर रोज़-रोज़ तो कोई पत्नी अपने पति को सोता छोड़ ग़ायब होती नहीं, वह भी उस जैसी सीधी-सादी, पतिव्रता पत्नी। किसी ने कहा था, उसे रेलवे स्टेशन पर देखा था। किसी और ने यह धूर्त संकेत भी दिया था कि ग़ायब डाक्टर भी उसी रात रेलगाड़ी में चढ़ा था।

बस खड़खड़ाकर रुकी तो वह दाँत पीस उठा। एक अदना औरत के हाथों बेवकूफ़ बना और अब दुबारा...क्या वाक़ई कार्तिक को वह खतरनाक बीमारी थी? अच्छा-भला सेहतमन्द तो दिख रहा था। काश वह घबराकर भागा न होता...कार्तिक के पसीजे हाथों की जकड़न याद कर वह थरथरा गया। टी.बी. ही होगी, एक्स-रे उसका सबूत था। था? धुँधयाई रात में टकटकी लगाए उसकी आँखें सोच से सिकुड़ आईं।

घरघराकर इंजन चालू हो गया। दुबारा यात्रा शुरू करने से पहले बस कराह उठी।

राहुल एकदम हरकत में आ गया। इससे पहले कि बस रफ़्तार पकड़ती,

उछलकर बाहर कूदा और कीचड़ सनी सड़क पर चारोंखानेचित जा गिरा। उठंगा पड़ा, वह ग़ायब होती बस को गरियाता रहा।

फिर अचानक हाथ में बैग पकड़े उठ खड़ा हुआ और लम्बे, जंगी डग भरता, उल्टी दिशा में चल पड़ा। हल्ला बोले मालिक की हमलावर रफ़्तार से लोहा लेता काला चमड़ा हिचकोले खाने लगा। रह-रहकर बिजली कौंध जाती जिसमें वह चेतावनी देते संकेत दीप की तरह चमचमा उठते।

मक्खी

अब उन्हें बहुत खाँसी रहने लगी है, पालक का छना सूप हिलाते हुए उसने सोचा। सस्ता और सेहतमन्द पालक, उसके 79 साल के बीमार पति के लिए बिल्कुल मुफीद, उसे लगा। अगले महीने वे 80 के हो जाएँगे। सोचो जरा, 80 का होना। ख़ैर, वह भी बहुत पीछे नहीं है। जल्दी ही, वह भी...वह काँप गई। काश, वह जान पाती, और कितने समय तक वे दोनों साथ हैं। और...कौन पहले जाएगा। उसे पता था, यह एक बेमतलब डर था...अकेले छूट जाने का डर। उनके बिना वह गुम हो जाएगी। पूरी तरह। और...क्या तब भी उसे पेंशन मिलती रहेगी? हमेशा उसके जेहन में रहता यह कुरेदता सवाल। उससे निबटने की वह पूरी कोशिश करती लेकिन बार-बार उसके दिमाग़ में चला आता। एक अदना सा सवाल, लेकिन जरूरी। उसके वजूद के लिए निहायत जरूरी। ऐसा नहीं था कि वह जीने के लिए बेचैन थी। लेकिन तब, क्या मरना उसके वश में था? तो क्या उसे उनसे पूछना चाहिए? कैसे पूछ सकती थी? यहाँ तक कि सोच भी कैसे सकती थी? लेकिन जब कोई 70 पार कर लेता है तो भविष्य डरावनी शक्लें अख़्तियार करने लगता है। ज्यादा दिन तक कोई जीवन को गुलाबी चश्मे से नहीं देख सकता। शक्ति कम होने के साथ भय और आशंका घर जमाने लगते हैं...दूसरों की छोड़ो, खुद अपने बारे में कोई भरोसे के साथ नहीं कह सकता।

दूसरे। उनके दो लड़के और एक लड़की। शादी के बाद, विदेश में बस गए। क्या वे उनके अपने नहीं...उनके अंश और खून नहीं? कब वे 'दूसरे' हो गए? शायद तब, जब उन्हें उनकी ज़रूरत नहीं रही। भले ही वह इसे नकारे, लेकिन वह इस कटु सच से वाकिफ थी। वे उन्हें, अपने माँ-पिता को बचपन में नहीं छोड़ सकते थे—छोड़ सकते थे क्या?

क्या बच्चों ने उन्हें छोड़ दिया था? वे हर साल मिलने आते—तोहफों से लदे। क्या यह काफी नहीं था? वह और क्या चाहती थी या अपेक्षा रखती थी, वह खुद नहीं जानती थी। 'छोड़ो उन्हें, वे अब बड़े हो गए हैं,' उसके पति कहते, 'उनके आगे सारा जीवन पड़ा है।'

‘इसी वजह से तो उन्हें कुछ वक़्त हम लोगों को देना चाहिए,’ उसने जवाब दिया था।

‘यही जिन्दगी है,’ उसके पति रूखेपन से कहते, ‘आदमी को इसकी आदत डालनी पड़ती है। जवान तो जवान रहेंगे, बूढ़ों को उनके साथ तालमेल बिठाना पड़ता है...आखिरकार वे जीवन भर का अनुभव ले चुके होते हैं। और नौजवानों को तो अभी सीखना होता है, अनुभव करना होता है।’

वह बैठकर दर्शन झाड़ सकते हैं, क्योंकि मैं हूँ न देखभाल करने के लिए, ट्रे उनके कमरे में लाते हुए उसने कड़ुवाहट के साथ सोचा था। उसका घुटना फिर तकलीफ़ दे रहा था, उसे भरी हुई ट्रे लेकर चलने में दिक्कत हो रही थी। डाक्टर के पास जाना उसे बोझ लगता था। और खर्चीला भी। ऊपर से डाक्टर आधा दर्जन दवाएँ लिख देता। वह घरेलू नुस्खे ही इस्तेमाल किया करती। काश, उन्होंने दमे के लिए आजमाया होता, जड़ी-बूटी से तैयार उसके काढ़े को। लेकिन जड़ी-बूटियों के उपचार पर उन्हें भरोसा नहीं था।

सुबह उन्हें डाक्टर के पास ले जाना जरूरी है। वे बहुत खाँस रहे हैं, वह चिन्तित हो गई। अगर रात को उनकी तबीयत बिगड़ गई तो? एक बार आधी रात को उन्हें अस्पताल में भर्ती कराना पड़ा था। अगर फिर वही हुआ तो क्या होगा? क्या अपने दम पर वह उन्हें अस्पताल में समय से भर्ती करवा पाएगी? उसने अपने डरों को झटकने की कोशिश की, लेकिन वे बने रहे।

वह उस पर हँसा करते, उनके हिसाब से उसे तरह-तरह के फोबिया थे। उसे ‘जन्मजात निराशावादी’ बताते। नहीं, वह जन्मजात ऐसी नहीं थी। अपने बचपन और जवानी में वह खुशमिजाज थी। बाद में...काफी बाद में वह निराशावादी हो गई। वह उन्हें समझा नहीं सकी कि भय को, बुरे सपने को सच में बदलने में पल भर भी नहीं लगता। उसे बेख़बरी में घिर जाने से सख्त नफरत थी।

‘तुम मौत के लिए तैयारी नहीं कर सकतीं, नहीं ना? वह किसी भी दिन तुम्हें दबोच लेगी।’ उनकी हँसी से उसकी हड्डियाँ कँपकँपा जातीं।

‘मैंने कभी डर नहीं जाना,’ उन्होंने एक बार उससे कहा था, ‘काश, वे ऐसे ही रहें...और मरें भी तो बेखौफ़,’ उसने विनती की। खौफ से उसका कई बार पाला पड़ा था। जब बच्चे बीमार पड़ते, जब वे परीक्षा देने जाते या बाद में, जब एक-एक कर उन्हें छोड़कर चले गए, और जब उन दोनों ने निर्णय किया था—उनके पास कोई विकल्प भी नहीं था—वे अकेले रह लेंगे। और अब उनका गिरता स्वास्थ्य लगातार उसे डरा रहा था।

जब उसने उन्हें डाक्टर के पास चलने को कहा तो उन्होंने हँसकर टाल दिया था।

‘बख्शो मुझे। मेरे बजाय तुम ख़ुद हो आओ न डाक्टर के पास। हर वक़्त

अपने घुटने को रोती रहती हो।' उन्होंने छेड़ा था।

'अरे कुछ नहीं, बस थोड़ा गठिया है।'

'तुम्हें कैसे पता?' उन्होंने टोका था।

'मुझे पता है,' उसने कुछ हिचक के साथ कहा। इधर तकलीफ़ बढ़ गई थी। अगर कहीं...

आखिरकार काफ़ी बहस के बाद वह डाक्टर के पास गई थी। डाक्टर ने ढेर सारे टेस्ट करवाने को कह दिया, उसे हताशा हुई। 'सिर्फ़ पैसा बनाना चाहता है,' वह भुनभुनाई थी। 'बेहतर है टेस्ट करवा लो,' पति ने सलाह दी थी। 'बैसाखी की नौबत तो नहीं आने देना चाहती न? या चाहती हो? जबकि मैं, जो तुमसे आठ साल बड़ा हूँ, अभी भी उछल-कूद कर सकता हूँ,' उन्होंने ताना मारा था।

'आपको एक ऑपरेशन करवाना पड़ेगा,' डाक्टर ने रिपोर्ट देखकर बड़ी गम्भीरता से निर्णय दिया था।

'अगर न करवाऊँ तो?'

'आप अपंग हो जाएँगी और...'

'मर तो नहीं जाऊँगी?'

'मैं बतलाने ही जा रहा था,' डाक्टर ने चिड़चिड़ाकर कहा था। 'अगर आप सुनें तो।'

उसे नहीं सुनना था। उसने किसी को डाक्टर की राय के बारे में नहीं बतलाया। पति को भी नहीं। वह अपने तरीके से उससे निबटेगी। वह पल भर के लिए भी डरी नहीं। उसे सिर्फ़ थोड़े वक़्त की ज़रूरत थी।

एक पखवाड़ा निकल गया। उसके लिए मन को तैयार करना आसान नहीं था। क्या उसे ऑपरेशन करा लेना चाहिए? तब वह लम्बे समय तक चल-फिर नहीं पाएगी। क्या उसके बच्चे उतना वक़्त दे पाएँगे? खर्च भी करना पड़ेगा। खर्च की तो उन्हें परवाह नहीं होगी, वे सम्पन्न थे...लेकिन वह मर गई तो? उनकी देखभाल कौन करेगा? बच्चे? कौन-सा बच्चा? वे एक स्वाभिमानी व्यक्ति हैं, भले वे बच्चों को समझने का दावा करें, क्या वे उनकी जीवन शैली उनकी सनकों के साथ तालमेल बिठा पाएँगे? ऐसा करेंगे भी तो किस क़ीमत पर? वे एक धीमी मौत मर जाएँगे...हताश और टूटे हुए। न, न, जैसे वह उनके बिना जीवन की कल्पना नहीं कर सकती, वे भी अकेले नहीं रह सकते, वह अच्छी तरह जानती थी। तब? फ़ैसला हो गया। उन्होंने ज़िन्दगी बेखौफ़ गुज़ारी थी, उनकी मौत भी वैसी ही होगी...बेखौफ़।

काफ़ी रात हो चुकी थी। दोनों के लिहाज से। अक्सर वे जल्दी सो जाते। वे जगे हुए थे—पढ़ रहे थे; सोने से पहले जासूसी कहानी का रहस्य सुलझाने के लिए कटिबद्ध। वह पास बैठी उन्हें ध्यान से देख रही थी।

'कोई खास बात?' उसे अपनी ओर देखते पाकर उन्होंने पूछा था।

'नहीं, कुछ नहीं,' वह बुदबुदाई।

वह वापस किताब पढ़ने लगे। वह बैठी देखती रही।

'थोड़ा गर्म-गर्म दूध हो जाए,' उन्होंने कहा। वह काँपी थी। 'तुम्हें सर्दी हो रही है, गर्म दूध लो, आराम मिलेगा,' उन्होंने उबासी ली।

'अरे, ख़ासा वक़्त लग गया,' उसे ट्रे लेकर आते देख, सिर उठाकर उन्होंने पूछा। 'वाह, अच्छा किया, थोड़ा दूध तुम भी ले रही हो।'

'आज रात पीने का मन कर आया,' वह फुसफुसाई।

'सोचो ज़रा, कल मैं ग्रैंड ओल्डमैन हो जाऊँगा। अस्सी का होना बड़ी बात है। शानदार। तुम 80 की होगी तो देखना।' गिलास उठाते हुए उन्होंने आँख मारी।

उसकी साँस अटक गई। वह भूल गई थी। उन्हें जानने के बाद ऐसा पहली बार हुआ था।

कैसे हो गया उससे? वह उन्हें देखती खड़ी रही फिर एकदम झपट पड़ी। गिलास टूटकर फ़र्श पर बिखर गया।

वह हैरान, भौचक उसे देख रहे थे। 'कर क्या रही हो,' मुश्किल से बोल पाए थे, 'मेरा अँगूठा टूट जाता तो?'

'...'

'अब कुछ तो बोलो भलीमानस। चुप क्यों हो? क्या हो गया था तुम्हें?'

'आपके दूध में मक्खी थी।'

'मक्खी? कैसी मक्खी? मैंने तो नहीं देखी। वहाँ खड़े-खड़े तुमने कैसे देख ली?' उन्होंने पूछा। 'मेरा नम्बर बदल गया होगा। मुझे आँखों की जाँच करानी होगी,' वह बुदबुदाए थे।

'आपकी आँख में कुछ गड़बड़ी नहीं है। वहाँ कोई मक्खी नहीं थी,' वह रुँधे गले से फुसफुसाई थी।

'तो?'

'मैंने दूध में ज़हर डाल दिया था,' वह हकला रही थी, उसके गाल जल रहे थे।

उसकी बात समझने में असमर्थ, वे उसे देखे जा रहे थे।

'क्यों?' वह धीमे से बोले।

'मैं चाहती थी, हम साथ मरें।'

उनके चेहरे पर एक कोमल स्नेहिल मुस्कुराहट दौड़ गई।

'इतने बरस साथ रहने के बाद कौन पहले गुज़र जाए, यह अहमियत नहीं रखता।' उन्होंने कहा, 'दूसरा जी सकता है...यादों के सहारे। हमारे पास कई य़ादें हैं, पुरानी और सँजोने लायक। मुझे भरोसा है, इन यादों में इतनी ताक़त है कि उनके

सहारे मैं या तुम, एक-दूसरे के बिना जी लेंगे। आओ कुछ और यादें इकट्ठा कर लें, अभी वक़्त है हमारे पास। कौन जानता है आगे क्या होगा...कुछ भी असम्भव नहीं है। क्या पता दुनिया का सबसे बुद्धिमान आदमी होने के लिए, मुझे नोबेल पुरस्कार मिल जाए।' उन्होंने ठहाका लगाया।

उसने सुकून महसूस किया। आखिर वह मुस्कुरा दी। धीरे से कहा, 'मैं थोड़ा दूध लेकर आती हूँ।'

'इस बार बिना मक्खी के,' वह ठठाकर हँस दिए।

समय से परे

सूनी कलाई के एहसास ने शिल्पा को जून की उमस भरी गर्म दोपहर में ट्रैफ़िक लाइट के स्टॉप निर्देश को नज़रअन्दाज़ कर, एक्सलरेटर दबा, आगे बढ़ने पर मजबूर कर दिया। जल्दी करे तो शायद लंच के लिए शटर गिरने से पहले, उस दुकान पर पहुँच जाए, जहाँ उसने अपनी ऊँघती हुई घड़ी, फिर से हरक़त में लाने के लिए दे रखी थी।

तभी उसने घबराकर देखा, पसीने से तरबतर चेहरा पोंछता, एक झल्लाया पुलिसवाला जिन्न की तरह नमूदार हो, उसे रुकने का इशारा कर रहा है। इमोशनल ब्लैकमेल की उसकी तमाम कोशिशें—मसलन, भूखे बच्चे बस स्टॉप पर उसका इन्तज़ार कर रहे हैं, अस्पताल में बीमार रिश्तेदार है—हाँ, उसने बेशर्मी से झूठ बोले थे—उसे चालान करने से नहीं रोक पाईं। बौखलानेवाली गर्मी और डैशबोर्ड पर पड़े काग़ज़ से याद आती अपनी मूर्खता के तनाव को झेलते, उसने सुस्त भाव से गाड़ी आगे बढ़ाई।

'लेकिन तुम ऐसी मूर्खता कर कैसे सकीं, वह भी बेमतलब?' पति का कई बार पहले सुना जुमला कानों में बजा।

अगर वह ट्रॉफी लेकर घर पहुँची तो उलाहने की नौबत नहीं आएगी। यानी हर हाल घड़ी हासिल करनी होगी, उसने एक्सलरेटर पर दबाव बढ़ा दिया। एक चमचमाती हॉन्डा और एक ढीठ फलवाले के बीच, जो एक इंच ज़मीन छोड़ने को तैयार न था, अपनी नन्ही गाड़ी अटाते, उसने विजयी भाव से देखा, दुकान खुली थी।

'ये अब भी पीछे चल रही है,' बिगड़ी घड़ी का मुआयना करने के बाद शिल्पा ने तेज़ आवाज़ में शिकायत की। 'हर कोई अपना वक़्त ख़ुद तय करता है,' काउंटर पर खड़े बूढ़े ने जवाब दिया। उसके कुतर्क ने उसे और बौखला दिया। समय, उसने सोचा, एक शाश्वत तत्त्व है, मृत्यु की तरह अकाट्य और अटल। सूरज की अल्हड़ अदाओं से बेपरवाह, अकम्प अचूकता के साथ दिन को रात और रात को दिन में मिलाता, वह निष्ठुरता से टिकटिक करता रहता है।

पूरी दुनिया में भ्रमण करता इनसान एक से एक सजावटी और महँगी घड़ियाँ ले सकता है; अपने टाइम पीस को बार-बार सेट करने का सन्तोष हासिल कर सकता है। लेकिन बड़े से बड़ा शेखीबाज़ जानता है कि समय पर उसका क़तई नियंत्रण नहीं है। अपनी घड़ी की सुइयाँ आगे-पीछे करना, इस पर निर्भर है कि वह दुनिया के किस हिस्से में है। पर वह जहाँ भी, समय चलता अपनी पूर्वनिश्चित धुरी पर ही है, सूरज के उगने-छिपने की तरह।

उसे ज्ञान दे रहे अज्ञ इनसान को एक नज़र देख, उसने सँभालकर बात कही कि शायद उसकी बुझी आँखों में समझदारी की कौंध जगा सके। 'घड़ी को तो एक सही समय बतलाना होता है न? वह सिर्फ़ अलार्म है, जो आदमी अपनी मर्ज़ी से सेट कर सकता है।' वह पूरी तरह बेअसर रहा। उसकी सन्त मुद्रा से हताश, उसने चारों तरफ लगी घड़ियों पर नज़र दौड़ाई। ज़्यादातर रुकी हुई थीं। जो चल रही थीं, एक-दूसरे से मेल नहीं खा रही थीं। सही समय क्या है, सोचते हुए उसे लगा, वह चारों तरफ़ पसरे समयहीनता के जाल में खोती जा रही थी।

शिल्पा अपने मायावी उत्पीड़क की तरफ़ मुड़ी ताकि उसका ध्यान उस असंगति की तरफ खींचे, जो उसकी निगाह में उसकी नाकामी का सबूत थी। पर उसके स्थिर, वीतरागी चेहरे पर निगाह डालते ही उसके शब्द जम गए। लगा, उसके पास समय ही समय है; कुछ पलों का इधर-उधर होना कोई मायने नहीं रखता।

क्या वह उतना मतिमूढ़ था जितना दिखता था या ख़ुद उससे ज्यादा दुनियादार, जो ऐसी तपती दुपहर में उसकी दुकान तक धड़धड़ाती चली आई थी, जब आवारा कुत्ता भी लावा उगलती सड़कों से दूर रहना पसन्द करता है? जो बेशक़ीमती मिनट उसने बचाए थे, ढीठ घड़ी का उन्हें दर्ज करने से इनकार, उसके बेमानीपन और पैसे के नुकसान के एहसास को बढ़ा रहा था।

'ये बस तीन मिनट पीछे है,' बूढ़ा ऐसी भुतहा आवाज़ में कुनमुनाया कि उसकी रीढ़ सिहर गई।

'पापा, आप अब जाएँ, मैं सँभाल लूँगा,' एक चुस्त जवान लड़के ने दुकान के पीछे से निकलकर कहा, 'बतलाइए, समस्या क्या है?' उसकी करारी, कारोबारी आवाज़ से आश्वस्त शिल्पा ने उसे अपनी परेशानी की वजह बताई।

'आप बैठिए मैडम, मैं इसे चेक करता हूँ।' उसकी बात से उसे राहत मिली।

साइड टेबल पर पड़े इकलौते, साफ़-सुथरे ढंग से मुड़े अख़बार को उठाकर वह दुनिया के उन तल्ख़ मसलों में मशगूल हो गई। उनके सामने सही वक़्त बतलाने में एक घड़ी की नाकामी पर उसकी नाराज़गी, उतनी ही बेतुकी और बेमानी थी, जितनी देश के कुछ हिस्सों पर मूसलाधार बारिश की इन्द्रदेव की मेहरबानी और दूसरों पर, प्यासे इनसान को इस आस में तरसाना कि शायद गुस्सैल आसमान आग उगलना छोड़, उसकी दुर्दशा पर दो आँसू बहा दे। अगर वह बीते दिनों की होनी-

अनहोनी के तमाम बेतुके ब्योरे दिमाग़ में रखकर घर से निकलती तो वक़्त की चूकों की भयावहता से इस क़दर त्रस्त होती कि वक़्त नाम की धोख़ेबाज़ शै में सुधार लाने का जोश खो चुकी होती। शिल्पा ने अख़बार से सिर उठाकर कुछ उम्मीद से देखा, क्योंकि काउंटर के पीछे से आवाज़ों की भिनभिन आ रही थी। बूढ़ा नाराज़ लग रहा था और बेटा उसे समझा रहा था। उन्हें देखते उसे रंगे हाथों पकड़ने पर लड़का दन से बोला, 'कल आइएगा, आज हम दुकान जल्दी बन्द कर रहे हैं।'

लड़के की औचक बरखास्तगी से हैरान; वह कुर्सी पर चिपकी बैठी रही।

'बन्द कर रहे हैं? किसने कहा, बन्द कर रहे हैं?' उसका बाप चीखा।

'प्लीज़ पॉप,' बेटे ने मनुहार की।

'मुझे पॉप-पॉप कहना बन्द करो। तुम जानते हो, मुझे इस नाम से नफ़रत है,' उसने अपनी बाँह से उसका हाथ झटक दिया, 'तुम क्यों चाहते हो कि मैं दिन-दोपहर दुकान बन्द कर दूँ? तुम्हें पता है न, शनिवार-इतवार को मेरे पास कितने ग्राहक आते हैं? नहीं पता क्या, विवेकानन्द?' उसने चिड़चिड़ाकर पूछा।

'भगवान के लिए, मुझे वि-वेका-नं-द मत कहिए,' लड़का फुफकारा।

'तो क्या कहूँ, विकी? जैसे तुम्हारी कुन्दज़ेहन बीवी कहती है?' उसने खिल्ली उड़ाते हुए कहा, फिर ऐलानिया स्वर में जोड़ा, 'तुम्हारे दादा ने तुम्हारा नाम विवेकानन्द रखा था, और मेरे मरते दम तक तुम विवेकानन्द रहोगे!'

लड़के की आँखें गुस्से से दहक उठीं।

शिल्पा जल्दी से उठ खड़ी हुई; इससे पहले कि बाप-बेटे का झगड़ा और फूहड़ हो, वह बाहर निकल जाना चाहती थी।

'हमें देर हो रही है विकी,' दरवाज़े पर, एक तुतलाती-सी ज़नाना आवाज़ की पुकार ने उसके क़दम रोक दिए।

'आ रहा हूँ,' पिता की तरफ चोर निगाहों से देखते हुए लड़के ने जवाब दिया। निजी ज़रूरत ने उसका गुस्सा उड़ा दिया होगा क्योंकि अब उसने मनुहार करते हुए कहा, 'प्लीज़ पॉप, पापा, आपको पता है, हम अनुज को अकेला नहीं छोड़ सकते।'

'उस बन्दर का ध्यान रखने के लिए मैं अपनी दुकान बन्द नहीं कर सकता,' उसने दो टूक जवाब दिया।

'वो आपका पोता है—आपका इकलौता पोता और आप उसे बन्दर कह रहे हैं,' बेटे ने शिकायती लहजे में कहा।

'पता है, पता है, पर मेरा काम पहले है,' कहते हुए उसका चेहरा सख़्त हो गया, ठुड्डी तन गई।

'आपको इस खस्ताहाल दुकान में पूरा दिन गुज़ारकर क्या मिल रहा है?' उसने तिरस्कार से कहा। फिर घड़ी पर नज़र डाल बदहवास हो अपना सुर बदल

फ़ुसलाती आवाज़ में बोला, 'हमें और पैसा नहीं चाहिए। मैं चाहता हूँ, आप आराम करें। इस बुढ़ापे में इतना बोझ न लें।'

'मुझे बूढ़ा तब कहना, जब मैं तुम्हारे फ़ितने को सँभालने लायक न रहूँ,' उसने तीखे स्वर में कहा लेकिन उसका चेहरा मुलायम पड़ गया। बेटे ने, तुरन्त उसका मर्म समझ, बाप की नम आँखों के सामने जादू की छड़ी घुमाई, 'कल मैं ख़ुद आपकी मदद करूँगा, वादा रहा। कल हम ज्यादा काम करेंगे और आज की भरपाई कर लेंगे।'

'हाँ, जैसे तुम गुज़रा वक़्त वापस ला सकते हो।' बूढ़े ने जवाब दिया।

लड़के का चेहरा मुरझा गया। उसके पिता के होंठ हिले, उसके चेहरे पर एक मुस्कुराहट तरंगित हो गई। हाथ से जाने का इशारा करते हुए उसने कहा, 'इससे पहले कि मेरा मन बदल जाए, जहाँ जाना है, जाओ।'

लड़का लपककर बीवी के पीछे दौड़ा जो तब तक गाड़ी में बैठ चुकी थी और हॉर्न दे रही थी। अपने शोर से उनकी विदाई की सूचना देती गाड़ी निकल गई। बाप और उसने लगभग एक साथ राहत की साँस ली।

'मैं कल आती हूँ,' दरवाज़े की तरफ बढ़ते हुए उसने कमज़ोर लहजे में कहा।

'नहीं, नहीं, आपने इतना इन्तज़ार किया है, घड़ी आप को आज ही ले जानी चाहिए,' वह उसे देख आजिज़ी से मुस्कुराया, 'मैं इसे अभी चेक कर देता हूँ।' उसकी नानुकुर को अनसुना कर वह भीतर चला गया।

तब तक उसका सब्र जवाब देने लगा था। वह बस इतना चाहती थी कि किसी तरह वहाँ से निकल, घर के सुकूनदेह अपनेपन में दुबक सके। प्री-बोर्ड्स की प्रीपरेटरी क्लासेज़ की चक्की में पिसता, उसका बेटा जल्द घर लौट आएगा—परेशान और भूखा पर खाने को तैयार नहीं, जब तक उसका पसन्दीदा मीठा सामने न आ जाए। मीठे के शौक़ की वजह से उसका बुरी तरह थका दिमाग़ भी डिज़ेर्ट को नजरअन्दाज़ नहीं कर सकता था।

उसने अपने सामने पसरे समय के विविध रूपों पर निगाह डाली। कौन यक़ीन करेगा कि उसे इसलिए देर हो गई क्योंकि घड़ी की दुकान में सही वक़्त न था। बेटे का मायूस चेहरा आँखों के सामने न होता, उसकी ख़ामोश शिकायती निगाहें सीना न मसोस रही होतीं, तो वह इस विडम्बना पर हँस सकती थी।

वह बेचैनी से पहलू बदलती रही। अपने-आप में खोया बूढ़ा जैसे उसकी उपस्थिति भूल चुका था। उसका बेटा ठीक कह रहा था। उसे वाकई संन्यास ले लेना चाहिए, रिटायर हो जाना चाहिए, हमेशा के लिए, उसने तल्खी से सोचा। फिर भी बूढ़े की ख़ाली दुकान को भगवान भरोसे छोड़, जहाँ कोई भी भीतर घुस, चुपके से कुछ घड़ियाँ जेब में डाल निकल सकता था, छोड़ जाने के लिए वह तैयार न हो सकी। किसी अपराधी को शह देने के ख़याल से उसके होंठ भिंच गए और वह इन्तज़ार करती बैठी रही।

पीछे का दरवाज़ा तेज़ी से खुला, और हाथ में स्कूल का बैग पकड़े एक छोटे बच्चे को साथ लिये डगमग करता बूढ़ा अन्दर आया।

'अब यहाँ कोने में बैठो और सोमवार का पाठ याद करो। मुझे थोड़ा समय लगेगा, फिर हम घर चलकर चोर-सिपाही खेलेंगे, ठीक?' उसने बच्चे को आँख मारी।

'ठीक,' बच्चे ने भी आँख मारी, और उसकी आँखें साज़िश में हिस्सेदारी से चमक उठीं।

'और याद रखना...'

'मुझे मालूम है, अपने ऐडवेंचर के बारे में कुछ नहीं बतलाना है, यह हमारा राज़ है, ठीक?' उसने पहेली के अन्दाज़ में कोडवर्ड दुहराया। अचानक एक महिला की उपस्थिति का एहसास हुआ तो दादा की तरफ़ पछताकर देखा।

'आपकी घड़ी तैयार नहीं है,' उसकी तरफ़ रुख करते हुए उसने रूखे स्वर में कहा। 'मैं भीतर बच्चे को एक बार देखने गया और इस आलसी ने सोचा, वह एक झपकी ले सकता है,' वह बड़बड़ाया।

उसने इन्तज़ार किया कि वह कुछ और कहेगा। हालाँकि उसकी देरी की वजह जायज़ और समझ में आने लायक़ थी फिर भी अगर वह खेद प्रकट करता या मुस्कुराता तो उसकी तनी नसों को कुछ राहत मिलती। लेकिन उसका चेहरा सपाट बना रहा, कोई पछतावा नहीं दिखा। बेशक़ वह एक ढीठ शख्स था, उसने रुखाई से सोचा। उसे उसके बजाय उसके बेटे से हमदर्दी हो आई, जिसे उसकी सनक को हरदम झेलना पड़ता था।

'क्या आपको लगता है, बच्चा थोड़ी देर यहाँ रहा तो उसका कोई नुकसान हो जाएगा?' अचानक उसने भेदती नज़रों से उसे घूरकर पूछा। असहज महसूस करती वह इधर-उधर देखने लगी, समझ में नहीं आया, क्या कहे। उसकी भरोसा करती आँखों ने उसकी ज़ुबान सी दी। उसने उसे विवश भाव से देखा; काश वह उसे, जो आख़िर एक अजनबी थी, वहाँ से जाने दे। वह उसकी ज़िन्दगी के जंजाल के बारे में राय कैसे दे सकती है? देगी तो अनजाने ही सही, या तो उसकी मुसीबत बढ़ाएगी या उसके परिवार के किसी अन्य सदस्य के साथ नाइंसाफ़ी करेगी। लेकिन उसका प्रश्नकर्ता उसकी चुप्पी का मतलब नहीं समझ पाया और उसे अन्य जानकारियाँ देता रहा।

'इसके माँ-बाप को लगता है कि इसके लिए यह सही जगह नहीं है,' वह खिल्ली उड़ाते हुए हँसा 'पर दीवाली की रातें वे जुआ खेलते हुए, इसे बगल में बैठाए रहते हैं—इसे अपना शुभंकर मानते हैं। यह उनके लिए कार्ड उठाता है, छोड़े हुए कार्ड और पैसों से खेलता है और वे खुशी-खुशी करने देते हैं। शनिवार की रात कहते हैं, कल इसे स्कूल नहीं जाना है और दीवाली को, आखिर दीवाली साल में

एक बार आती है। ये उनकी बच्चे को रातभर घुमाने की लँगड़ी कैफ़ियत हैं।' वह हाँफ रहा था; पता नहीं तेज़-तेज़ बोलने से साँस न ले पाने से या बेकाबू होते जज़्बात की वजह से। वह वहाँ से निकल भागने को तरस रही थी फिर भी उसकी तकलीफ़ से, जो रिसते घाव की तरह सामने पसरी थी, अनछुई न रह सकी।

'एक दिन, जब ये मेरे साथ बैठा मुझे एक घड़ी की मरम्मत करते ध्यान से देख रहा था, इसके एक दोस्त की माँ आई और 'बेचारे' बच्चे की ख़राब परवरिश पर च्च-च्च करने लगी, जबकि उसकी 'बेचारी' माँ ऑफिस में खट रही थी। जब मेरे बेटे ने सुना तो बच्चे को दुकान में घुसने से मना कर दिया। बेवक़ूफ! मैं इसे सिखाता कि काम करने में अपने हाथ भी लगाए, अपने भूले-भटके माँ-बाप की तरह सिर्फ़ दिमाग़ नहीं।' जितने अप्रत्याशित ढंग से उसने अपना एकालाप शुरू किया था, उतनी ही क्षिप्रता से उसे बन्द कर दिया और मायूस ख़ामोशी में डूब गया।

शिल्पा बाहर निकली तो बूढ़े की उदासी उस पर भी छाई हुई थी। अगले दिन उसका वहाँ जाने का इरादा नहीं था, लेकिन एक सवाल उसे कुरेद रहा था, क्या अगले दिन बेटा दुकान में उसकी मदद करने का वादा निभाएगा? उसने वहाँ जाने का फ़ैसला कर लिया, अपने को समझाकर कि उसके लिए उसके पास जायज़ वजह थी। विकी नाम के अक्खड़ लड़के ने उसे अगले दिन आने को कहा था न?

वह, विकी, वहीं था। उसने अपनी बात रखी, उसे मानना पड़ा। लेकिन उसका बाप कहीं दिखाई नहीं दिया।

'मेरे पिता ने इसे आपको देने को कहा है,' उसके सामने घड़ी रखते हुए उसने बेरुखी से कहा।

उसने मायूसी अनुभव करते हुए घड़ी उठा ली। वह अब भी वक़्त से पीछे चल रही थी, देखकर उसने राहत महसूस की। अब वह दुकान से जाना स्थगित कर सकती थी। क्यों भला? उसकी आँखों ने उस बूढ़े की शरणगाह का मुआयना किया, ताकि कुछ सुराग मिल सके कि वह कहाँ है। जब उसका बेटा उसकी ग़ैरमौजूदगी से उदासीन है तो आखिर एक अजनबी को परवाह क्यों हो, उसने असमंजस से सोचा। पर क्या वह वाक़ई अजनबी थी? क्या उस शख़्स ने उसे एक पर्यवेक्षक और राज़दार की भूमिका में नहीं ढाल दिया था, जिसकी दुकान और अपनी ज़िन्दगी से ग़ैरमौजूदगी, उसे परेशान कर रही थी—वह इत्तिफ़ाक था या उसकी नियति? अपनी तकलीफ़ों की पोटली उसे सौंप कर, वह यों जा नहीं सकता, आराम करने या अपने पोते के साथ खेलने...उसकी उम्र में अनन्त सम्भावनाएँ थीं। उसने तय किया कि उसे जानने का हक है—किसी और वजह से नहीं तो चैन हासिल करने के लिए।

उसके बेटे की सोची-समझी चुप्पी से चिढ़कर शिल्पा फट पड़ी, 'घड़ी अब भी सही समय नहीं बतला रही। कहाँ हैं आपके पिता?'

एक लेजर का मुआयना कर रहे बेटे ने सिर उठाया। आगंतुक को ढिठाई से देखा और ऐंठकर कहा, 'जब मैं यहाँ हूँ तो उनकी क्या ज़रूरत है? उनके सारे ग्राहकों को आधे दिन में निबटा दूँगा।'

'मैं उनका इन्तज़ार करूँगी,' शिल्पा ने सख्त लहजे में कहा।

'जैसा आप चाहें,' उसने कन्धे झटक दिए, 'मैं जल्द ही दुकान बन्द करके चला जाऊँगा।'

पीछे का दरवाज़ा चरमराता हुआ खुला। बूढ़ा एक लाठी की मदद से लँगड़ाता हुआ भीतर आया। 'विवेकानन्द,' उसकी कर्कश आवाज़ सुनकर लड़के का चेहरा लाल हो गया।

'तुम्हें इस दरवाज़े में तेल डालना चाहिए। इसकी चूलें सूख गई हैं।'

'क्या हुआ आपको?' उसके लँगड़ाने से घबराकर शिल्पा ने पूछा।

'बस एड़ी में मोच आ गई,' कुछ तकलीफ़ के साथ काउंटर की तरफ बढ़ते हुए वह हँसा।

'आई कैसे? क्यों नहीं बतलाते?' बेटे ने कटाक्ष किया, 'एक डाकू को पकड़ने में, आप यक़ीन कर सकती हैं। जब मैंने पूछा तो इन्होंने यही कहा।'

शिल्पा ने मुस्कुराहट छुपाने की कोशिश की।

'और वह सच क्यों नहीं हो सकता?' पिता ने झुँझलाकर कहा, 'मैं पहले भी कर चुका हूँ, नहीं क्या? मैंने उसकी बाँह मरोड़कर काँख से निकाल दी थी, जब मेरा कम्बल उठाकर भागने की कोशिश कर रहा था,' वह हँस पड़ा।

'च्च्च! वह एक छोटा चोर था,' बेटा खिल्ली उड़ाते हुए हँसा, 'और वह बीस साल पहले हुआ था। अब बात अलग है।'

'क्या अलग है?' बात चुभी तो बाप ने गुस्से से पूछा।

'पापा, आप जानते हैं कि अब आप पहले जैसे फुर्तीले नहीं रहे। फिर हम ग्यारह बजे तक लौट आए थे और हमें सब सही-सलामत मिला था। जब हम आए तो चौकीदार ठीक हमारे घर के सामने खड़ा था और ईमान की कसम खाकर कह रहा था कि कोई...'

'ईमान, मेरा ठेंगा। पूछो, उसने कभी किसी चोर का पीछा किया है, पकड़ने की बात तो दूर है,' उसने गुस्से से कहा।

'जैसे आप उम्र-भर डाकुओं का पीछा करते रहे हैं,' बेटा बुदबुदाया।

'नहीं किया है क्या?' बाप को मुँह दबाकर हँसते देख बेटे ने उसे घूरा।

'मेरा चश्मा लाए विवेकानन्द?' उसने मधुर आवाज़ में शान्त चेहरे के साथ पूछा।

विवेकानन्द अपने पिता की आवाज़ का छेड़खानी भरा स्नेह नहीं सुन पाया, केवल अपने अप्रिय नाम की प्रतिशोधी आवृत्ति सुनी। मुझे विवेक कहिए, उसने कई बार आग्रह किया था पर लेकिन पिता समझौते से इनकार करके, अपनी ढिठाई का

आनन्द लेता रहा था।

'नहीं लाया,' लड़के ने अपने अतीत की युवा नाराज़गी को शब्द देते हुए गुस्से से कहा, 'समय नहीं था।'

'घड़ी अब भी तीन मिनट पीछे है,' शिल्पा ने बाधा दी। इस दखल से, या महिला की मौजूदगी से, या दोनों से झल्लाए लड़के ने घड़ी अपनी तरफ़ मोड़ी और एक तीखी नज़र उस पर डालकर झल्लाया, 'आप अपने भोंदू छोकरे को निकाल क्यों नहीं देते, जो घड़ी की छोटी-सी चूक तक ठीक नहीं कर सकता।'

'बस तीन मिनट पीछे है,' बूढ़ा बुदबुदाया, 'लोग अपना समय ख़ुद तय करते हैं...काम करने के लिए...या न करने के लिए।' उसकी आवाज़ तैरती हुई दूर जा पहुँची थी, सुदूर अतीत में गुम होती, जी भरकर जी गई ज़िन्दगी के पलों में...

निःशब्द, शिल्पा अपने दूरदर्शी उपदेशक को देखती रही।

'आप इसे छोड़कर जाना चाहती हैं या लेकर?' बेटे की तीखी आवाज़, ख़ामोशी को तार-तार करती, चाबुक की तरह उन पर गिरी।

'लेकर।' शिल्पा ने दृढ़ता से कहा; अपने फ़ैसले पर वह ख़ुद हैरान थी।

सत्तर से ज्यादा वर्षों में जमा गहन ज्ञान के साथ बूढ़ा मुस्कुराया। वह भी मुस्कुरा दी पर उतनी विज्ञता से नहीं।

कैरम की गोटियाँ

मैं नामी दून स्कूल का जाना-माना छात्र हूँ। मम्मी-पापा का दुलारा। मि. रिची रिच...आज मेरे स्कूल का आखिरी दिन है। अपने पापा को शोफर ड्रिवेन मर्सिडीज से उतरते देख मेरा दिल बागबाग हो उठता है। उन्होंने अभी-अभी ली है। मैं महसूस कर सकता हूँ कि मेरे दोस्त मुझे ईर्ष्या से देख रहे हैं। आखिरकार मेरे पापा एक आकर्षक शख्स हैं—असरदार। यहाँ तक कि हमारे खड़ूस प्रिंसिपल भी उनसे घबराते हैं...

'पापा, चलो कैरम खेलें,' मेरे सात साल के बेटे की चीखती आवाज मेरे कानों पर पड़ी। मैं उठकर बैठ गया, आँख मलते हुए, चौंककर ख़यालों से बाहर।

'हमेशा ख़यालों में खोये रहते हो,' मेरी पत्नी बुदबुदाई।

'हमेशा तुम कैरम खेलने की क्यों सोचते हो?' मैं बड़बड़ाया।

'कम से कम इससे वह घर पर तो रहेगा। तुम उसके साथ क्यों नहीं खेलते?' मेरी पत्नी ने पूछा।

'क्योंकि मैं इस खेल से नफरत करता हूँ।'

'क्यों?'

क्यों? मेरे पास जवाब नहीं था। मैं खुद नहीं जानता था। या...फिर अच्छी तरह जानता था, सिर्फ़ स्वीकार करना नहीं चाहता था। इस खेल से मेरी गहरी चिढ़, वो यादें जो इससे उभरती हैं।

मेरे पापा अपने मुड़े-तुड़े कुर्ता-पाजामा में, बिना शेव किए, कैरम के सामने बैठे हुए, गोटियों को सजाते हुए, बार-बार सजाते हुए; आँखें सिकोड़कर स्ट्राइकर से निशाना साधते हुए,...आवेग में बार-बार स्ट्राइक करते हुए। हर बार निशाना चूक जाता। उनके काँपते हाथ और होंठ अब भी मुझे याद हैं।

लेकिन वे हमेशा से ऐसे नहीं थे। जब मैं खेलने के लिहाज से छोटा समझा जाता था, अपनी बहन के बगल में बैठा करता और उन्हें खेलते देखता। वे शायद ही कभी

चूकते। सम्मोहित, मैं उन्हें निशाना लगाते देखता, और ये गया! उनकी हर चाल सोची-समझी होती, उनकी आँखें कभी नहीं झपकतीं, उनकी लम्बी, कोमल अँगुलियाँ—एक सर्जन के नश्तर सी—अचूक ढंग से चलतीं।

हर इतवार, हरेक छुट्टी का दिन, न खत्म होते कैरम के खेल में गुजरता, माँ के झल्लाने के बावजूद। हमारे घर में पड़ोस के बच्चे ठसाठस भर जाते। हमारा छोटा-सा घर, पापा को हराने की उनकी शोरगुल भरी नाकाम कोशिशों से गूँजता रहता। लेकिन सिक्का उन्हीं का चलता, वे खेल के उस्ताद थे।

'इन्हें ट्यूशन फीस लेनी चाहिए,' मेरी माँ बड़बड़ातीं। उनके लिए छुट्टियाँ एक मुसीबत थीं। फिर, यह मुसीबत हर दिन की बात हो गई। पापा ने ऑफिस जाना बन्द कर दिया। उन्होंने माँ को बताया कि वे एक महीने की छुट्टी पर हैं। चुपचाप वे दिन गिनने लगीं। महीने साल में बदल गए। दो साल। उन्होंने गिनना बन्द कर दिया। बच्चों ने आना बन्द कर दिया।

मेरी बहनें उनसे कतराने लगीं—जहाँ तक सम्भव हो हम अपने में ही कैद रहते। लेकिन उन्होंने खेलना नहीं छोड़ा। दिन पर दिन वे अपने घिसे कैरम बोर्ड के सामने बैठते, काँपते हाथों से बदहवास स्ट्राइक करते रहते, उनकी बड़बड़ाहट ऊँची होती जाती। परदे के पीछे से मैं उन्हें सहमकर देखता रहता, वे बोर्ड को उलट देते और फिर चहलकदमी करने लगते...आगे और पीछे...आगे और पीछे, पिंजरे में कैद बाघ की तरह...

एक दिन जब मैं स्कूल से घर लौटा तो अजीब खामोशी पसरी थी। मैंने कमरे में झाँका। वे वहाँ नहीं थे। न ही कैरम का कोई निशान था।

'पापा कहाँ हैं?' मैंने पूछा।

'उनका ट्रांसफर हो गया,' माँ ने रूखेपन से कहा।

'लेकिन वे ऑफिस नहीं जा रहे थे।'

'इसलिए कि वे छुट्टी पर थे। अब उनकी छुट्टी खत्म हो गई और उनका ट्रांसफर हो गया।'

मैं उनके उतरे चेहरे को देखकर जान गया कि वे झूठ बोल रही हैं। लेकिन वे झूठ क्यों बोल रही थीं? पापा कहाँ थे? रात को मैंने अपनी बहन से पूछा। एक मिनट वह चुप रही, फिर उसने वही बात दोहराई। झूठी। सब के सब झूठ बोल रहे हैं। मुझे छोड़कर उन सबको पता था। वे मुझसे क्यों छिपा रही थीं? मैं बच्चा नहीं था। जल्दी ही मैं आठ साल का होनेवाला था।

सब जानते थे। जहाँ कहीं जाता, लोगों की हमदर्दी भरी नजरें मुझसे छिपती नहीं थीं।

'तुम्हारे पापा पागलखाने में हैं,' एक दिन मेरे दोस्त दीपक ने दम्भ के साथ सूचना दी।

'तुम्हें कैसे मालूम?' मैंने कातरता से पूछा।

'मुझे पता है। मैंने अपनी माँ को पुष्पा आंटी से कहते सुना।'

यह तो अपमान की पराकाष्ठा थी। मुझे मालूम होना चाहिए था। मुझे जानने का हक था। आख़िर वे मेरे पापा थे जिसके बारे में सब चटखारे ले रहे थे।

'माँ, ये पागलखाना क्या है?' हिम्मत करके मैंने माँ से पूछा।

उनका चेहरा फक पड़ गया। 'तुम्हें किसने बताया?' वे बुदबुदाईं।

'वह जाने दीजिए। मुझे पता है। लेकिन पापा वहाँ क्यों हैं?' मैं जानना चाहता था।

'वह एक हॉस्पिटल है,' माँ ने नरमी से मेरा गाल थपथपाते हुए कहा, 'तुम्हारे पापा बीमार हैं...।'

'लेकिन आपने तो कहा था कि वे बम्बई गए हैं?' मैंने बात काटी।

'वे वहाँ बीमार पड़ गए, इसलिए...'

'लेकिन हम लोग उन्हें लाने क्यों नहीं गए? और उन्हें हॉस्पिटल देखने क्यों नहीं जाते?' मैं उनकी साड़ी पकड़कर चिल्लाया।

'सलीके से रहो, अब तुम बच्चे नहीं रहे,' उन्होंने डपटा।

'जब मैं बच्चा नहीं रहा तो मुझे बताया क्यों नहीं? आप झूठ क्यों बोल रही हैं?'

उनके झन्नाटेदार तमाचे से मेरी नजर धुँधला गई। मैं कमरे से बाहर दौड़ा, मेरे गाल आँसुओं से भींग चुके थे।

मैंने उनसे फिर कभी नहीं पूछा। पापा के विषय में कोई बात नहीं करता था। क्या वे मर चुके थे? मुझे अचरज होता था। उनके मरने के बावजूद कैसे वे सब हँस-बतिया सकते थे। स्वार्थी, सारे के सारे। मुझसे काफी बड़ी मेरी दोनों बहनें हर वक़्त ही-ही करतीं और बतियाती थीं। अक्सर उनकी खुसुर-फुसुर मुझे देर रात तक जगाए रखती। वे क्या राज साझा कर रही थीं? जब मैं उनसे पूछता, मुझे किनारे करते हुए कहतीं, 'अरे, तुम अभी बच्चे हो।' इन बड़ों के तौर-तरीके भी अजीब थे। एक बार तय क्यों नहीं कर सकते कि मैं बच्चा हूँ या नहीं?

'अब मैं एक टीन एजर हूँ,' मैंने अपने तेरहवें जन्मदिन पर गर्व से घोषणा की। वे खुशी से मुस्कुराती रहीं, सारा दिन मुझसे लाड़ जताती रहीं। रात में भी, आपस में घुलमिलकर फुसफुसाने की जगह, मेरी बहनों ने मुझे भी अपने साथ कर लिया। हम लोग देर रात तक बैठकर गप्प मारते रहे और हँसते रहे। मैं रोमांचित था। अन्तत: मैं बड़ा हो चुका था। अब वे अपने राज मुझे बता सकती थीं। यहाँ तक कि उन्होंने मुझे 'घर का मालिक' भी कहा था। तो क्या अब मैं उनसे अपने पिता के बारे में पूछने की हिम्मत करूँ? क्या हो अगर वे मुझे सच बता भी दें? क्या वाकई मैं सच जानना चाहता था? एक समय था जब जानने के लिए कुछ भी देने को तैयार हो

जाता। लेकिन तब, मैं बच्चा था। अब मैं एक मर्द हूँ, मैंने दम्भ से सोचा। एक और विचार मेरे मन में रेंगा। अगर मेरे पिता वापस लौट आएँ तो मैं 'घर का मुखिया' नहीं रहूँगा। ना, चीजें जैसी हैं वैसी ही रहें, मैंने सोचा। मैं अपनी नई हासिल हैसियत से खुश था।

मेरी एक बहन की शादी होनी थी। अब उनकी कानाफूसियाँ लम्बी होने लगीं। मैंने उस पर ज्यादा ध्यान नहीं दिया। कुछ भी हो, वे लड़कियाँ थीं। और मेरी राय में सारी लड़कियाँ बेवकूफ थीं। मैं उनकी बकबक सुनने में अपना वक़्त बर्बाद नहीं कर सकता था।

'क्या वह क्रिकेट खेलता है?' मैंने अपनी बहन से एक दिन पूछा। बिना किसी वजह उसका रंग लाल हो गया। कोई उसकी जरा चर्चा करे और वह लजा जाती। मूर्ख लड़की! अभी तक उसे पता नहीं था कि वह क्रिकेट खेलता था या नहीं।

मुझे घर के उत्सवपूर्ण और खुशनुमा माहौल में अच्छा लग रहा था। शादी की तारीख में बस एक सप्ताह ही बचा था। मैं उनकी मदद करने की कोशिश करता था, लेकिन ज्यादातर वे मुझसे कहतीं कि मैं उन्हें तंग न करूँ। मुझे भी ये भाता था। इसका मतलब था, पूरी शाम क्रिकेट खेलने की आजादी। मैं उसका ज्यादा से ज्यादा फायदा उठाना चाहता था क्योंकि मैं जानता था कि वह ज्यादा दिन तक चलनेवाला नहीं था। एक बार डी-डे खत्म होने के बाद 'होमवर्क नॉट डन' पर माँ के साइन कराना मेरे लिए आसान नहीं होगा।

सिर्फ़ दो दिन बचे थे। अब कोई स्कूल नहीं, कम से कम अगले दो दिन। मैं सीटी बजाते हुए सीढ़ियाँ चढ़ रहा था। मैं बेल बजानेवाला था कि झट से दरवाजा खुल गया।

'चुपचाप अपने कमरे में जाओ। तुम्हारे पापा सो रहे हैं,' माँ ने सावधान किया।

भौंचक, मैं उन्हें घूरने लगा, 'लेकिन...' मैं हकला गया।

'आओ और खाना खाओ,' किचन की तरफ जाते हुए उन्होंने कहा।

मैं दबे पाँव अपने कमरे में गया। वहाँ मेरी बहनें चुहियों की तरह दुबकी बैठी थीं।

'कुछ गड़बड़ हुई?' मैंने धीमे से पूछा।

'कुछ नहीं।'

'तो तुम लोग इतने चुप क्यों हो? पापा लौट क्यों आए हैं? इतने दिन वे कहाँ थे? क्यों...?'

'जाओ और खाना खाओ,' उन्होंने आदेश दिया।

मैं खाना टूँगने लगा।

'क्या मैं उनसे मिलूँ?' मैंने माँ से पूछा।

'नहीं, नहीं, वे आराम कर रहे हैं। तुम बाहर जाओ और खेलो।' अनमने ढंग से उन्होंने कहा।

खेलो? कैसे वे ये बात कह भी सकती हैं? मैंने उन्हें शिकायती अन्दाज में देखा था। वे मुझे अपने पाप से मिलने क्यों नहीं दे रही थीं? और वे क्यों सो रहे थे? क्या वे मुझसे मिलना नहीं चाहते थे? अनिल के पापा भी नाइजीरिया गए थे, लेकिन साल में एक बार उनसे मिलने आते थे। कितने सुन्दर प्रेजेंट्स वे लाते थे। शायद पापा सफर के बाद थके हों और...मैं अपने कमरे में पूरी शाम रुका रहा, इन्तजार करता रहा। लेकिन वे अपने कमरे से बाहर आए ही नहीं। न ही उन्होंने मेरे बारे में पूछा।

रात को मम्मी उनका खाना उनके कमरे में ले गईं।

'क्या वे हमारे साथ खाना नहीं खाएँगे?' मैंने पूछा।

किसी ने जवाब नहीं दिया।

'उठो, स्कूल जाने का समय हो गया है।' माँ मुझे झकझोर रही थीं।

'पर आपने तो कहा था कि मैं घर पर ही रहूँगा,' मैंने विरोध किया।

'तुम स्कूल जा रहे हो।' मम्मी ने दो टूक कहा।

'क्या यहाँ शादी नहीं हो रही है?'

'वो कल है। आज तुम स्कूल जा रहे हो।'

गुस्से से भरा मैं तैयार होने लगा। मैं माँ से बहस करने की हिम्मत नहीं करता था। जब वे कुछ सुनने को तैयार नहीं होती थीं।

मेरा मन खराब था। स्कूल अच्छा नहीं लग रहा था। बेध्यानी की वजह से सारी टीचर लगातार डाँट रही थीं। मैं उनकी अनाप-शनाप बातों पर कैसे ध्यान देता जब घर पर इतनी घटनाएँ घट रही हों? मेरी बहनें सारे उपहार ले रही होंगी, मैंने उदासी के साथ सोचा जब मैं क्लास के बाहर खड़ा होमवर्क न करने की सजा भुगत रहा था।

वे क्यों नहीं समझ सकती थीं कि मुझे स्कूल आना नहीं था। जाहिर है, इसी कारण मैंने होमवर्क नहीं किया था। ये सब माँ की गलती थी। वे मुझे टिफिन देना तक भूल गई थीं। मैंने जोर से और देर तक घंटी बजाई। मैंने माँ को तेजी से दरवाजे की तरफ आते सुना।

'इतनी जोर से घंटी क्यों बजाई?' उन्होंने डाँटा, 'अपने कमरे में जाओ,' फिर धीमी आवाज में जोड़ा और डाइनिंग रूम की तरफ देखने लगीं।

'मुझे भूख लगी है। आपने टिफिन नहीं दिया था।' मैंने शिकायती लहजे में कहा।

वे कुछ सुनना नहीं चाहती थीं, 'अपने कमरे में जाओ। तुम्हारे पापा खा रहे हैं। उनके खाने के बाद मैं तुन्हें खाना दूँगी।'

'मैं उनके साथ क्यों नहीं...?' वे किचन में जा चुकी थीं।

मैंने अपना बैग बेड पर पटक दिया। उनकी अवहेलना करते हुए मैं सीधा डाइनिंग रूम में कुर्सी पर बैठ गया—सामने एक अजनबी खाना खा रहा था। उसने मुझे देखा। मैं शर्माते हुए मुस्कुराया। उसकी पथराई आँखें मुझे घूर रही थीं—अजनबी-सी। मेरा खून जम गया। ये तो पापा नहीं हो सकते...अजीब तरीकोंवाला अनजान आदमी। वह मुझे जानता तक नहीं—अपने बेटे को! लेकिन तब मैं बड़ा और लम्बा हो चुका था—लोगों का ऐसा कहना था।

'मैं सोनू हूँ।' मैंने शर्माते हुए कहा।

वे खाते रहे। मुझे लगा कि मेरे कान जल रहे हैं। काश कि मैंने माँ की बात सुनी होती और कमरे में ही रुक जाता।

मैं सारी रात जागता रहा, करवटें बदलता रहा, आँखें बन्द करने से डरता रहा। पहली बार मुझे सुबह स्कूल जाने के ख़याल से राहत मिली।

'तुम क्या कर रहे हो?' मुझे इतनी सुबह जगा देखकर अचरज से मम्मी ने पूछा था।

'स्कूल के लिए तैयार हो रहा हूँ,' मुझे भी अचरज हुआ कि वे यहाँ तक भूल गईं कि मुझे स्कूल जाना है।

'तुम आज स्कूल नहीं जा रहे हो। आज तुम्हारी बहन की शादी है।'

'लेकिन कल तो आपने मुझे भेजा था। मैंने सोचा कि शादी कैंसिल हो गई।' मैंने रुखाई से जवाब दिया।

'अब तुम्हारी आंटी के घर से हो रही है।'

'लेकिन क्यों... ?'

'यह घर छोटा पड़ रहा है,' उन्होंने कतराते हुए कहा।

वे झूठ बोल रही थीं, मुझे पता था।

'पापा की वजह से तो नहीं?' मैंने धीमे से पूछा।

'चुप रहो, तुम बहुत ढीठ होते जा रहे हो,' उन्होंने झिड़क दिया।

आहत, मैं बाहर निकल गया। अगर उन्हें मुझ पर भरोसा नहीं तो मैं बाहर ही रहूँगा...पूरा दिन क्रिकेट खेलता रहूँगा।

जब बहन ने लंच के लिए बुलाया तो मैंने कह दिया था कि मुझे भूख नहीं। मुझे इन्तजार था कि वह पूछेगी, क्यों। लेकिन उसने नहीं पूछा। सारा दिन मेरा मन खराब रहा। ऐसा लगा कि किसी को मेरी परवाह ही नहीं थी।

शाम को मेरी माँ ने मुझे बुलाया। आखिरकार उन्हें अपनी गलती का अहसास तो हुआ, मैंने हेठी के साथ सोचा।

'हम लोग तुम्हारी आंटी के घर जा रहे हैं। बहुत काम है। जब बारात आएगी तो तुम्हारे लिए किसी को भेजूँगी।'

'मैं खुद आ जाऊँगा। मुझे घर मालूम है।'

'नहीं, जब तक मैं किसी को नहीं भेजूँ तुम यहीं रुकोगे। तुम्हारे पापा यहीं ठहर रहे हैं।'

'मैं उनके साथ नहीं रहना चाहता हूँ।' मैंने जिद की, 'मुझे वे पसन्द नहीं।'

'अब ज्यादा तुनको नहीं।' उन्होंने मुझे डाँटा।

'बस एक दिन की बात है,' मेरी डबडबाई आँखें देख वे नरमी से बोलीं, 'मैं वादा करती हूँ कि तुम कुछ भी मिस नहीं करोगे।'

मैं डरा हुआ था। मैं उन्हें कैसे बताता कि मैं अपने पापा से डरा हुआ हूँ? मैं—एक टीन एजर—डरा हुआ?

मेरा दिल बैठ गया जब मैंने माँ को बाहर से दरवाज़ा बन्द करते सुना। वह चाहती थीं कि लोग सोचें कि घर पर कोई नहीं है। उन्होंने सोचा होगा कि यह सुरक्षित था। सुरक्षित? कितना सुरक्षित हो सकता है एक अजनबी—एक पागल—के साथ बन्द रहना? क्या वे पागल थे? लोग यही सोचते थे। वरना मेरे दोस्त मेरे घर आने से क्यों कतराते। मैंने एक बार दीपक की मम्मी को चेतावनी देते सुना था।

'वे नुकसान नहीं पहुँचाते, वरना उन्हें वापस घर नहीं भेज दिया जाता,' उसके पापा ने टोका था।

'पागल का क्या ठिकाना,' उसकी माँ हँसी थी।

मैं दबे पाँव अपने कमरे में गया, मैंने पर्दा थोड़ा खिसकाया और दूसरे कमरे में झाँका।

वे बेड पर बैठे, दीवार को लगातार घूर रहे थे। अचानक वे मुड़े और मुस्कुराए। 'आओ, आओ। वहाँ क्यों खड़े हो? तुम्हारा नाम क्या है?'

'सोनू,' मैंने धीमे से कहा।

'हाँ, बिल्कुल, मुझे याद है। तुम्हें याद है, कैसे हम लोग कैरम खेला करते थे? तुम तब एक छोटे बच्चे थे...तुम कितने लम्बे हो गए हो।'

मैं उनसे थोड़ी दूरी पर खड़ा था। वे मेरे पिता थे, आखिरकार...उन्हें याद था।

'वह कैरम कहाँ है?'

'मैं ले आता हूँ। क्या आप मेरे साथ खेलेंगे?' मैं उत्तेजित था।

'हाँ, हाँ, तुरन्त लेकर आओ,' उन्होंने अधीरता के साथ कहा।

मैं रोमांचित था। शादी में कौन जाना चाहता था। लड़कियों का झमेला। मैं तो पापा के साथ कैरम खेलूँगा। क्या वे इसके चैम्पियन नहीं हुआ करते थे? मैं भी इसमें माहिर था, मेरे दोस्तों में कोई मुझे हरा नहीं सकता था।

उन्होंने पहले दो गेम में मुझे हरा दिया। ये पागल नहीं हो सकते, वे इतना अच्छा खेलते हैं...मैं अपने दोस्तों को बताऊँगा।

'अरे, ये मेरी बारी है,' मैंने विरोध किया था। वे सुन नहीं रहे थे।

'ये मेरी बारी है। आपने लगातार तीन चांस लिए हैं।' मैंने शिकायत की।

लेकिन वे खेलते रहे और सारा समय बुदबुदाते रहे। उन्हें देखते हुए एक डर मुझे जकड़ने लगा। मैं उठ खड़ा हुआ, मेरे पैर काँप रहे थे।

'खेल के बीच में कहाँ जा रहे हो?' उन्होंने सर्द लहजे में पूछा।

'मैं-मैं नहीं खेल रहा हूँ,' मैं हकलाया।

'बैठ जाओ।'

मैं खड़ा था।

'बैठ जाओ,' वे दहाड़े।

कुर्सी में बैठते-बैठते मेरी पैंट गीली हो चुकी थी।

वे स्ट्राइकर मार रहे थे, तेज-तेज, उनकी आँखें निशाना लगाने की कोशिश कर रही थीं, उनकी काँपती अँगुलियाँ निशाना चूक रही थीं। तेज, तेज वे बड़बड़ा रहे थे।

कुछ दूरी पर मैंने बैंड बजते सुना। शायद बारात आ रही थी। मुझे कोई बुलाने क्यों नहीं आया था? क्या वे भूल गए थे?

बारात और करीब आ रही थी...मैं खुद को और रोक नहीं सका। बोर्ड को तितर-बितर करता मैं कूद पड़ा। मेरे पापा ने मुझे देखा, उनकी आँखें लाल थीं...मुझे...छेदती हुईं...मुझे भेदती हुईं...अपने जहर से अन्धा करती हुईं।

'पर्दा खींच दो, बेवकूफ। मैं देख नहीं सकता,' मैं अपनी आँखों को ढँकते हुए चिल्लाया।

'ताकि तुम बैठे-बैठे मक्खी मार सको,' मेरी पत्नी भन्नाती हुई बोली।

धड़ाक। धड़ाक।

हैरान, मैं उजास से भरे कमरे को देख रहा था। अन्ततः मेरी नज़रें कैरम बोर्ड पर टिकीं। कोई छोटी सी आकृति वहाँ पूरे ध्यान से स्ट्राइक कर रही थी। नहीं, ये मेरे पापा नहीं थे। तब वह कौन था?

'पापा, तुम खेल रहे हो कि नहीं?' उसने पूछा।

हारकर मुझे खेलने के लिए बैठना पड़ा। 'फॉउल,' वह चिल्लाया, 'आपने दो चांस ले लिए।'

मेरा चेहरा सफेद पड़ गया, मैं उठ खड़ा हुआ। सिटकनी खोलते हुए मेरे हाथ काँप रहे थे। मुझे बाहर जाना था।

'अब कहाँ जा रहे हो?' चिढ़कर मेरी पत्नी ने पूछा।

'पापा, पापा,' मेरा बेटा कातरता से मुझे पुकार रहा था, जब मैं लड़खड़ाता-सा बाहर निकल रहा था।

मैं बेमकसद भटकता रहा—अपने अतीत के प्रेतों से छुटकारा पाने की कोशिश करता।

बैंड खुशी की धुनें बजा रहे थे...कैरम की अभागी गोटियाँ उन्माद में नाच रही थीं।

अस्सी पार

मैं अचरज के साथ उसे घर में इधर-उधर डोलते देख रही थी—लहराती चाल और हर क़दम पर बल खाते, लम्बे लहराते बाल। नीलिमा, मेरे पोते की ख़ूबसूरत बीस साला, नई-नवेली दुलहन। मेरी नज़र उसपर से हट कर नहीं दे रही थी। वह बिल्कुल मेरी तरह दिख रही थी, यानी जैसी मैं सत्तर साल पहले दिखती थी। जब मैं दुलहन बनी तो मैंने वह टह-टह लाल लहँगा-चोली पहने थे। मज़े की बात, अपनी शादी के दिन उसने भी ठीक वैसे ही कपड़े पहन रखे थे। मेरी तरह। मेरी ही तरह उसके पैरों में पंख लगे थे और चेहरा गोरा, तराशा हुआ था, आँखें बड़ी, काली थीं। जीवन्त और पारदर्शी, खरगोश की तरह। दुनिया और उसकी हलचल को मासूम बच्चे की उत्सुकता के साथ देखने का भाव भी मेरे जैसा था।

जब मेरी शादी हुई, मैं चौदह साल की थी। रास तुड़ाई लड़की। जिस लड़की के पाँच-पाँच भाई हों, वह और हो भी क्या सकती थी। माँ के लगातार समझाने के बाद भी मैं लजाई-सकुचाई दुलहिन नहीं बन पाई। कैसे बनती? सबकुछ हुआ जो इतना अचानक था। एक दिन मैं मौज-मस्ती से भरी, बेफ़िक्र पतंग उड़ा रही थी, पेड़ों पर कूद-फाँद रही थी। और अगले दिन, माँ की भारी रेशमी साड़ी और गहनों में लदी 'दिखलाई' जा रही थी। कहीं मैं साड़ी में पाँव फँसाकर गिर न जाऊँ, इस डर से माँ ने मुझे बिठा दिया था और अकेले आवभगत में जुटी थीं। मैं हैरान-सी, हर चीज़ का मुआयना कर रही थी। जब मेरी आँखें उस सहमे हुए लड़के पर टिकीं, मैं लगभग हँस पड़ी। बेचारा, कितना हैरान-परेशान दिख रहा था।

'घूरना बन्द करो,' माँ मेरे कानों में फुत्कारी थीं।

'तुम उसे देखते क्यों नहीं?' लड़के के बगल में बैठी महिला ने फुसफुसाकर कहा था। मैं खिलखिला पड़ी थी। मेरी माँ ने मेरी पसलियाँ कोंची थीं। मेरी हँसी दब गई थी।

दस दिन बाद, ज़रदोज़ी के काम से सजे लहँगे में, मेरी शादी हो गई थी। माँ

को इसी में समझदारी दिखी थी कि मुझे साड़ी में न लपेटा जाए। उन्हें पूरा अन्देशा था कि मैं गिर पड़ूँगी। 'बाद में तुम ख़ुद सँभालती रहना, अभी शादी तो कायदे से निबट जाए,' उन्होंने फ़ैसलाकुन लहज़े में कहा था, 'तुम्हारी सासू माँ भली लगती हैं, वह तुम्हें सिखला देंगी।'

और मैं धीरे-धीरे सीख गई थी। सासू माँ ने नहीं, मेरे पति ने मुझे सिखलाया था। मेरे शर्मीले, अन्तर्मुखी पति ने, जो पूरे पचास साल, अपने शान्त अन्दाज़ में, हमेशा मेरे साथ खड़े रहे। और उसी शान्त अन्दाज़ में, हमेशा की तरह, एक सुबह सैर पर निकले...और वापस आए नहीं, पहुँचाए गए। मृत देह की तरह। तभी से...।

मैं अपनी बहू सुनीता को पूरी तल्लीनता के साथ फूल सजाते देख रही थी। वह अपनी बेहिसाब किटी पार्टियों में से एक की तैयारी में व्यस्त थी। इन वर्षों में मैं उसके तौर-तरीकों की आदी हो चुकी थी...उसके दोस्तों की भी। उसकी बहू नीलिमा भोली थी, सबको खुश करने की कोशिश में अपना रास्ता ढूँढ़ती हुई। नहीं, यह सही नहीं है, मैंने सोचा। जितना तुम खुद को मोड़ते हो, ढालते हो, लोग उतना ही तुम्हें तोड़ने-मोड़ने की कोशिश करते हैं। इतने बरसों में मैंने यही सीखा है ना?

'नीलिमा, मैं बाज़ार जा रही हूँ। तैयार हो जाना। हरी कांचीपुरम वाली साड़ी पहनना, जो हमने तुम्हें दी थी। और डायमंड सेट,' सुनीता नीलिमा से कह रही थी।

'लेकिन मम्मी,' उलझन में पड़ी नीलिमा कह रही थी।

'जो कहा सो करो,' सुनीता झिड़ककर बाहर निकल गई।

मैंने नीलिमा को अपने कमरे में आने का इशारा किया। उसके गाल लाल हो गए थे, पर वह चुपचाप मेरे बगल में आकर खड़ी हो गई।

'तुम्हें ताश खेलना पंसन्द है?' मैंने पूछा।

'हाँ-आँ...' उसने कहना चाहा, फिर मेरी गुपचुप मुस्कुराहट का मतलब समझ, फट पड़ी, 'नफ़रत है मुझे ताश से।'

'फिर खेलती क्यों हो?'

उसने अनिश्चय से मुझे देखा, 'मैं मना नहीं कर सकती।'

'क्यों नहीं?'

'उन्हें...अच्छा नहीं लगेगा।'

'तुम्हें पता है, सत्तर साल पहले, जब मेरी शादी हुई, मैं बिल्कुल तुम्हारी तरह थी। मेरी सास सब पर हुक्म चलाती थी। खासतौर पर मुझ पर। लेकिन एक दिन...' मैं याद करके हँस पड़ी, 'हम चटनी बना रहे थे कि कच्चे आम कम पड़ गए। नौकर कहीं गया हुआ था, इसलिए मेरी सास ने मेरे पति को पेड़ से आम लाने को कहा। हालाँकि आम का पेड़ हमारे दालान में ही था, लेकिन उन्होंने मना कर दिया। मैं चुपचाप बाहर निकल गई और कुछ आम लाकर सास को पकड़ा दिए।

उन्होंने पूछा, 'किसने लाकर दिए?' तो मैंने सीधे उनकी आँखों में आँखें डाल कर कहा, 'मैं लाई हूँ।' उसके बाद—उन्होंने मुझे कभी नहीं डाँटा। वे मुझसे डर गई थीं।'

'लेकिन दादी माँ, आप आम लाई कैसे?'

'आसानी से। साड़ी उतारी और पेड़ पर चढ़ गई।' मैंने बड़ी सहजता से कहा।

अवाक् लड़की मेरा मुँह देखती रह गई।

'मुझे हमेशा साड़ी लादे रहना अच्छा नहीं लगता,' वह धीरे से बोली।

'फिर पहनती क्यों हो?' मैंने सवाल दागा।

'क्योंकि वे चाहती हैं।'

'जो-जो वे चाहें, सब तुम्हें करने की ज़रूरत नहीं है,' मैंने आहिस्ता से कहा।

'लेकिन आप भी तो उनकी बात सुनती हैं,' उसने शिकायती लहज़े में कहा, 'वे ताना मारती हैं और आप...।'

'मैं बदल चुकी हूँ। वक़्त के साथ हमें थोड़ा-बहुत बदलना पड़ता है पर जब तुम्हारी उम्र की थी तो ऐसी नहीं थी। मुझमें आग भरी थी, ज़िन्दगी भरी थी...सोचो, मुट्ठी-भर कच्चे आमों ने मेरी किस्मत बदल डाली। उन्होंने सोचा, जो लड़की पेड़ पर चढ़ सकती है, वह कुछ भी कर सकती है।' मैं हँस दी।

मैंने देखा, वह मुझे अविश्वास से देख रही थी। मैंने आँख मारी। उसका अविश्वास अचम्भे में बदल गया। शायद उसे लगा, मैं बावली हो गई हूँ। बूढ़े लोग सनकी मान लिए जाते हैं न?

'ये लोग बराबर मुझे यही बतलाते हैं। सोचते हैं मैं कुछ समझती-बूझती नहीं। लेकिन मैं सब समझती हूँ। कम-से-कम इन लोगों से ज़्यादा। आख़िरकार मेरे पास पूरे जीवन की समझ है। मेरी रफ़्तार ज़रूर कुछ धीमी हो गई है; कुछ भुलक्कड़ भी हो चली हूँ पर वे ही कौन उतने चौकन्ने-चौकस हैं, जितना ख़ुद को समझते हैं। पर उन्हें कोई सनकी नहीं कहता। वे चौरासी साल के नहीं हैं न? सनकीपन उम्र के साथ आता है, वे कहते हैं। यहाँ तक कि वह बेवकूफ़ डाक्टर तक उनकी बात सही मानता है; काश वे असलियत जानते। लेकिन जब तक वे अपनी मूर्खता पहचानेंगे, वे भी सनकी ठहरा दिए जाएँगे। क्या विडम्बना है!' मैं हँसी—ही..ही...

हैरान, उसने मुझे देखा। उठती हुई बोली, 'अब मैं तैयार होने जाऊँ?'

'तुम अपने बालों में तेल क्यों नहीं लगातीं,' मैंने उसके लम्बे बाल सहलाते हुए कहा, 'मुझे मालूम है, अब लड़कियाँ ये सब नहीं करतीं, लेकिन तुम्हारे तो इतने सुन्दर, लम्बे बाल हैं। चलो, मैं तुम्हारे बालों में तेल लगा दूँ। फिर इतनी मोटी चोटी बनेगी, बिल्कुल मेरी तरह...।'

'मुझे तैयार होना है,' वह याचना करती-सी बोली।

'अरे, वे इतनी जल्दी नहीं आने वाले,' मैंने फुसलाया।

उसने हार मान ली। मैं उसकी लम्बी लटों पर धीरे-धीरे तेल मलने लगी।

'ब्राह्मी आमला तेल, दिमाग़ को रखे ठंडा,' उसकी चोटी बनाते हुए मैंने कहा।

उसने आईने में अपना चेहरा देखा और हँस पड़ी, 'अरे दादी माँ, मैं कितनी 'फनी' लग रही हूँ।'

'रुको,' मैंने कहा।

अपनी आलमारी से मैंने छोटा-सा बक्सा निकाला, सावधानी से खोला और उसमें से निकालकर कई गहने बिस्तर पर रख दिए, 'इन्हें पहन लो, ये मेरे हैं,' मैंने ठसके से कहा।

'दादी माँ, वाह! कितने शानदार हैं।' उन्हें छूकर वह चीख-सी पड़ी।

'असली सोने के हैं। देखो कितने भारी हैं। मैंने तुम्हारी सास को भी कुछ गहने दिए थे। लेकिन उसने कभी पहने नहीं। कहा, वे पुराने फैशन के हैं। सोना पुराना कैसे हो सकता है?'

'मैं पहनकर देखूँ?' उसने उल्लास से पूछा।

'आओ मैं पहना दूँ,' मैंने चाँदी की भारी पाजेब उठाते हुए कहा। वह बहुत आकर्षक लग रही थी। मेरी तरह, 'तुम मेरी तरह दिखती हो,' मैंने भरे गले से कहा, 'जब मैं कहती हूँ, मैं तुम जैसी सुन्दर थी तो तुम्हें भरोसा नहीं होता ना?' मैंने पूछा। मेरी आँखें उसकी आँखों को भेद रही थीं, मेरे झुर्रियाए हाथ उसका कन्धा पकड़े थे, 'भरोसा होता है?'

'हाँ,' मेरी उग्रता से चकित, वह हड़बड़ाकर बोली।

मेरी दन्तविहीन मुस्कुराहट झलक उठी। उस पर यक़ीन कर, शान्ति मिली।

लेकिन मेरे उल्लास की उम्र बहुत कम थी। सुनीता दरवाज़े पर खड़ी थी, अवाक्।

'क्या कर रही हैं आप?' किसी तरह अपनी आवाज़ को क़ाबू में लाकर वह चीखी।

'और ये तुमने अपने बालों का क्या हाल बनाया है?'

'कुछ नहीं, बस तेल लगा दिया है। ब्राह्मी आमला तेल, दिमाग़ को रखे ठंडा,' मैंने सस्वर कहा।

'ओह आप, आप पागल हैं,' सुनीता बुदबुदाई।

मैंने ज़ोरदार ठहाका लगाया। असमंजस से भरी वह कुछ देर वहीं खड़ी हम दोनों को ताकती रही। तभी घंटी बजी। बुड़बुड़ करती वह मेहमानों के स्वागत के लिए दौड़ी।

वे सब ड्राइंगरूम में जमा थीं। कुछ देर नीलिमा बुत बनी खड़ी रही। फिर तेजी से डाइनिंग रूम पार करती, अपने कमरे की तरफ़ दौड़ पड़ी।

'अरे, ये कौन है?' एक महिला पूछ रही थी।

'हमारी नौकरानी,' नीलिमा ने सास को बेझिझक कहते सुना। वह चौखट पर

ठिठक गई। क्या करे अब...वह झटके के साथ मुड़ी और ड्राइंगरूम में दाख़िल हो गई।

'तुम नीलिमा हो न?' एक महिला ने प्यार से पूछा, 'कितनी अलग लग रही हो?'

'आपने सोचा मैं नौकरानी हूँ,' वह उपहास से हँसी, 'मैं बहू हूँ इस घर की।' आँख के कोने से उसने सास का उड़ा चेहरा और पत्ते पकड़े काँपते हाथ देखे।

'तुमने कहा था, बहू बड़ी सुन्दर है। पता नहीं, रोहित ने इसमें देखा क्या?' अपनी ठुकराई बेटी को याद कर, एक नई आई महिला फुसफुसाई।

'ये ज़ेवर इसके हैं? पहले कभी देखे नहीं,' हीरों से लदी, एक और महिला ने कहा।

'ये माँजी के हैं,' सुनीता झल्लाई।

'अच्छे हैं न? मैं सोच रही हूँ, बगीचे में जाकर कुछ काम करूँ। एक आम का पेड़ लगाऊँ। जब आपको चाय की ज़रूरत हो, पुकार लीजिएगा।'

नीलिमा अपने धकधक करते दिल के बावजूद, बेहिचक बोली।

'लेकिन...ये काड्र्स...' सुनीता हकला दी। उस हकलाहट ने उसमें और हिम्मत भर दी।

'मुझे पसन्द नहीं,' उसने उल्लसित स्वर में कहा और बाहर निकल गई। चौखट पर मुड़कर बोली, 'भूल गई। पहले साड़ी उतारनी होगी।'

मैंने अपने कमरे से उसकी आवाज़ सुनी और सिसकारी भरकर हँस दी। ऐसी हँसी जो सिर्फ़ चौरासी बरस की औरत हँस सकती है।

झाल वाली मछली

एक बजकर दस मिनट हुए थे। घंटी बजने में बीस मिनट बाकी थे, दिन खत्म होने में भी। यानी उस दिन स्कूल खत्म होने में। दिन तो ख़ैर जारी रहेगा रात तक और बनी रहेगी उसकी चिपचिपी गर्मी।

आखिरी पीरियड चल रहा था। दोपहर की गर्मी से उकताए, अपनी नीरस दिनचर्या से अलसाए टीचर, कनखियों से अपनी-अपनी घड़ी देख रहे थे। घंटी बजने से पाँच मिनट पहले पढ़ाई खत्म करनी होगी, वरना कायदे-कानून ताक पर रख, बच्चे दौड़ते-भागते क्लासरूम से निकल पड़ेंगे और अपने पीछे छोड़ जाएँगे, गुमशुदा चीजों की फेहरिस्त। अगले दिन जल्दी मचाते अभिभावक, उनके बीच से अपने-अपने बच्चे की छोड़ी चीज ढूँढ़ते फिरेंगे। कुछ तो मिलेंगी ही नहीं, और मिल भी गईं तो अभिभावक शिकायत करने से बाज नहीं आएँगे। इसलिए प्राइमरी स्कूल के अलमस्त बच्चों को, सामान समेटने के लिए पाँच मिनट देने ज़रूरी हैं।

हीरालाल न टीचर था न छात्र पर स्कूल में उसकी मौजूदगी किसी टीचर या स्टूडेंट से कम ज़रूरी नहीं थी। फिर हीरालाल किसी साधारण स्कूल में तो काम करता नहीं था। यह एक सरकारी स्कूल था, और इस लिहाज से हीरालाल एक सरकारी नौकर। कम से कम वो यही मानता था, हालाँकि नौकर शब्द से उसे नफ़रत थी।

अपने पिछले मालिक को, जो एक बड़े अफसर हुआ करते थे, खुश करने की कोशिश में हड्डियाँ चूर करने के पीछे वही नौकर होने का अहसास था, जिसकी वजह से उसने, गहरी नफरत के बावजूद, मालिक की खुशामद करने में कोई कसर नहीं रखी थी। कहने को वह पुराना मालिक अब आला अफसर हो चुका था पर असलियत देखी जाए तो फ़कत सरकारी नौकर।

गाँव-जवार के बचपन में उनसे अनायास हुई एक मुलाकात ने हीरालाल को, बाढ़ से बरबाद बिहार के एक गाँव से उठा कर, इस चमक-दमक के बीच ला खड़ा किया था; जो जाना जाता है शहर दिल्ली के नाम से। हीरा को—जो बचपन से इसी नाम से पुकारा जाता था—ट्रेन नाम की चीज बहुत अच्छी लगती थी। वह हमेशा

कल्पना करता कि किसी ट्रेन में बैठकर एक दिन बहुत दूर निकल जाएगा। लेकिन ट्रेनें उसके गाँव में शायद ही कभी रुकतीं। वे धड़धड़ाती हुई आतीं और रेल की पटरियों से लगी उनकी कच्ची झोपड़ियों को थरथराती हुईं, दूर निकल जातीं।

एक दिन हुआ यह कि एक ट्रेन वहाँ रुकी और दिन भर खड़ी रही। ये अद्‌भुत नज़ारा आँख भर देखने के लिए, आते-जाते गाँववाले ठिठककर खड़े हो जाते पर फिर अपने काम से लगते और आगे बढ़ जाते। उनकी तंगहाल ज़िन्दगी, लगातार हो रही बेरहम बारिश की मार से नई मुश्किलों से भर गई थी। फुरसत से खड़े रहने के लिए उनके पास वक़्त नहीं था।

रुकी ट्रेन देख, सब काम-धाम भूल, हीरा उसके पास जा खड़ा हुआ, फिर दरवाज़ा खुला देख, थरथर काँपता हुआ, भीतर दाख़िल हो गया। यह ख़याल कि उसके रहते ट्रेन अचानक चल सकती है, उसे रोमांचित भी कर रहा था और दहशत से भी भर रहा था।

'एई, तुम।'

जब वह कॉरिडोर में खड़ा कम्पार्टमेंट के भीतर झाँक रहा था, एक भारी हाथ ने उसका कन्धा आ दबोचा। हीरा को दहशत ने जकड़ लिया। उसने उस शख़्स की पकड़ से अपने को छुड़ाने की असफल कोशिश की।

'तुम यहीं रहते हो? नहीं?' उस आदमी ने पूछा।

बाहर निकलने के रास्ते की तरफ बेताबी से देखते हुए, हीरा ने सिर हिलाया। वह जेल जाना नहीं चाहता था। वह भागकर झाड़ियों में छुप जाएगा।

'क्या पास में कोई बाज़ार है? हमें थोड़ा दूध चाहिए।' पकड़नेवाले ने पूछा और अपने माथे का पसीना पोंछने के लिए उसके कन्धे से हाथ हटा लिया।

'दूर है।' बाहर की तरफ बढ़ते हुए वह बुदबुदाया।

'देखा, मैंने कहा था, डरने की ज़रूरत नहीं है, ज़रूर आसपास कोई बाज़ार होगा,' बोगी के अन्दर से एक महिला चहकी।

'आओ, भीतर आओ,' उसने उसे आने का इशारा किया।

हीरा झिझका। वो ट्रेन से कूद जाए या...पर हिम्मत करके उसने वह मौका लपक लिया जो दो खाली थर्मसों की शक्ल में, उस तक आया था—एक दूध के लिए और एक चाय के लिए। बारिश और कीचड़ से लापरवाह, वो बाज़ार की तरफ दौड़ पड़ा।

उसी के एवज में उसे दिल्ली का टिकट और एक सरकारी नौकर के यहाँ काम मिल गया। उसने कसम खाई कि वह महज़ नौकर नहीं रहेगा, सरकारी नौकर बनेगा।

पर जब भी हीरा अपनी मौजूदा हैसियत से असन्तुष्ट होता, उसके मालिक उसे याद दिलाते, 'हीरा, पहले बड़े तो हो जाओ।'

‘अभी निरे बच्चे हो। जब तक बालिग नहीं हो जाते तब तक तुम्हें कहीं नौकरी नहीं मिलेगी।’ उनकी पत्नी तुष्ट भाव से जोड़ती।

‘बालिग होने की उम्र क्या होती है?’ हीरालाल जानना चाहता था।

‘18,’ मालकिन ने तीखेपन से जवाब दिया था। यह सोचकर ही उन्हें घबराहट होने लगती थी कि कहीं वह उन्हें छोड़कर चला गया तो अपने दो ऊधमी बच्चों की देखभाल उन्हें खुद करनी होगी। हीरालाल ने अपने बचपन का आखिरी साल और पूरा लड़कपन उसी तरह उनके घर पर नौकरी करते गुज़ार दिया। बालिग होने और उसके साथ गरीबी और गुलामी से निजात पाने का ख्वाब उसे सहारा दिए रहा। सरकारी नौकर होने के अपने मकसद के पीछे वह लगभग वैताल की तरह लगा रहा।

गुप्ता परिवार के बाशिंदों के लिए साल तेजी से निकलते गए। हीरा के लिए वे बेहद मुश्किल और उबाऊ साल थे। कभी न ख़त्म होनेवाली नीरसता से भरे। लेकिन वक़्त को तो बीतना था; बीत गया। उसके लिए भी। वह अठारह साल का हो गया।

एक दिन अपने संकोची स्वभाव के विपरीत, उसने मिस्टर गुप्ता से सीधे बात की—आमने-सामने—कि वे उसे अपने ऑफिस में लगा दें। मिस्टर गुप्ता ने अपना संडे न्यूजपेपर नीचे किया था और हल्की झुँझलाहट के साथ हीरा को देखा।

जो तेज-तर्रार लड़का उनके सामने खड़ा था, वह उस कमजोर लड़के से बिल्कुल मेल नहीं खाता था जिसे वे कभी रेलवे की पटरी से उठाकर घर ले आए थे। अब वह उन्हें उस वायदे की याद दिला रहा था जो उन्हें याद तक नहीं था कि उन्होंने किया था।

उसे देख मिस्टर गुप्ता की झुँझलाहट हैरानी में बदल गई और उन्होंने तय किया कि उस बाग़ी लड़के को घर में रखना, जोखिम से ख़ाली न होगा। अपने दफ्तर—या किसी भी दफ्तर में—काम दिलवाना भी सम्भव नहीं था।

‘तुमने किस क्लास तक पढ़ाई की है हीरा?’ उन्होंने बड़ी मिठास से पूछा था। जवाब उन्हें मालूम था। उसी में उनकी मुक्ति थी। हीरालाल पूरी तरह निरक्षर था। उसके लिए कोई सरकारी नौकरी मुमकिन नहीं थी। मसला खत्म।

‘सरकार का बनाया हुआ कायदा है हीरा, यहाँ मैं कुछ नहीं कर सकता,’ उन्होंने कुछ अफसोस के साथ कहा था।

लेकिन उन्होंने उसे बिल्कुल बेसहारा नहीं छोड़ा। अपने सम्पर्कों का इस्तेमाल कर, उसे एक सरकारी स्कूल में नौकरी दिला दी।

‘अब तुम एक सरकारी नौकर हो,’ उन्होंने उससे कहा, कुछ उसे खुश करने को और कुछ उससे निजात पाने की कोशिश में—दोनों उनकी सुरक्षा और मानसिक शान्ति के लिए ज़रूरी थे। हीरालाल का खुशी से दमकता चेहरा देख उन्होंने राहत की साँस ली। वे समझ गए, उनकी रणनीति कारगर रही।

'अब मैं सरकारी नौकर हूँ,' अपने पहले 'सरकारी दौरे' पर जब हीरालाल गाँव गया तो उसने हर किसी को बताया। यह शब्द वह न जाने कितनी बार अपने मालिक के घर सुन चुका था। सिर्फ़ मिस्टर गुप्ता ही इन तथाकथित सरकारी दौरों पर नहीं जाया करते थे, उनकी पत्नी भी सजी-सँवरी, गहनों से लदी-फदी उनके साथ हो लेती। सरकारी मेरा ठेंगा, दोनों को सरकारी कार से निकलते देख हीरालाल नकली हँसी हँसता।

अब वह भी सरकारी कर्मचारी था। लेकिन उसके पास कोई कार नहीं थी, सरकारी या और किसी तरह की। हुक्म चलाने के लिए भी कोई नहीं था। इसलिए कभी-कभी वह भीतर दबा गुस्सा बच्चों पर निकालता—नहीं हुज़ूर, अपने बच्चों पर नहीं, उसके लिए तो पहले उसे श्रीदेवीनुमा कोई बाला खोजनी थी—जिसे वह अपनी बीवी बना पाता।

लेकिन आम तौर पर बच्चे भी पलटवार करते और टीचर से उसकी शिकायत कर देते। जब अपनी बदतमीज़ी के लिए उसे डाँट पड़ती, हीरालाल अपने गुमान को कुछ देर के लिए छोड़ सिर झुका लेता है, जैसे वाकई पछता रहा हो। लेकिन ज़्यादा फिक्र न करता; आखिर वह प्रोबेशन पर नहीं है। कई शिक्षकों की तरह नया रंगरूट भी नहीं है।

जब एक लड़कीनुमा टीचर ने उसे सुधारने की कोशिश की तो उसने पलटकर ढिठाई से उसे सिर से पाँव तक घूरा। उसकी निगाहों को अपने भरे-पूरे वक्ष पर फिसलते देख, वह, हक्का-बक्का, अपना उपदेश अधूरा छोड़, तेजी से बाहर निकल गई। वह अच्छी तरह जानता था कि वह उस तरह की जोखिम बार-बार मोल नहीं ले सकता था, वरना उस पर गुंडा होने की तोहमत लग जाती। हालाँकि वे उसे स्कूल से निकाल नहीं सकते थे, लेकिन उसका तबादला किसी नामुराद जगह के उतने ही नामुराद स्कूल में ज़रूर कर सकते थे। इसी तरह चला करती है न अपनी सरकार? उसके मालिक मिस्टर गुप्ता दर्जनों तबादलों के बाद दिल्ली पहुँचे थे। और दुबले-पतले मिस्टर सिंगल, जो अक्सर सरकारी और ग़ैरसरकारी दौरों पर उनके घर आते थे, बीसियों ऊटपटाँग तबादलों के बाद यहाँ पहुँच पाए थे। जब वे अपनी नियुक्तियों से जुड़े किस्से सुनाते तो उनकी मूढ़ पत्नी बेवकूफ़ों की तरह मुस्कुराती रहती।

मिस्टर सिंगल की तरह, माँ-बाप की पसन्द की किसी गँवार देसी छोकरी से शादी करके वह अपनी ज़िन्दगी बरबाद करनेवाला नहीं था। नहीं, उसे अपने सपनों की रानी खोजने के लिए दिल्ली रहना था। आज ही, साइकिल से स्कूल आते वक़्त एक का उसने चुपके से जायज़ा लिया था। बस स्टॉप की तरफ जाते हुए उसके नितंबों की लहरिया लय देख, हीरालाल की रगों में बहता खून तेज़ हो गया था। स्कूल के सूने गलियारे में बैठे हीरालाल ने कल्पना की कि उसका आकर्षक जिस्म उसकी बाँहों में बँधा है और वह मन्द-मन्द मुस्कुरा दिया।

'चल हट।' रूपमती की अपरिचित कर्कश आवाज़ उसे उसकी नीमबेहोशी से बाहर खींच लाई और वह उछलकर तेज़ी से चल दिया।

वह नहीं चाहता था कि रूपमती की अपशकुनी आँख उसके भीतर पल रहे सपने पर पड़कर उसे अपनी मंज़िल पर पहुँचने से पहले ही चकनाचूर कर दे। कैसी सड़ियल औरत है ये रूपमती, हीरालाल ने मायूसी से सोचा। कभी-कभी तो शक होता है, वह औरत है भी या नहीं, यानी वाक़ई एक ज़िन्दा जहान औरत। अभी तक उसने ऐसी कोई औरत नहीं देखी थी, जिसका सीना इस क़दर सपाट हो जैसा रूपमती का था। और आई किसकी जगह थी वह? एक अल्हड़ कमसिन की जगह—वह थी असली औरत, हर नज़र में, हर कोण से—जो सफ़ाई कम करती और अपने उभार ज्यादा दिखाती। जब वह झाड़ू से खिलवाड़ करते-करते, उस पर अपनी लजाई मुस्कुराहट की बर्छी चलाती तो उसे कनखियों से देखने में कितना मज़ा आता था। उसकी हड़बड़ाई चाल देख, रूपमती की आँखों में एक शैतानी चमक कौंध गई। गुंडा! वह उसकी बदचलन नीयत को अच्छी तरह पहचानती थी। उससे पहले वहाँ काम करनेवाली, गंगा नाम की छोकरी, इसी की वजह से निकाली गई थी और स्कूल को उसकी जगह किसी की भरती करनी थी। तब कानी रूपमती से अच्छा कौन हो सकता था?

वह याद करके हँस पड़ी कि किस तरह पहले दिन, जब हाथ में झाड़ू लिये, रूपमती ने मुड़कर उसे देखा था, तो हीरालाल का चेहरा डर से स्याह पड़ गया था। वह एक फिल्मी गाना गुनगुनाता हुआ उसकी तरफ आया था, 'हा-हा, मैं हूँ हीरो हीरालाल।'

उसे देखकर हकला गया था, 'कौन हो तुम?'

'रूपमती,' अपनी एक आँख से उसे तौलते हुए उसने सपाट ढंग से जवाब दिया था।

उसका जवाब सुनकर उसका मुँह खुला का खुला रह गया था और वह बुड़बक की तरह उसे ताकता रहा था।

रूपमती गलियारे के एक सिरे से दूसरे सिरे तक, अपनी पूरी ताक़त के साथ झाड़ू फटकार रही थी—झप-झपाक-झप-झपाक की आवाज़, सूने गलियारे में गूँज रही थी। हीरालाल ने दाँत पीसे और खुद पर काबू रखने की कोशिश में बीड़ी सुलगाई। जब से रूपमती उसकी ज़िन्दगी में आई थी, उसका फिल्मों का खर्च बढ़ गया था। उसकी पाला मार जानेवाली आँख या तीखी ज़ुबान से बचने का और कोई तरीका उसके पास नहीं था। इन दिनों वह स्कूल से निकलता तो मुँह में एक कड़वा स्वाद होता और दिल में तमन्ना कि किसी तरह वह उससे छुटकारा पा सके। छुटकारा पाने की कसम खाता, वह सिनेमाघर पहुँच जाता और विलेन को बहुत ध्यान से देखता, उसके एक-एक कातिलाना कदम पर नज़र रखता। पर फिर हीरोइन आ जाती जो अपने रंगे हुए

होंठों के साथ उसे बहा ले जाती। रूपमती भुला दी जाती और हीरालाल, खलनायक का साथ छोड़, किसी और ही स्वप्नलोक में विचरण करने लगता।

आज रूपमती भी एक सपना देख रही थी। उसका भाई उसकी बेटी रेवती के लिए लड़का देखने जा रहा था। बड़ी मुश्किल से अपने भाई को तैयार कर पाई थी कि वह उसकी तीन बेबाप की बेटियों की तकदीर में थोड़ी दिलचस्पी ले। वह उससे 10 साल बड़ा था और वह बचपन से ही उससे डरी-सहमी रहती आई थी।

'वो बदमाश,' शादी की बाबत उसकी चिरौरी सुनकर वह गरजा था, 'मेरे हाथ पड़ जाए तो मैं उसे मार डालूँ। तीन बेटियाँ पैदा करके भाग गया और ब्याह करवाने के लिए उन्हें मेरे ज़िम्मे छोड़ गया।'

रूपमती खुश थी कि भाई की बदमिजाजी झेलने के लिए वह मौजूद नहीं था। उसके उम्रदराज़ दिल के कोने में अपने भागे हुए पति के प्रति अब भी प्रेम बचा हुआ था। क्या शानदार दिखता था वो, भरा-पूरा मर्द। क्या हुआ जो उसके पास पक्का काम नहीं था, वह उन दोनों के लिए गुजारे-भर कमा सकती थी। शादी से पहले उसने ख़ुद को तसल्ली दी थी कि जब बच्चे होंगे, वह जिम्मेदार हो जाएगा और किसी काम से लग जाएगा; और आगे बढ़कर शादी कर ली थी। उसके भाई ने उसकी दीवानगी को पागलपन करार दिया था और कहा था कि उसके उस आत्मघाती कदम से, उसका कोई लेना-देना नहीं है, यहाँ तक कि उसने उस शादी को शादी मानने से इनकार कर दिया था।

कई साल बाद, पति के छोड़ जाने के करीब दस साल बाद, वह कुछ पिघला था और सबसे बड़ी बेटी के लिए लड़का खोजने को तैयार हो गया। वह भी, इसलिए कि लड़की अपने बाप पर गई थी और खासी खूबसूरत थी।

वह उसे बार-बार याद दिलाता कि भगवान का शुक्र करो कि तुम्हारा कोई बेटा नहीं है, वरना वह भी उसी बदमाश की तरह निकलता। रूपमती दार्शनिक की तरह चुप रहती, वह नहीं चाहती थी कि वह उसे बुरा मानने का मौका दे और मदद न करने का बहाना। वह अपनी बेटियों पर क़यामत की नज़र रखती; इतने जोशोख़रोश से उनकी निगरानी करती कि कोई ऐरा-गैरा उनके आसपास न फटक पाता। घर में मर्द के न होने की वजह से उसे कठोर होना पड़ता है, उसने अपने और अपनी बेटियों के दिमाग़ में भर दिया था।

वह चाहती थी कि उसकी बेटियों की अच्छी जगह शादी हो। हालाँकि उनसे बिछुड़ने के ख़याल से उसका दिल टूट जाता, लेकिन वह जानती थी, एक दिन यह होना ही है। उसने कभी अपने ख़यालों को शब्द नहीं दिए क्योंकि बेटियों के प्रति उसके अतिरंजित लगाव को और कोई नहीं समझता। उसके समाज में लड़की को चिन्ता के अलावा कुछ नहीं समझा जाता था, जिससे जितनी जल्दी छुटकारा पाया जाए, उतना अच्छा। कुदरतन उसका भाई भी यही सोचता था। मन ही मन रूपमती

ने तय कर रखा था कि वह उसे बात तो करने देगी, लेकिन अन्तिम मुहर उसी की होगी। रिश्ता होने से पहले किसी भी हाल, उसे लड़के को देखने का तरीका निकालना होगा। उसे पता था कि अगर वह भाई से कहेगी तो वह मना कर देगा, क्योंकि उनके समाज में वह अनहोनी घटना होती। उनके यहाँ मर्द की हुकूमत चलती थी और सारे बड़े फ़ैसले वही करता था। विवाह के पवित्र गठबन्धन से ज्यादा बड़ा फ़ैसला और क्या हो सकता है? रूपमती का दिमाग़ अपनी तेज चलती झाड़ू की तरह तेज़ी से काम कर रहा था।

अगली सुबह, अपनी थकी, धुँधलाई नज़र लिए रूपमती स्कूल पहुँची। रात को नींद न आने और दिमाग़ में चल रही उलझन की वजह से आँख बुरी तरह दुख रही थी। उसका भाई उसकी बेटी के लिए जिस लड़के को देखने गया था, वह उसे पसन्द आ गया था। वह अपने साथ लड़की का फोटो ले गया था और लड़के ने रज़ामन्दी दे दी थी।

'मैं तो वहीं शादी पक्की कर आया होता—लड़के को दहेज नहीं चाहिए, अच्छा काम करता है और रहने के लिए क्वार्टर है, और क्या चाहिए—लेकिन वह शादी से पहले लड़की देखना चाहता है। मैंने कहा कि इसकी ज़रूरत नहीं है, अगर उसे फोटो पसन्द है तो लड़की भी पसन्द आएगी। लेकिन उसने कहा कि यह उसकी इकलौती माँग है। मुझे तो अजब लगता है,' उसका भाई धीरे से बुदबुदाया।

उसने उसके दुविधा में डूबे दिमाग़ का फायदा उठाया और उसे, लड़के को घर बुलाने के लिए तैयार कर लिया।

'ये तुम्हारा फ़ैसला है, मेरा नहीं,' इतना बड़ा कदम उठाने के नतीजे से मतलब न रहने पर राहत महसूस करते हुए उसने कहा था।

अगर उसने उसे देखने के बाद शादी के लिए मना कर दिया तो कौन शरीफ़ परिवार उसकी बेटी का हाथ माँगेगा? उसने तो यही चाहा था कि वह सारी उम्र कुँवारी न रह जाए। अपनी बहन जैसी बेवकूफ़ और उसी जैसे बहके दिमाग़वाली औलादों को सहना, उसके लिए मुश्किल होता जा रहा था। जितनी जल्दी छुटकारा मिले उतना अच्छा, उसने सोचा और न्योता देने को तैयार हो गया।

रूपमती सोचने लगी, अपने भावी दामाद के लिए क्या-क्या पकाए। उसे ज़रा भी शक नहीं था कि उसे रेवती पसन्द आएगी। जो भी उसे देखता, उसकी सुन्दरता के बस में हो रहता। लेकिन अगर वह मुझे पसन्द न आया तो, अचानक उसे हताश करता ख़याल आया। अपने भाई से यह कह पाना मुमकिन न था। वह गलियारे में जोर-जोर से झाड़ू घुमाने लगी।

'गुड मॉर्निंग,' एक खुशनुमा आवाज़ उसके कानों में पड़ी। वह बीच में ही रुक गई, और हीरालाल के मुस्कुराते चेहरे को डबडबाई आँख से देखने लगी। उसकी आँख में आँसू आ गए।

'अरे, क्या हुआ ? तू वाकई रो रही है या...'

'चुप कर। मैं रो नहीं रही। लेकिन तू बन्दर की तरह क्यों मुँह फाड़े है। कोई लॉटरी लगी है क्या ?' उसने ताना मारते हुए पूछा।

'शायद,' वह हँसने लगा; उसे अपनी खुशकिस्मती किसी से साझा करने की बेताबी थी। आँख में आँसू भरे, वह माँ जैसी लग रही थी—एक अकेली आँख, उसने सिहरते हुए सोचा और इससे पहले कि वह आँख उस पर अपनी अपशकुनी चुड़ैल नज़र डालती, वह वहाँ से उठकर चल दिया।

रूपमती स्कूल से घर लौटते हुए रास्ते में मछली बाज़ार रुकी। इन दिनों मछली सस्ती थी। नकली सरसों तेल की बिक्री की वजह से बहुत सारे लोगों की जान चली गई थी और नतीजतन उसकी बिक्री पर रोक लग गई थी, जिससे मछलियों के दाम गिर गए थे। रूपमती के घर सरसों का कुछ तेल पड़ा हुआ था, लेकिन वह उसे इस्तेमाल करने का जोखिम नहीं उठाना चाहती थी। लेकिन फेंकने को भी तैयार नहीं हो पाई। इतनी ज्यादा बरबादी अमीरों के ही बस की बात है, उसने रुखाई से सोचा। पेट में पहुँचाने की जगह, उसने उसे, दीवाली के लिए बचा रखा था, उससे दीये कुछ ज़्यादा देर जलेंगे। कौन जाने, लक्ष्मी जी का मन, उसके छोटे से घर में पाँव रखने का कर जाए। जब दीवाली की रात आधा पेट खाकर घर के लोग सोए हों।

लेकिन आज अपने विशेष मेहमानों को वह उबला हुआ खाना नहीं परोस सकती थी। वह अपने भाई से पूछना भूल गई थी कि खाने के लिए कितने लोग आनेवाले थे। उसने सीलबन्द तेल का एक छोटा सा पैकेट खरीदा। जब कार से उतरकर एक औरत ने उसी ब्रांड का पाँच लिटर का कैन खरीदा तो वह सन्तोष से मुस्कुराई। इसके ख़राब होने का अन्देशा नहीं है। उसे पता था, उसकी मछली सरसों तेल में जितनी जायकेदार बनेगी, उतनी किसी और तेल में भी।

खाना अच्छे से हो गया। मछली स्वादिष्ट साबित हुई। लड़का और उसका चाचा सब चट कर गए, एक टुकड़ा भी नहीं छोड़ा। उसकी शानदार भूख से रूपमती खुश हुई। अच्छी सेहत की निशानी, उसने मतलब लगाया। लेकिन अपनी सारी कोशिशों के बावजूद वह लड़के का, कुछ देख पाई तो सिर्फ़ एकदम नया जूता। किसी भी बहाने उसका भाई उसे कमरे में आने की इजाज़त नहीं देता। 'उसकी चाची ने तो न आने की समझदारी दिखाई, तुम्हारा मर्दों के मामले में नाक घुसेड़ना ज़रूरी है ?' उसने उसे झिड़क दिया था और चेताया था कि अगर वह रसोईघर से झाँकती नज़र आई तो वह उठकर चल देगा। उसने दूरी बनाए रखी थी और वहाँ से आ रही हर आवाज़ पर कान लगाए रही थी। ऊँची कर्कश आवाज़, जो मिट्टी की दीवारों में गूँज रही थी, उसके चाचा की थी, उसने अनुमान लगाया।

लड़के की इच्छा के मुताबिक, उसके भाई ने खाना ख़त्म होने के बाद, अनिच्छा से रेवती को खीर लेकर कमरे में आने दिया। उसने इसे मेज पर रखा और चली गई। 'देखना' हो चुका था, पहली और आख़िरी बार। जब रूपमती ने बेटी से लड़के के बारे में पूछा तो वह गाल में गड्ढा बनाती, मोहक मुस्कुराहट मुस्कुरा दी।

रूपमती का दिल अपनी बेटी की लजाई हुई मंजूरी की याद से खिल गया।

'रानी रूपमती, जब तुम मुस्कुराती हो तो कुछ-कुछ सुन्दर लगने लगती हो।' हीरालाल की मज़ाक उड़ाती आवाज़ सुनकर, उसने होंठ सिकोड़ लिए। चाहती तो झाड़ू मारकर उसके चेहरे की बौड़म हँसी को हवा कर देती।

'तू किससे मिल आया, श्रीदेवी से?' उसने ताना कसा।

'नहीं, रवीना टंडन से, श्रीदेवी मेरे लिए बहुत बड़ी है।'

'दिखता मेंढक है और आँखों में सितारे हैं,' रूपमती बड़बड़ाई।

एक लम्हे से भी कम के लिए, हीरालाल की आँखें कातिलाना गुस्से से जल उठीं। वह सोचने लगा, कैसे इस औरत से पीछा छुड़ाया जाए। फिर सहसा एक गोरी-गुदाज़ बाँह और गाल में पड़ते गड्ढे की याद क्या आई, उसका मन हर तरफ़ से बेख़याल होकर आसमान में उड़ चला।

रेवती का ब्याह दीवाली के बाद होना था। लड़के को देखने की अपनी इच्छा छोड़कर रूपमती ने हामी भर दी थी। उसके भाई ने बताया था, लड़के को अपने बूढ़े माँ-बाप की वजह से जल्दी थी, जो गाँव में उसके लिए लड़की देख चुके थे और उससे जल्द शादी करने की ज़िद कर रहे थे। वह दीवाली पर घर जाकर उन्हें मनाना और शादी में लाना चाहता था। उसे गाँव में शादी पसन्द नहीं थी। रूपमती को भी नहीं थी।

'नाम क्या है उसका?' उसने उत्साह से पूछा था, ताकि उसे एक पहचान दे सके।

'हीरा,' उसकी बेमानी पूछताछ से निजात पाने की बेताबी में उसके भाई ने जवाब दिया था।

'हीरा, सिर्फ़ हीरा?' उसने आगे पूछा।

'हीरालाल,' उसने दाँत भींचकर कहा और बाहर निकल गया।

जैसे ही उसका चेहरा आँखों के आगे घूमा, रूपमती सिहर गई, नहीं, नहीं, वह नहीं हो सकता। 'रुको,' वह अपने भाई के पीछे दौड़ी, 'वह कहाँ काम करता है? मुझे जानना है।' उसने गुजारिश की।

'वह सरकारी कर्मचारी है,' कहता उसका भाई जा चुका था।

बारिश हो रही थी। हीरालाल हाथ में बीड़ी लिए, एक फिल्मी गाना गुनगुनाता, स्कूल की सीढ़ियों पर बैठा था। आज वह जल्दी स्कूल पहुँच गया था और कुछ देर

अपने ख़यालों में मसरूफ़ रह सकता था। जल्द ही बच्चे अपने धूल सने जूतों के साथ टूट पड़ेंगे और रूपमती की मुसीबत होगी। उस ख़याल से उसकी इच्छा जोर से गाने की होने लगी। लेकिन वह थी कहाँ? उसे हैरत हुई। अब तक तो आ जाना चाहिए था। उसका दिल कुछ उदास हो गया। वह चली आए तो अच्छा हो, उसने कुछ हताशा से सोचा, वह इतना खूबसूरत दिन कचरा साफ़ करने में नहीं जाया करना चाहता था।

लो, वह आ गई, शायद पहली बार, उसके आने का शुक्र मनाता वह फिर से गाने लगा, ऐसे जताता हुआ, जैसे उसे रूपमती के आने की ख़बर ही न हो। आँख के कोने से वह देख सकता था कि वह उसकी तरफ चली आ रही है। वह समझ नहीं पाता था कि अक्सर वह अपनी सफ़ाई वहीं से शुरू क्यों करती थी, जहाँ वह बैठा रहता था। उसे शायद उसे उठाने का बहाना चाहिए था—वह साँस रोककर उसकी तेज़ झिड़की का इन्तज़ार कर रहा था। आज वह वाकई ज़्यादा समय लगा रही थी, पहले देर से आई...और अब, ओह अच्छा!

वह उसके इस नए तलाशे, अनजाने कोने से चकरा गई थी। वह उसके निशाने पर आए बिना यहाँ बैठा रह सकता है। उसने मुड़कर उसकी तरफ़ देखा।

'दाँत क्यों निकाल रहा है?' उसने रुखाई से पूछा।

हीरालाल ने देखा, वह अपने रंग में थी। लेकिन आज वह उससे जुबानी जंग करने के मूड में नहीं था। वह खुश था और खुश रहना चाहता था।

'मैं दीवाली पर गाँव जा रहा हूँ। मेरी शादी होनेवाली... ।'

रूपमती ने एक झटके में उसकी आस्तीन पकड़ ली।

'उसका नाम क्या है?' वह फुफकार रही थी।

'क्या है, मेरे ऊपर क्यों चढ़ी आ रही है?' उसकी जकड़ से घबराया हीरालाल चीख पड़ा।

'बता मुझे उसका नाम, वरना तुझे धक्का दे दूँगी।' उसकी आँख खतरनाक ढंग से चमक रही थीं।

'रेवती।' हीरालाल ने जल्दी से जवाब दिया। वह नहीं चाहता था कि उसकी हड्डियाँ टूटें।

'नहीं। बिल्कुल नहीं।' रूपमती ने उसे पाट से नीचे खींच लिया।

हीरालाल ने खुद को जमीन पर पाया। हिम्मत करके उस पर नज़रें गड़ाईं और खुद को छुड़ाने की कोशिश करते हुए ज़ोर से कहा, 'मेरा पीछा छोड़ बुढ़िया।'

'तू मेरी बेटी से शादी नहीं कर सकता। सुना तूने?' उसे छोड़ते हुए वह गुर्राई।

सन्न, हीरालाल ने उसकी तरफ देखा। रेवती इसकी बेटी है? वह झूठ तो नहीं बोल रही? नहीं, उसका गुस्सा असली था। हीरालाल को दिमाग़ पर काबू पाने में वक़्त लगा। इसके पहले कि वह दुबारा झपट पड़े, वह चुपचाप खिसक लिया।

अगले दिन रूपमती, रोज के वक़्त से पहले स्कूल पहुँच गई और साफ़-सफ़ाई में जुट गई।

वह अपने काम-धाम से निबट लेना चाहती थी ताकि स्कूल शुरू होने से पहले हीरालाल से बात करने के लिए वक़्त मिल पाए।

पर वह आया ही नहीं। निराश, वह घर के लिए निकल पड़ी।

अगले दिन भी उसकी सूरत नज़र नहीं आई। जब उसने उसके बारे में पूछताछ की तो पता चला कि वह छुट्टी पर है। क्या वह गाँव चला गया? उसने असहज महसूस करते हुए सोचा। समझ नहीं आ रहा था कि उसके चुपचाप गायब हो जाने का क्या मतलब निकाले।

एक हफ्ता बीत गया तो रूपमती को लगा, वह एक अच्छा शगुन था। कौन जाने, वह लौटे ही नहीं, या यहाँ से दूर, अपने गाँव के पास, तबादला करा ले, अपनी बीमार या मरी हुई माँ के बहाने, पाजी कहीं का। वह उससे इतना डर गया होगा कि बिना झगड़ा किए गायब हो गया। रूपमती अपनी आसान जीत पर विजेता की तरह मुस्कुराई और बीड़ी सुलगाई। 'अधिकारियों को रिपोर्ट करने' के लिए वह वहाँ नहीं था। उसने जोर की साँस ली और आँख मूँद लीं।

'सासू माँ,' हीरालाल की दिल्लगी करती आवाज़ ने उसे चौंका दिया, हाथ से बीड़ी छूट गई। 'तुम्हें पता है, ये कायदे के ख़िलाफ़ है।' उसने उसे झिड़का, बीड़ी को पाँव से रगड़ा और फिर जेब में रख लिया। 'कोई सबूत नहीं छोड़ सकते। नहीं?' वह साज़िशवाले अन्दाज़ में हँसा।

'तुम यहाँ क्या कर रहे हो?' अपनी नासमझी को कोसते हुए, उसने धीरे से पूछा।

'मैं यहाँ क्या कर रहा हूँ? क्यों? मैं यहाँ काम करता हूँ। पक्की नौकरी है मेरी—याद रखना।' उसने मखौल उड़ाते हुए कहा।

'मैंने समझा तू गाँव चला गया,' वह बड़बड़ाई।

'तुझसे विदाई लिए बिना, कभी नहीं। मैं कल जा रहा हूँ। आज रात आ रहा हूँ तेरे घर खाना खाने।' उसने कुछ नखरे के साथ कहा।

मेरी लाश पर, रूपमती ने गुस्से से सोचा। 'मेरा भाई बाहर गया है। उसकी ग़ैरहाजिरी में तू नहीं आ सकता,' उसने सपाट ढंग से कहा।

'क्यों नहीं?'

'क्योंकि...क्योंकि घर में कोई मर्द नहीं है।' उसकी आँख में चुनौती थी कि आकर तो देखे।

'क्या मैं मर्द नहीं हूँ? अरे सासू माँ, आख़िर मैं तुम्हारे घर का होनेवाला सदस्य हूँ। या तू मुझे हिजड़ा समझती है? बता देता हूँ...।'

'मुँह बन्द कर अपना, वरना तेरा लिंग काट के खाने में परोस दूँगी।'

'बुरा ख़याल नहीं है,' हीरालाल हँसा, हालाँकि उसे अपने पाँव काँपते हुए से

लगे। वह अपनी धमकी पर अमल नहीं कर सकती, उसने खुद को दिलासा दिया। 'लेकिन आज रात मैं झालदार मछली खाना चाहता हूँ। घर लौटते हुए खरीदना भूलना मत।' निकलते हुए उसने धीरे से कहा।

नामुराद औरत, उसने कोसा, उसकी 'वाहियात दिल्लगी' ने बुरी तरह झुँझला दिया था। एक औरत के मुँह से ऐसी अश्लील बात, और वो भी होनेवाली सास के। क्या वह शादी के बारे में भूल जाए? लेकिन तभी रेवती की लुभावनी मुस्कान उसका दिल चीर गई। एक पागल औरत की बकबक के चलते उसे नहीं छोड़ सकता। कौन जाने, वह उसकी माँ न हो? वह आज रात उसके घर जाएगा, उसने तय किया, लेकिन अकेले नहीं। एहतियात के तौर पर किसी को साथ ले जाएगा— उसके हट्टे-कट्टे दोस्त रामेश्वर से अच्छा कौन हो सकता था। वह एक चौकीदार था, और उसे मछली नापसन्द थी। वह वैसे झालदार मछली चट नहीं कर जाएगा, जैसे पिछली बार उसका चाचा कर गया था। 'मछली मेरे दमे के लिए अच्छी है,' ठुँसे हुए मुँह से वह बोल रहा था और पुष्टि के लिए चालाकी से हीरालाल की तरफ देख रहा था। हीरालाल ने आज्ञाकारी भतीजे की तरह सिर हिलाया था।

रूपमती मछली बाज़ार में रुकी और सावधानी से सबसे सस्ती मछली चुनी, बस इतनी कि एक आदमी के लिए काफी हो। अगर उसका भुक्खड़ चाचा मुफ्त के माल के लिए साथ चिपका चला आया तो हीरालाल को नहीं के बराबर मिलेगा। हीरालाल को जानने की वजह से उसे पता था, अगर आया तो वह अकेले आएगा। वह आएगा, यह भी वह अच्छी तरह जानती थी।

घर पहुँचकर वह रात का खाना बनाने में जुट गई। रेवती ने उसे झालदार मछली बनाते देखा तो आँखें चमक उठीं, 'कौन आ रहा है माँ?' उसने चुपके से पूछा। रूपमती ने उसे इस बुरी तरह डपट दिया कि बेचारी कमरे के कोने में पड़ गई और सारी शाम अलग रही। उसकी छोटी बहनें भी, माँ के अजीब व्यवहार से हैरान, उसके पास दुबक आईं। हीरालाल ठीक आठ बजे अपने चौकीदार दोस्त के साथ पहुँचा। रूपमती ने उसके साथी को देखा तो उसका दिल बैठ गया। दो लोग आ गए? लेकिन मछली तो...। उसकी घबराहट देख हीरालाल मस्ती में मुस्कुराया, अपनी इस समझदारी पर कि वह एक हथियारबन्द चौकीदार के साथ आया है। 'उसे काम पर जाना है, रात को चौकीदार की तरह काम करता है।' उसके वर्दी में होने की कैफियत के तौर पर उसने कहा।

रूपमती कुछ अनिश्चय के साथ खड़ी, दोनों को देख रही थी। 'वह मछली परोसेगी, बहुत अच्छी मछली पकाती है।' हीरालाल बातचीत के बीच में कह रहा था, 'लेकिन क्या फायदा, तुम तो मछली खाते नहीं।' वह अजीबोगरीब ढंग से हँसा, मनाता हुआ कि रूपमती उन्हें घूरना बन्द करे।

उसके मछली न खाने की बात से मिली राहत ने, उसे हरकत में ला दिया।

'खाना लगाती हूँ,' कहती हुई वह वहाँ से हट गई।

दो लोगों के लिए पूरी मछली नहीं है, यही बात तुम्हें परेशान कर रही थी न सासुजी, वह गुपचुप मुस्कुराया, खुश कि पहली बार, रूपमती का औरतवाला पहलू खुल रहा था।

हो सकता था वह ऐसी दानवी न भी हो।

रूपमती ने खुद सारा खाना लगाया, ख़याल रखते हुए कि किसे क्या चाहिए। हीरालाल कुछ न कुछ माँगता रहा, इस उम्मीद के साथ कि रेवती की झलक मिल जाए। लेकिन उसका क्या, उसकी बहनों तक का कुछ पता न था।

'बच्चे कहाँ हैं?' आखिरकार उसने पूछा।

'सोए हुए हैं,' उसने सख्ती से जवाब दिया।

'लेकिन अभी तो नौ भी नहीं बजे?' हीरालाल ने हैरानी जताई।

'हम जल्दी सो जाते हैं,' रूपमती ने बीच में तीखे ढंग से कहा, 'तुम छुट्टी पर हो, लेकिन मुझे तो जाना है।'

जल्दबाज़ी दिखलाता, उसका दोस्त उठ गया। अनिच्छा से हीरालाल भी उठा। देर करने का कोई फ़ायदा नहीं है, उसने मायूसी से सोचा।

पर चलो, कोई बात नहीं। आखिरकार रूपमती ने उसके लिए झालदार मछली पकाई थी, क्या झोर था। मुँह में अब भी उसकी झाँस महसूस कर सकता था। एक बार शादी हो जाने के बाद तो...उसके मुँह में पानी भर आया।

रूपमती ने सरसों का खाली डब्बा उठाया और उसे उत्साह से देखा। आखिरकार, दीवाली बिना रोशनी के बीत जाएगी। एक बेकार से अन्देशे ने अचानक उसके भीतर सिर उठाया और उसका चेहरा कुछ काला पड़ गया। अगर सरसों का तेल ज़हरीला न निकला तो?

अन्धी चाल

जौहरी की दुकान के सामने एक झुरकुट बूढ़ा उकड़ूँ बैठा था। उसकी तीखी नाक पर टिका काला चश्मा, दुकान के नुमाइशी शीशे से बाहर आती गहनों की कौंध से उसका बचाव कर रहा था। फिर भी जब-तब उसकी गरदन उसी तरफ़ घूम जाती थी।

उसका सामान ख़रीदने, ज़्यादा लोग नहीं रुकते थे फिर भी ज़िद करके वह अर्से से उस चमकीले शॉपिंग आर्केड के रेल-पेल भरे गलियारे में बैठता आ रहा था। धीरज के साथ उन लोगों का इन्तजार करता, जो जाने क्यों कभी-कभी, सांसारिक रास्ता छोड़, अगरबत्तियों के दो-एक पैकेट ख़रीदने रुक जाते। हर पल घोड़े पर सवार लोगों को किसी ख़ास ख़ुशबू की दरकार न होती। 'कोई-सा दे दो, या सब का एक-एक।' आगे बढ़कर संगी-साथियों के साथ होने को बेताब वे कहते और जल्दी से निकल लेते।

उसकी बीवी का रुझान चमेली अगरबत्ती की तरफ़ रहा था; बेचारी भरसक पूजा-पाठ के बावजूद उससे पहले दुनिया से रुख़सत हो गई थी; उसे ख़ुद चन्दन की अगरबत्ती पसन्द थी। उस जैसी दिव्यता और किसी में नहीं थी। ग़ुलाब की तेज़ महक से उसे ख़ास चिढ़ थी। उसकी जी मिचलाती बू रोज़ सुबह झेलनी पड़ती जब दुनियादार श्रद्धा के साथ, उसकी बहू गुलाब की अगरबत्ती जलाती। वह बुड़बुड़ाता तो उसे चिड़चिड़ा करार दे, पड़ोस को सुनाकर कहती, 'इस बुढ़ापे में इन्हें खुशबू सूझ रही है। राम-राम, कैसे विलासी हैं।'

गुलाब, गुलाब, गुलाब—सिर के ऊपर चीखती अनचीन्ही आवाज़ ने उसकी तन्द्रा भंग कर, गुलाब से महमहाते घर से उठा फुटपाथी शोर के बीच पटक दिया। क्लान्त भाव से उसने हाथों से कान बन्द कर लिये, अजनबियों का रेला अचानक बर्दाश्त से बाहर हो गया था।

'बाबा, क्या हुआ, तबीयत ठीक तो है?'

सुकून महसूस करते हुए उसने हाथ हटाए। वह नेक आवाज़ राजू की थी; वह

लड़का, जो हाल में पुराने बूढ़े दरबान की जगह, जौहरी की दुकान पर आया था। शुरू में पिछले दरबान के नक्शे-क़दम पर चलने की कोशिश में, गुपचुप उससे कमीशन माँगा था।

'काहे का?' बूढ़े ने अनजान बनते हुए पूछा था।

'तुम्हें यहाँ बैठने देने का, और काहे का?' लड़के ने ढिठाई से कहा तो हुआ यह कि अपना टीसता कान मलता वहाँ से भागा।

'यह क्यों किया तुमने?' अपने स्टूल की हिफ़ाज़त में लौटकर उसने तुनककर कहा था।

'ताकि तू अपनी औक़ात में रहे,' बूढ़े ने जवाब दिया था।

व्यस्त गलियारे के पार. दुश्मन से दोस्त बने लड़के की तरफ़ स्निग्ध मुस्कुराहट फेंक, बूढ़े ने ग्राहक की तरफ सिर घुमाया और मुस्कुराहट क़ायम रखने की कोशिश की।

'गुलाब! आपके पास हैं या नहीं?' आवाज़ झल्लाई।

उसकी मुस्कुराहट ग़ायब हो गई। 'नहीं है!' उसने रुखाई से कहा।

बूढ़े की बेरुख़ी से हैरान, राजू उठ खड़ा हुआ। उसकी अनुभवी निगाहों ने भाँप लिया था कि वह औरत ख़रीदार प्रजाति की थी। वाकई 'हेवीवेट,' अपने सेठ का जुमला इस्तेमाल करते हुए उसने सोचा। वह न सिर्फ़ बूढ़े की सारी अगरबत्तियाँ ख़रीद उसकी छुट्टी कर सकती थी, बल्कि सोने की ललक को खरीदारी में तब्दील कर, उसके सेठ को इतना ख़ुश कर सकती थी कि वह राजू को आज के बाक़ी वक़्त लिए छुट्टी दे सकता था। तब वह गुस्से से उफ़नते मैनेजर को अदब से दरवाज़ा खोल, मालदार ग्राहकों को भीतर आमंत्रित करने के लिए पीछे छोड़, शहर में नई लगी फिल्म देखने भाग सकता था। हँसी से चहकता राजू, गलियारे के उस पार चला आया और बोला, 'है तो आपके पास; लगता है, आप भूल गए,' कुछ पैकेट उठाकर उसने औरत की तरफ़ बढ़ाए।

'रखो इन्हें, मैं कहीं और से ले लूँगी,' उसने नाराज़गी से कहा और जाने लगी।

'देखिए, यह अन्धे हैं,' राजू ने गुज़ारिश की।

दया से च्च-च्च करती, वह ठिठक गई; उनके और सोने के स्वर्ग के बीचोबीच। सोचा, बेचारा अन्धा बूढ़ा...उससे खरीदेगी तो उस पर एहसान तो होगा ही, दान-पुण्य का काम भी हो जाएगा। बूढ़े की अँधेरे में डूबी आँखों को देख उसकी भावहीन आँखों में पछतावा झलका और उसने कूकते हुए कहा, 'बाबा।'

'फूटो यहाँ से,' वह बुदबुदाया। उसके चिड़चिड़ेपन को अनदेखा कर वह हमदर्दी से मुस्कुराई।

'जाओ, अपनी गरदन में टाँगने को सोना ख़रीदो जाकर,' वह गुर्राया। उसकी उग्रता से बौखलाकर, वह तेज़ी से गलियारे के दूसरी तरफ़ लपकी। अगरबत्तियाँ

छोड़ राजू पीछे भागा। जब तक वह अपनी जगह पहुँचा, वह दरवाज़ा खोल दुकान के अन्दर घुस चुकी थी, 'भाप इंजिन की तरह धुक-धुक करती,' बाद में उसने बूढ़े से कहा था।

दरवाज़े पर खड़ा चौकस राजू मायूसी से उसके बाहर निकलने का इन्तज़ार करने लगा। वह जानता था, उसकी चौकसी उसकी नौकरी भले बचा दे पर मैनेजर के गुस्से से नहीं बचा पाएगी। दुकान बन्द होने पर वह उसे बुलाकर झिड़कियों की जो बौछार करेगा, उसमें चुनिन्दा से चुनिन्दा गालियाँ शुमार होंगी। अनमने भाव से वह मुस्कुराया। शुक्र है, बूढ़ा अन्धा है; पारदर्शी शीशे के पार उसे बेइज़्ज़त होते नहीं देख सकता। उसे शीशे की निष्कलुषता से चिढ़ थी, उसमें से सिर्फ़ गहने नहीं, उसकी निरन्तर होती दुत्कार भी दिखती थी। भले लोग चमक-दमक के पार कुछ न देखें, राजू को यही लगता कि उसे सबके सामने नंगा किया जा रहा है। जो अजनबी निगाहें, दिन में उसे मुस्तैदी से दरवाज़ा खोलता-बन्द करता देख मुस्कुराती थीं; दिन ख़त्म होने पर, उसे नंगा किए जाने का लुत्फ़ उठाती थीं।

एक दिन आएगा जब चमक-दमक में, वह इन सबसे आगे निकल जाएगा, बस मुम्बई पहुँच जाए—सितारों की नगरी में। स्टूल पर बैठे-बैठे उसने कमर पीछे झुका, हीरो की तरह, सामने काल्पनिक मेज़ पर रखने के लिए पैर ऊपर उठाए। लुढ़ककर वह नीचे गिरा और ऊपर उठा पैर, हाई हील पहनी औरत से जा टकराया, जो इत्मीनान से दुकान में दाख़िल हो रही थी। लड़खड़ाकर वह दूर जा गिरी। मैनेजर भागा-भागा उसकी मदद के लिए पहुँचा और इस दूसरी नाराज़ ग्राहक को शान्त करने की कोशिश में लगा। एक बार दुकान के भीतर ले जा सके तो मैनेजरी की उसकी काबिलियत रंग लाएगी, उसे पूरा भरोसा था। नाकाम रहा तो थोड़ा डिस्काउंट देना पड़ा। सेठ ने खीज भरी मंजूरी दी थी, इस मनहूस बुदबुदाहट के साथ कि 'ऐसे चलता रहा तो एक दिन मूँगफली बेचने की नौबत आ जाएगी।' सब उस बन्दर राजू की वजह से हुआ, मैनेजर ने तय किया, दुकान बन्द होने के बाद उससे हिसाब चुकता करेगा। इस बार लड़के की धमकी से डरेगा नहीं, वरना जैसे ही वह नौकरी छोड़ने की धमकी देता, मैनेजर ढीला पड़ जाता। वह जानता था कि राजू के जाने पर, कुछ दिन तक, सेठ मैनेजर से कामचलाऊ दरबानी भी करवाएगा।

अनमना राजू सूरज डूबने के साथ धीरे-धीरे फैलते अँधेरे को देख, घबरा रहा था। दिन खत्म होने को था, शायद बतौर दरबान वह उसका आख़िरी दिन हो। उसे निकाल दिया गया तो ओहदे के साथ चमचमाती उजली वर्दी भी छिन जाएगी, जो हीरो की तड़क-भड़कवाली भले न हो, टीवी ऐड '...इतना सफ़ेद!' के लायक सफ़ेदीवाली ज़रूर थी। सामने बैठे अन्धे दुकानदार की मैल से बदरंग हुई सफ़ेद कमीज़ पर नज़र डालकर उसने फ़ख्र महसूस किया। और चाहे जो हो, वह इस बूढ़े के नक्शे-कदम पर नहीं चलेगा, उसने क़सम खाई।

‘अभी से जा रहे हो?’ बूढ़े को अनबिकी अगरबत्तियाँ समेटते देख उसने पूछा।

‘हाँ, कहीं जाना है,’ उसकी आवाज़ छिपी उत्तेजना से काँप रही थी।

‘कहाँ?’ उसने कौतूहल से पूछा, आख़िर अन्धा बूढ़ा घर के अलावा कहाँ जा सकता था।

‘कहीं नहीं,’ उसने दुत्कार कर कहा और राजू को गुस्से से भभकता छोड़ निकल गया।

‘अन्धा खूसट! कल ठीक करूँगा तुझे,’ राजू बुड़बुड़ाया, ‘हफ़्ता लिए बिना, यहाँ बैठने नहीं दूँगा,’ अपने पर आनेवाली मुसीबत भूल, उसने फिर कसम खाई।

अगली सुबह बूढ़ा रोज़ाना के मुक़ाबले, वक़्त से काफी पहले जग गया। वह चारों तरफ़ फ़ैली चुप्पी में शिद्दत से उस घटना को महसूस करके खुश होना चाहता था, जो बाकी लोगों के उठने के बाद घटनेवाली थी। महीने की पहली तारीख के अलावा, वे लोग बिस्तर से इतनी मुस्तैदी से कभी नहीं उठते थे। वह उनके लिए ख़ास दिन होता था; उनके भीतर धार्मिक उद्वेग जगानेवाला, जिससे बाकी दिन वे अछूते रहते थे। लगता था, बूढ़े को पेंशन मिलनेवाले महीने के पहले दिन जैसा शुभ, कोई और दिन नहीं था। बूढ़े समेत सबके लिए एक क़िस्म का बोनस।

उस सुबह की हलचल, चारों तरफ़ साफ़ झलकता उत्साह, आदर से दिया गया प्रसाद, खुशबूदार भाप उड़ाती चाय—रोज़ के गुनगुने फीके काढ़े से एकदम अलग—साथ में प्लेट-भर चटपटे पकौड़े; यह मासिक पर्व उसे उल्लसित करके रहता। पूरे दिन के लिए न सही, कुछ घन्टों के लिए, गुज़रे ज़माने की तरह, वह उन सब से ऊँचे आसन पर होता; कलम की नोंक से उनका दिन बना या बिगाड़ सकता था...उसे यादगार दिन बनाने के लिए यह काफ़ी था।

धीरे-धीरे स्वाद लेता, होंठ चटखारता, वह बैठा प्रसाद खाता रहा। उनके चेहरों पर उभरती जुगुप्सा, चाय बढ़ाते हाथों की बेसब्री महसूस करता रहा। कुछ देर बैठा सोचता रहा, रोज़ की तरह बर्ताव करे या... ? फिर निवाड़ की अपनी खाट पर जा लेटा और बोला, ‘कुछ देर और सोने का मन है।’

‘चाय पी लीजिए, मैंने उसमें इलायची डाली है,’ बहू ने मनुहार की।

‘जगूँगा तब पी लूँगा,’ उसकी तरफ़ पीठ करके उसने रुखाई से कहा।

गुस्से से भरी पर ख़ामोश, वह चली गई।

उसके अजीबोगरीब बर्ताव से घबराकर, वे उसके चारों तरफ मँडराने लगे; सो रहा है या गुज़र तो नहीं गया। उसने गहरी नींद का दिखावा किया, हालाँकि उसे पता था कि कागज़-कलम थामे उसका बेटा, दिल की धड़कन सुनने की कोशिश में, उस पर झुका हुआ है।

‘बेवकूफ़, दिल उस तरफ नहीं होता,’ खीज कर वह बुड़बुड़ाया और बेटे के ललाट से टकराते हुए झपटकर उठ खड़ा हुआ।

झटका खाकर लड़खड़ाए बेटे के हाथ से कलम छूट गई। डरते-डरते उसने अपनी तीखी नाक छूकर देखी। उसे साबुत और हमेशा की तरह नुकीली पा कर, तकलीफ़ के बावजूद राहत महसूस की और तेज़ी से पिता की तरफ़ मुड़ा, जो बैठा हँस रहा था।

'पिताजी, आप ठीक तो हैं?' चढ़ते गुस्से पर काबू पाने की कोशिश में उसने झल्लाकर पूछा। यहाँ उसे दफ़्तर के लिए देर हो रही थी और उसके पिता थे कि...यही वक़्त मिला था उन्हें अपना सनकीपन दिखलाने के लिए।

'सिगरेट पिऊँगा; जब से तुम मुझसे टकराए हो, मेरा सिर घूम रहा है,' अपनी जेब टटोलते हुए बूढ़ा बड़बड़ाया।

'मुझे भी वक़्त पर दफ़्तर पहुँचना है। मेरे लिए भी आज तनखा मिलने का दिन है।' बेटे की ऊँची उठती आवाज़ मद्धम पड़ गई। आज खेले जा रहे नाटक की वजह याद आ गई तो गुस्सा दबाना पड़ा। महीने की पहली तारीख़ न होती तो वह कब का पिता से बिना एक शब्द कहे, हाथ हिला, घर से निकल चुका होता; जवाब में पिता का हुंकारा भर काफ़ी होता।

'तो जाओ, देर क्यों कर रहे हो?' सिगरेट के कश लेते हुए उसने पूछा।

'आपको पता है न, हमें साथ चलकर पेंशन लेनी है?'

'मेरी पेंशन, तुम्हारी नहीं। तुम जाओ, अपनी तनखा लो, मैं अपनी ले लूँगा।' उसने पलटकर जवाब दिया और खाट पर लेट गया।

अवाक् बेटा बाप को देखता रह गया, बातचीत के अप्रत्याशित मोड़ और डरावने अन्त से हक्का-बक्का। पिता जिस अन्धी गली में उसे ले गया था, वहाँ से बाहर आने का रास्ता उसे नहीं मालूम था। जब से बूढ़ा अन्धा हुआ था, कर्तव्यनिष्ठ बेटे की तरह, पेंशन लेने वह उसे उसके पुराने दफ़्तर ले जाया करता था। जब तक सिगरेट मिलती रही, पिता ने एतराज़ नहीं किया। एक बार उसकी समझदार बीवी ने सिगरेट के बजाय बीड़ी मँगवा दी थी। बस पिता झपटकर घर से बाहर निकल गया था और देर शाम, झोली भर अगरबत्तियाँ लिये लौटा था। बेटा तेज़ी से बाज़ार की तरफ दौड़ा था और उसकी पसन्दीदा सिगरेट ख़रीद लाया था, लेकिन वह उसे अपने नए पेशे से डिगा नहीं सका था।

'आज काम पर नहीं जा रहे क्या?' उसका झोला देख उसने सावधानी से पूछा; शायद उसकी याद दिलाकर उसे दुबारा सहज और ज़िम्मेवार बना पाए।

'नहीं, आज आराम करूँगा,' उसने शुष्क स्वर में कहा, 'कल जाऊँगा।'

'कल मैं नहीं रहूँगा; बाहर जा रहा हूँ,' बेटे ने एतराज़ किया।

'तुम मेरे साथ अगरबत्ती बेचने जाना चाहते हो!'

'बिल्कुल नहीं।' उस ख़याल से ही घबराकर वह बोला। यह काफ़ी नहीं था क्या कि दफ्तर के सहयोगियों को फुटपाथ पर उसके पिता की दुकान का पता चल

गया था और उन्होंने उस पर मक्खीचूस का ठप्पा लगा दिया था। उस राज़ को राज़ बनाए रखने के एवज़ में वे रोज उससे दर्जनों प्याले चाय और हफ़्ते में एक बार समोसे वसूलते थे।

'मेरा मतलब आपकी पेंशन लेने जाने से था,' बाप के चूहे-बिल्ली के खेल से आज़िज़ आकर, वह मरियल सुर में बोला।

'वह मैं कल ले लूँगा, वहाँ का रास्ता मेरी उँगलियों पर दर्ज है,' उसकी आवाज़ धीमी पड़ती गई।

उसे सुनकर बेटे ने ज़ोर से उसाँस भरी, हताशा में कन्धे झटके और बीवी की ऊँची बड़बड़ाहट से गूँजते घर से बाहर निकल गया।

अगले दिन, अपनी नौकरी और उजली वर्दी सलामत रखने के बाद, राजू मुस्तैदी से स्टूल पर बैठा, बेसब्री से अपने अन्धे जोड़ीदार की राह देख रहा था। आज वह कमीशन लिए बिना किसी हाल में उसे अपने इलाके में बैठने नहीं देगा। वह चालाक बूढ़ा अच्छा-खासा कमा रहा होगा—पहले मन्दिर के बाहर बेचता है, फिर कीमत बढ़ाकर, जौहरी की दुकान के ठीक सामने बैठ अमीरों को लुभाता है कि भगवान को खुश करने के लिए उसकी अगरबत्तियाँ ख़रीद लें। दाम सुनकर पहले लोग हिचकते थे पर अन्धे पर दया के नाम पर ख़रीद लेते थे। कोई नहीं चाहता था कि वह अगरबत्ती जैसी मामूली चीज़ का मोलतोल करता दिखे, वह भी 'लाचार अन्धे' के साथ; यही कहते थे सब उसे। जब उसे पता चला था कि वह अन्धा है, उसने भी तो अपना दावा छोड़ दिया था।

दरबानी के पहले दिन, मैनेजर ने राजू को आसपास दिखते सन्दिग्ध लोगों पर नज़र रखने की हिदायत दी थी। उसने जब देखा, दुकान के सामने अगरबत्तियों का ढेर लगाए बैठा बूढ़ा, शोकेस के गहनों पर नज़र गड़ाए है तो मैनेजर को उस भेस बदले लुटेरे या उसके सहयोगी की ख़बर दे दी थी।

'वह जगह दुकान पर नज़र रखने के लिए बहुत बढ़िया है, सर,' धुकुर-पुकुर दिल से सन्दिग्ध की तरफ इशारा करते हुए वह उसके कान में फुसफुसाया था। बेचारा राजू! उसकी पारखी नज़र की दाद देने के बजाय, मैनेजर ने इतना जोरदार ठहाका लगाया कि कई आते-जाते क़दम ठिठक गए।

'तुम्हारा ख़याल है, वह घुग्घू समान अन्धा हमें दिन-दहाड़े लूट लेगा,' अपने बॉस को सुनाने वह दुकान के भीतर चला गया था।

हकबकाए राजू ने झेंपकर अपने शिकार की तरफ देखा था। उसका श्रान्त चेहरा और ढँपी आँखें भावहीन थीं। राजू को लगा शायद उसे सुनाई भी कम पड़ता हो। अपनी भूल और मैनेजर के उजड्डपन के एवज़ में उसने न केवल अपना हक छोड़ दिया था, बल्कि जब भी मैनेजर की बाज़ नज़र से बच पाता, बूढ़े की मदद

भी कर देता। बदले में बूढ़ा सब्र से राजू की शिकायतों और हसरतों का बखान सुनता।

दिन ख़त्म होने को आया। सूरज डूबने के साथ, गलियारा रंग-बिरंगी बत्तियों से रोशन हो उठा। निराश और कुछ पछताता राजू अपने कमरे के बोसीदे अकेलेपन में लौट आया। दिन भर वह बहुत अकेला रहा था, उतना जितना उस अँधेरी रात को।

अगले दिन, अपना कमीशन भूल, वह शहर में अपने इकलौते दोस्त का बेताबी से इन्तज़ार करता रहा। कोई और नहीं था, जिससे वह बिना इस डर के वह अपने ख्वाब बाँट सकता कि वह उसका मज़ाक नहीं उड़ाएगा। बूढ़ा बिना पलक झपकाए उसकी बातें सुना करता था। झपकाता तो राजू जान नहीं पाता क्योंकि वह उसके काले शीशों के पार नहीं देख सकता था। उसके चेहरे पर ख़ामोश रज़ामन्दी के अलावा कोई भाव नहीं आता था। राजू के लिए इतना काफी था कि वह जब चाहे, अपना किशोर दिल उसके सामने खोलकर रख दे।

दोपहर को मन्द पड़े बाज़ार के बीच, राजू बैठा ऊँघ रहा था कि एक जानी-पहचानी आवाज़ ने उसका नाम पुकारा। उसने घबराकर आँखें खोलीं और दुकान के भीतर अपने पीड़क की तरफ डरते हुए देखा। मैनेजर को कुर्सी पर पसरा देख राहत पाकर लम्बी जम्हाई ली और बाहर मुड़ा कि देखे कौन पुकार रहा था।

'इधर...मैं हूँ,' आवाज़ फिर आई।

'भूतनी के!' सूट-बूट पहने शख्स को पहचाना तो राजू ने हड़बड़ाकर उचारा। वह ठीक उसी जगह खड़ा था, जहाँ दो दिन पहले तक, गन्दे कुर्ते-पाजामे में बैठा अगरबत्तियाँ बेचता था।

'क्या कर डाला? लगता है बैंक लूट आए!' सिर की टोपी से जूतों तक का शक़ भरा जायज़ा लेकर उसने पूछा।

खामोश बूढ़ा उसे एकटक ताकता खड़ा रहा।

हकबकाए राजू ने आँखें घुमा लीं।

'ऐसे घूर क्यों रहे हो? चश्मा लगा लो, तुम्हारी अंधी आँखों से मेरी धुकधुकी छूट रही है।' ज़िद करके वह आँखें फेरे रहा।

'राजू, मेरी तरफ़ देखो,' बूढ़े ने कर्कश हड़बड़ाहट में कहा, 'मैं अन्धा नहीं हूँ।'

राजू की आँखें अविश्वास से फटी रह गईं।

'मैं देख सकता हूँ, पर मोतियाबिन्द जल्द निकलवाया नहीं तो वाकई अन्धा हो जाऊँगा। मेरे बेटों ने मेरे ऑपरेशन को लेकर इतनी हायतौबा मचाई कि उनकी जोड़-तोड़ और एक बेटे के घर से दूसरे के घर पटके जाने से तंग आकर, मैंने अन्धा होने का नाटक करने का फ़ैसला किया। गुनाह के एहसास से वे मुझे डाक्टर के पास ले जाने की बात करने लगे। मैंने मना कर दिया। जल्द ही वे मेरे अन्धेपन के आदी हो गए। उन्होंने मान लिया कि ऑपरेशन का कोई मतलब नहीं रह गया था और मुझे मेरे हाल पर छोड़ दिया। अन्धे का कोई और करे भी क्या?' वह उपहास से मुस्कुराया।

हैरान-परेशान राजू दूसरी तरफ देखने लगा, 'मैं चलूँ,' दुकान की तरफ़ बढ़ते हुए उसने कहा।

'रुको,' बूढ़े ने उसकी बाँह पकड़ ली, 'मैं दूसरे शहर जा रहा हूँ...मुम्बई। तुम कहते थे न, तुम वहाँ जाना चाहते हो? चलो मेरे साथ!' उसने साग्रह कहा।

'मैं नहीं जा सकता,' राजू छटपटाकर बोला पर बूढ़ा उसे यमदूत की तरह कसकर जकड़े रहा।

'मुझे छोड़ोगे नहीं तो मेरी नौकरी चली जाएगी,' वह गिड़गिड़ाया।

'जाने दो। मैंने रेल के दो टिकट खरीद रखे हैं...दो घंटों में वह छूट जाएगी। उसे पकड़ने के लिए तुम्हें अभी तुरन्त मेरे साथ चलना होगा।' उसकी बाँह झकझोरकर बूढ़े ने उग्रता से कहा।

'पर मेरे पास न पैसे हैं न कपड़े...'

'मेरे पास हैं न पैसे...इस थैले में जीवन-भर की कमाई है। याद है न यह बैग? कभी इसमें अगरबत्तियाँ होती थीं, अब मेरा भविष्य है। तुम्हारा भी, तुम स्टार बन सकते हो,' सपना देख रहे स्वर में उसने मनाया।

दमकती आँखों से राजू ने उसकी तरफ देखा।

'आओ,' उसे आगे ठेलते हुए बूढ़े ने कहा।

'मैंने तुमसे थोड़ा झूठ बोला था राजू,' ट्रेन में बैठने के बाद, बूढ़े ने कहा। 'हम नागपुर जा रहे हैं...वहाँ मेरा एक छोटा-सा घर है, कुछ ज़मीन भी। हम खेती करेंगे, मैं अपना ऑपरेशन करवाऊँगा...'

लड़के के चेहरे पर दहशत उभरती देखकर वह हँस दिया, 'घबराओ मत। जैसे ही मुझे दिखने लगेगा, मैं तुम्हें मुम्बई भेज दूँगा।'

उसकी धुँधली दृष्टि के सामने पके पीले धान लहराए और आँखें नम हो गईं। अपने नामुमकिन लगते सपने को आखिरकार वह हासिल कर लेगा...बंजर ज़मीन को फिर से उपजाऊ बना देगा। उसकी गौशाला, एक बार फिर गाय के रँभाने की आवाज़ से गूँजेगी। उसकी आँखें लड़के की तरफ़ मुड़ीं तो शंका से सिकुड़ गईं। उसका पीला चेहरा और सूखी कदकाठी देख माथे पर शिकन पड़ गई। उसने ख़ुद को दिलासा दिया, खेत पर काम करेगा और अपना उगाया जीवनदायी अनाज खाएगा तो जल्द तन्दुरुस्त हो जाएगा। बरसों तक पाला अपना सपना पूरा करने के लिए उसे नौजवान ऊर्जा की ज़रूरत थी। उसका आखिरी सपना! लड़के के पास अपनी किशोर हसरतें पूरी करने के लिए एक उम्र पड़ी थी। उसकी हसरत को नापसन्द करने के बावजूद, वह उससे किया वादा पूरा करेगा। उसके लिए इतनी ज़मीन छोड़ जाएगा कि वह मुम्बई का टिकट खरीद सके।

जुर्माना

वे अब भी वहाँ थे—ड्रेसिंग टेबल के आईने पर उसकी उँगलियों के निशान। धुँधले, लेकिन उसकी तेज आँखों ने उन्हें देख लिया था। ये आँखें बीते वर्षों में ऐसे कई निशान देख चुकी थीं—पहला निशान उसके तेरहवें जन्मदिन पर दिखा था। उसने उसे पोंछ दिया था—उसे डाँटे बिना, चूँकि वह उसका जन्मदिन था। लेकिन जब वैसे निशान बेरोक दिखते चले गए तो पहले वह चौंकी फिर चिन्तित हो उसे झिड़कना शुरू किया।

'तुम बस मुझी से कहती हो,' वह आहत निगाहों से उसे देखकर कहता, 'तुम्हें कैसे मालूम किसी और ने नहीं किया?'

'मुझे मालूम है,' वह सख्ती से कहती तो दुबारा एक जिद्दी 'कैसे' का सामना करना पड़ता।

फिर हुआ यह कि एक दिन उसके पति ने बेटे का साथ देते हुए उसे चुनौती दे दी, 'हाँ, बतलाओ तुम्हें कैसे मालूम...उसे हक है जानने का, तुम्हें कैसे पता है?'

तब अपनी झल्लाहट और दूसरों के कौतूहल के बीच, उसने पैमाइश का टेप लिया और तीन ऊधमी बच्चों की हथेलियाँ मापने लगी, जो उसकी इस कोशिश से हैरान, खिलखिला रहे थे। इस बात से वह और नाराज हो गई कि उसके पति ने 'खेल' के खत्म होने पर—हाँ, वे सब उसे खेल ही मान रहे थे और वह इस कारण भी चिढ़ी हुई थी—अपनी घड़ी पर सायास नजर डाली और कहा, 'इस बार तुम सही हो, लेकिन अगली बार...।'

'हम यह खेल फिर खेलेंगे,' उम्मीद भरी चमकती निगाहों से उसे ताकते हुए बच्चे चहके थे।

उसने उस किस्से को वहीं खत्म कर दिया होता, अगर एक दिन उसे अपनी ड्रेसिंग टेबल पर उसका पुराना ज्योमेट्री बॉक्स न मिल गया होता। उसने उसे पेनल्टी बॉक्स का नाम दे दिया; बच्चे इस पर भी हँसे। लेकिन जल्द ही वे उससे डरने लगे। हर शाम, खेलने जाने से पहले, उन्हें उसे खोलकर देखना पड़ता कि उसमें रखी चिट पर किसका नाम लिखा है। जिसका नाम, वह अपराधी। वह विरोध कर सकता था,

लेकिन उससे जुर्माना दुगुना हो जाता। चूँकि वह हमेशा सही होती, बच्चों को चुपचाप उसका फ़ैसला मान लेने में अक्लमन्दी दिखी। लड़कियाँ जल्दी सुधर गईं, लेकिन उसकी जिद बनी रही। कभी-कभी वह गुनहगार महसूस करती, लेकिन बाकी लोगों की उसके प्रति हमदर्दी देख, अपने बिगड़े बेटे को सुधारने पर अड़ी रही।

जमाना गुजर गया।

अब दो साल से ऊपर हो गए, उसके पास शिकायत की कोई वजह नहीं है। जबसे उसकी शादी हुई और वह ऊपर 'बरसाती' में शिफ्ट हुआ, उसका आईना बेदाग चमकता रहा है। वह बेदाग चमक आगे भी बनी रहती, लेकिन एक दिन कन्धे से लैस, वह उसके कमरे में प्रगट हो गया।

'तुम्हारा आईना इस्तेमाल कर लूँ?' कहता वह मुस्कुराता हुआ उसके सामने खड़ा था। उसके औचक आगमन और अजीब अनुरोध से चौंककर उसने अखबार से सिर उठाया।

'हाँ, ज़रूर,' वह मुस्कुराई।

उसकी तरफ देखे बिना वह अपने बालों से जूझने लगा।

आहत महसूस कर, उसने चेहरा अखबार में छुपा लिया और तय किया कि कुछ नहीं कहेगी।

'मेरी समझ में नहीं आता, मोहिनी बाहर निकलने से पहले बेडरूम लॉक क्यों कर देती है,' वह बड़बड़ाया।

उसकी भी। लेकिन उसने कुछ न कहना ही बेहतर समझा।

'बस इसलिए कि एक बार मुझसे चाबी खो गई, वह मुझे ग़ैरजिम्मेदार समझती है।'

नहीं हो क्या? उसने कहा नहीं, बस अखबार के ऊपर से मुस्कुराई।

'तुम भी ऐसा सोचती हो?' उसने सन्देह के साथ उसे देखते हुए पूछा।

'नहीं, कतई नहीं।' उसने उसे दिलासा देते हुए कहा। उसके बाल खड़े-खड़े दिखते हैं तो वह घबरा जाता है, क्या वह नहीं जानती?

'मुझे बाकी दिन बाथरूम का आईना इस्तेमाल करने में कोई परेशानी नहीं है, लेकिन आज मेरा एक ज़रूरी अप्वाइंटमेंट है। उसे मालूम है, फिर भी लॉक कर दिया। रिडिक्युलस! अपनी खुद की बीवी आदमी को उसके बेडरूम से बाहर कर दे।'

'तुम डुप्लीकेट चाबी क्यों नहीं रखते?' वह बहुत देर चुप नहीं रह सकी, 'या उसमें भी उसे कोई एतराज है?'

'बिल्कुल नहीं।' उसकी तनी हुई पीठ से वह अन्दाजा लगा सकती थी कि वह रक्षात्मक मुद्रा में आ गया था। कंघी हाथ में लिए, वह इन्तजार कर रहा था कि वह कब उसकी बात काटती है।

'मेरा ख़याल है, वह सही है। मुझे ड्रेसिंग टेबल के मिरर की ज़रूरत नहीं है,'

उसने कुछ ढिठाई से कहा।

'हाँ, नहीं है,' उसने हामी भरी।

'अच्छा, तो वह तुम्हारी सलाह पर चल रही है? वही मैं सोच रहा था कि इधर उसे हो क्या गया है?'

उसपर चीखना चाहने की आकुलता ने उसे अखबार नीचे रखने पर मजबूर कर दिया। पर उसके भावहीन चेहरे पर एक नजर डालते ही उसका गुस्सा ठंडा हो गया। वह उसे समझने का इच्छुक नहीं रहा था। न उसके कहे को, न उसकी चुप्पी के पीछे छिपे अनकहे को। वह हमेशा उसे फँसाने की कोशिश क्यों करता था? वह किसे बचा रहा था? किसके खिलाफ? मोहिनी से उसकी अच्छी पटती थी जो, शुक्र है, उन दोनों के बीच लगभग दुश्मनी की सरहद छूती अंडरकरेंट से बेख़बर थी। नहीं, वह अपने बेटे की अतार्किकता के लिए उसे दोष नहीं दे सकती, फिर भी...

'अब तुम्हें क्या हो गया?' उसकी झिड़की भरी आवाज ने चुप्पी को भेदा—वह बेवजह पहले से ज्यादा गुनहगार महसूस करने लगी।

'बालों में दो बूँद तेल डाल लो, बैठ जाएँगे। तब तक मैं कॉफी लाती हूँ।' कहती हुई वह उठी।

'मुझे देर हो रही है,' वह बुदबुदाया, 'लेकिन मैं ऐसे काँटेदार साही, पोर्क्योपाइन की तरह दिखता हुआ नहीं न जा सकता, क्यों?'

'मैं कॉफी लाती हूँ' कॉफी से उसके बाल भले काबू न हों, उसकी घबराहट ज़रूर कम होगी। पहले भी होती आई थी। लेकिन अब वह लड़कियों को इम्प्रेस करने की कोशिश में उलझा अनिश्चित किशोर नहीं था; एक कामयाब एग्जिक्यूटिव था, आत्मविश्वास से भरपूर।

'बहुत ज्यादा तेल तो नहीं हो गया, लगता है हो गया...,' वह कॉफी के साथ कमरे में वापस दाख़िल हुई तो हर मुमकिन कोण से अपने बालों का मुआयना करते हुए, उसे असमंजस के साथ कहते सुना।

'नहीं, बिल्कुल ठीक है,' वह मुस्कुराई। यानी...अब भी उतना आत्मविश्वासी नहीं हुआ, उमड़ते लाड़ के साथ उसने सोचा।

'क्या बिना तेल के बेहतर नहीं लग रहा था?'

'नहीं, तब तुम कबाड़ चुननेवाले की तरह लग रहे थे। उससे बदतर तो लग नहीं सकते, इसलिए बेहतर ही लग रहे होगे,' वह पलटकर बोली, पूरे भरोसे के साथ। क्या ये सब, उसके लिए, उन दोनों के लिए, जाना-पहचाना नहीं है? वह याद करके मुस्कुराई—कैसे स्कूल बस छूट जाती, नाश्ता रह जाता, जूते का फीता खुला रह जाता, लेकिन बालों की एक-एक लट बिल्कुल दुरुस्त रहती।

वह देखकर सन्तुष्ट भाव से उस पर नजर डाल मुस्कुराया कि उसकी आशंकित दृष्टि देख सहम गया।

'कुछ गड़बड़ हो गई'? वह चिन्तित लहजे में बोला और उसकी आँखें दुबारा आईने में अक्स की तरह उभरी अपनी भव्य तस्वीर पर जा टिकीं।

'ओह यह,' उसे झाड़न उठाते देख, वह घबराकर मुस्कुराया। 'मुझे नहीं मालूम, कैसे लग गया। मैंने तो आईना छुआ तक नहीं।'

'तुमने कभी नहीं छुआ। फिर भी तुम्हारी अँगुलियों के निशान इस पर लगते रहे,' उसने सपाट ढंग से कहा।

'मैं मानता हूँ,' वह हँसा, 'मैं किसी और को दोष नहीं दे सकता, है न? नहीं। अब तो कतई नहीं दे सकता। उसके अलावा वहाँ कोई था जो नहीं।'

उसकी दोनों बेटियों की शादी हो चुकी थी और वे बहुत दूर थीं। सब मानते थे कि दोनों की अच्छी शादी हुई। अच्छी-बुरी जैसी हुई, शादी के बाद दोनों को माँ के पास आने का कभी-कभार ही समय मिलता था। वैसे वे उसकी परवाह करती थीं, क्योंकि अक्सर कहती थीं कि वह उनके साथ रहे। वे समझ नहीं पाती थीं कि वह इनकार क्यों करती थी। यह मुमकिन नहीं था कि वह सदियों पुरानी मान्यता से चिपकी हो कि शादी के बाद, लड़कियों की माँ-बाप के प्रति जिम्मेदारी नहीं रहती। उसने उनमें और उनके भाई में कभी फ़र्क़ नहीं किया था। पिता के देहान्त और अनीश की शादी के बाद भी वह उनके पास क्यों नहीं आ सकती, उनकी समझ से परे था।

'लेकिन तुम वहाँ ऐसा क्या करती हो, जो यहाँ नहीं कर सकतीं? आखिर नौकरी तो कर नहीं रही?' वे बहस करतीं।

नहीं, कुछ भी ऐसा नहीं था, जो उसे बाँधे रहता। किसी को उसकी खास ज़रूरत नहीं थी। यह ख़याल अपने-आप में डरावना भी था और अजीब ढंग से आह्लादित करनेवाला भी। वह सिर्फ़ अपनी थी। अनेक वर्षों बाद, वह अपने ढंग से जीने को आजाद थी...लगभग। लड़की थी तो माँ-पिता की जवाबदेह थी, भाइयों और बाद में उनकी बीवियों तक की। सबसे छोटी होने के नाते उसे उन सबकी सुननी पड़ती थी। शादी के बाद, बिल्कुल नए लोगों से वास्ता पड़ा। उन सबका भी उस पर, उसके वक़्त पर दावा था। पति की अचानक मौत और बच्चों के क्रमशः बढ़ते अलगाव के बाद...वह एक बार फिर उठ खड़ी हुई, अकेले। लेकिन अकेलेपन के अहसास से आजाद। उसका वक़्त उसका अपना था, लेकिन बोझिल नहीं। शुरू में वह अकेलापन ज़रूर महसूस करती रही पर धीरे-धीरे उसने अपनी नई आजादी में मजा लेना सीख लिया। इतना कुछ था करने के लिए। या न करने के लिए। एक तरह से वही सबसे बड़ी विलासिता थी और वह उसका भार उठाने लायक हो गई थी। वह अपने वक़्त का मनचाहा इस्तेमाल कर सकती थी। जब चाहती, उसे अनन्त की तरह खिंचने देती...उस दिन के लिए कोई लक्ष्य तय नहीं करती और मनचाहे काम करती रहती। देर तक टहलते रहना, या पढ़ते रहना या अपने छोटे से बगीचे

में लगे रहना; जब, जहाँ मन करे, खाना। स्वभाव से वह एक व्यवस्थित व्यक्ति थी इसलिए कभी-कभार ही खुद को अव्यवस्था की इजाजत देती, तब, जब उसका मन छुट्टी लेने को करता। जब वह उसमें ज्यादा मजा लेने लगी, तो उसकी कैफियत भी खोज निकाली। जब बच्चे छोटे थे, उसने कभी 'छुट्टी' नहीं ली, बल्कि 'ओवरटाइम' किया, इसलिए अब वह ज्यादा छुट्टियों की अधिकारी थी। वह अपने-आप को हमेशा कामकाजी महिला मानती रही थी, जिस पर उसका आजाद ख़याल परिवार चकित होता रहा था।

'अभी मेरे पास समय नहीं है,' अनीश की पछताई आवाज ने उसके ख़यालों का सिलसिला तोड़ा, 'लेकिन लौटकर मैं इसे पोंछ दूँगा। वरना सजा दुगुनी हो जाएगी, ठीक?' वह हँसा।

उसे याद है, उसने सोचा और अपनी खुशी दबाने की कोशिश की। वैसे उसकी याददाश्त हमेशा से अच्छी रही थी। फिर उसे इतनी हैरानी...इतनी खुशी क्यों हुई? उसने झाड़न किनारे रख दिया। उसे काफी काम था, चूँकि यह उसका 'छुट्टी' का दिन नहीं था।

नशीली खुशबू के साथ लहराते फूलों को शुभरात्रि कहती हुई वह बगीचे में थी कि उसकी कार रुकने की आवाज सुनाई दी...फिर जानी-पहचानी पदचाप उसकी। उसे उसके साथ की, दूसरी, कम पहचानी पदचाप का इन्तजार था। लेकिन वह नहीं सुनाई पड़ी। मोहिनी कहाँ है, उसे हैरानी हुई। क्या वह उसे डिनर के लिए कहे, उसके लिए कुछ खास पका दे? हाँ, बिल्कुल। यह तो बिल्कुल अहमकाना होगा कि दोनों अकेले-अकेले डिनर करें। वह कहने के लिए मुड़ी, लेकिन देखा, वह ऊपर अपने रास्ते जा रहा था। खाने दो उसे ठंडा खाना; वह अपने लिए कुछ गर्म पका लेगी, उसने तय किया कि बारिश की एक बूँद उसके सिर पर पड़ी।

'मैं कैसा लग रहा हूँ?' अपने नए सूट में हँसता वह उसके सामने खड़ा था।

'बहुत अच्छे,' वह हड़बड़ाई सी बोली, 'तुम्हारे बाल भी,' उसे अपने बालों पर हाथ फेरता देख, उसने जोड़ा।

'निश्चिन्त रहो, मैं तुम्हारा आईना गन्दा नहीं करूँगा। मेरे पास चाबी है, पार्टी के लिए चेंज करना है,' अपनी अहमियत पर इतराता हुआ वह मुस्कुराया।

'अच्छा,' वह हल्के से मुस्कुराई। उसने इन्तजार किया कि वह कुछ कहे। वह ऊपर इकट्ठा हो रहे बादलों को देख रही थी।

'मोहिनी ने इसके बारे में तुम्हें बतलाया ही होगा। तुम्हें भी वहाँ आना है।'

'तुम्हें पता है, मुझे पार्टियों में जाना पसन्द नहीं है।'

'लेकिन ये स्पेशल पार्टी है।'

किस तरह! लगा उसकी आँखों ने अपना खामोश सवाल उस तक पहुँचा दिया था, क्योंकि वह कुछ असमंजस से उसकी ओर देख रहा था।

'मोहिनी माँ बननेवाली है और उसके पेरेंट्स को लगता है कि ये जश्न का मौका है। मुझे तो हँसी आती है, लेकिन मेरे ख़याल से वे नाना-नानी बनने को लेकर बहुत खुश हैं। सोचो, तुम दादी बनने जा रही हो,' वह सचेत ढंग से हँसा।

वह जबरन मुस्कुराई। ज़रूर उसके चेहरे पर ऐंठन आई होगी, तभी उसने उसे अजीब ढंग से उसे देखा।

'तुम खुश नहीं हो?' वह पूछ रहा था।

'बिल्कुल खुश हूँ...,' उसने हँसने की कोशिश की, 'बस, खबर अकस्मात ज़रूर है।'

'यानी तुम्हें पता नहीं था?'

'मुझे कैसे पता होता?' उसके मासूम सवाल से नाराज, उसने जवाबी वार किया।

'मोहिनी ने तुम्हें बतलाया नहीं?'

उसने आँखें उठाकर उससे नजरें मिलाईं। तुम पूछ सकती थीं, वे कहती लगीं।

वाकई! यह सुनने के लिए कि वह उन दोनों की प्राइवेसी में दखल दे रही थी, जिसे बड़ी आजिजी से बचाकर रखा जाता था।

नहीं, वह नहीं पूछ सकती थी। लेकिन उसे जानने का हक़ था। अब वह उनका निजी मामला भर नहीं रह गया था।

'वह भूल गई होगी,' उसने कैफियत दी; आवाज़ में अनिश्चय की चुभन थी। फिर जोड़ा, 'उसके पास वक़्त बहुत कम रहता है।'

वह चुप रही। वह जानती थी वह ऐसा कुछ नहीं कह सकती थी, जिसे सुनकर उसे तसल्ली होती पर वह तो उसकी खामोशी से भी परेशान हो रहा था।

'मुझे देर हो रही है,' बेसब्री से घड़ी देखता हुआ, वह बुदबुदाया। वह फूलों को देखती खड़ी रही।

वह जा चुका था। क्षोभ में डूबी वह पीछे रह गई। तभी थम-थमकर बरसती बारिश ने तूफान की शक्ल अख्तियार कर ली। वह जल्दी से भीतर आ गई।

अपने कमरे की सुरक्षित सरहदों में दुबकी, वह तूफ़ान खत्म होने का इन्तजार कर रही थी। कंघी उठाकर बेख़बरी से अपने बिखरे बालों पर फेरी। दाग़दार आईने को देख उसका सब्र छूटने लगा। हाथ में झाड़न उठाया, फिर रुक गई। तभी उसकी खिड़की से लगा पेड़ नीचे आ गिरा।

वहाँ, बाहर अनीश था, अकेला? उसने झाड़न रख दिया। उसे लौटने दो, वही साफ़ करेगा। नहीं, वह अन्धविश्वासी नहीं थी, बस पुराने अनुशासन पर कायम। बाहर तूफान गरज रहा था, भीतर वह स्थिर बैठी, पढ़ रही थी।

वक़्त आधी रात से ऊपर बीत चुका था, जब अचानक उसकी नींद टूटी। किताब गोद से खिसककर गिर गई। तूफान बीत चुका था, एक भूतहा खामोशी बची रह गई थी।

उसके कानों ने सीढ़ियों से आती आहट पकड़ी तो वह सख्त हो आई।

'बत्ती जल रही है। जाकर उन्हें बतलाऊँ कि हम लोग घर आ गए हैं।' अनीश की अनिश्चित आवाज सन्नाटे को भेद रही थी।

'बचपना मत करो। तुम आधी रात को उन्हें ये बतलाने के लिए नहीं जगा सकते कि तुम घर आ गए हो,' मोहिनी ने उसे झिड़का।

'वह जागी हुई हैं, मुझे मालूम है।'

उसकी साँस थम गई। क्या वह आएगा? इतनी तूफानी रात के बाद स्वाभाविक था कि वह आकर उन्हें देखना चाहे। अस्वाभाविक उसकी हिचक थी, पूछने की ज़रूरत थी।

'पापा ठीक कह रहे हैं, तुम जानते हो। जब बच्चा होगा तो हमें ज्यादा जगह की ज़रूरत पड़ेगी। क्या हमें उनसे पूछना चाहिए?' मोहिनी की तीखी आवाज रात के अँधेरे को काट रही थी।

उसका खून जम गया। क्या वे कहीं और जाने की सोच रहे थे? वह अकेली रह जाएगी। पूरी तरह। लेकिन क्या वह अब भी अकेली नहीं है? क्या वह अपनी आजादी का लुत्फ नहीं उठाती? जाने दो उन्हें। उसे उनकी ज़रूरत नहीं है। वह बरसाती को किराए पर चढ़ा देगी। आकाश छूते दामों के दौर में उसे अच्छा किराया मिल जाएगा।

'अगर वह हमारी योजना न मानें तो?'

वह गुस्से से भर उठी। उसमें इतनी हिम्मत कि वह उससे रजामन्दी की उम्मीद करे।

'नहीं, हमारे एक-दो कमरे बना लेने में उन्हें एतराज नहीं होगा?'

उसका दिल इतनी जोर से धड़का कि डर लगा कि उसकी आवाज वे दोनों न सुन लें।

एक-दो कमरे...एक नर्सरी...बच्चे की खिलखिलाती हँसी।

'जब तक पता न चल जाए, मैं सो नहीं सकती। चलो, उनसे तुरन्त पूछते हैं। मैं इन्तजार नहीं कर सकती,' मोहिनी की बेसब्र आवाज ने उसे अपने आह्लाद से बाहर निकाला।

'वह बत्ती बुझा चुकी है।' अनीश की शिकायती आवाज अँधेरे में उसके पीछे चल रही थी। 'हमें इन्तजार करना होगा।'

'इन्तजार करते रहो...यही तुम्हारी सजा है,' वह मुस्कुराई और उसका सिर अपने कोमल तकिए से जा लगा...इतना कोमल जैसे किसी बच्चे का स्पर्श हो। उसकी मुस्कुराहट गहरी हो गई।

आठ नम्बरी

मालिशवाली रत्नाबाई के नरम और चुस्त हाथों के लयबद्ध दबाव से मिसेज वर्मा को धीरे-धीरे आराम मिलना शुरू हुआ तो उनकी ढीली देह कुछ और फैल गई। उसके दक्ष हाथों की मालिश से सारी तकलीफ़ और दर्द—चाहे वे कितने पुराने और ढीठ क्यों न हों, छूमन्तर हो जाते हैं।

रत्नाबाई ने अपनी मालकिन की खुली-ढीली देह को हिकारत से देखा। मिट्टी के लौंदे जैसी, जिसे गूँथकर आकार देना हो, अपने छोटे-छोटे हाथ दक्षता से चलाते हुए उसने सोचा। जब पहली बार उनकी विशाल काया देखी थी तो अपना रेट बढ़ा दिया था। लेकिन मिसेज वर्मा ने मिसेज सेन से, जिन्होंने रत्नाबाई को उनके पास भेजा था, एक पैसा भी ज्यादा देने से इनकार कर दिया था।

'मुझे मालूम है, वे तुम्हें कितना देती हैं,' उन्होंने चालाकी से चिहुँककर कहा था।

जब रत्नाबाई अपनी ग़ैरवाजिब माँग पर अड़ी रही तो उन्होंने झल्लाकर पूछा था, 'मैं तुम्हें ज्यादा क्यों दूँ?'

वाकई क्यों? क्या आपने कभी खुद को आईने में देखा है, या आपके पास उतना बड़ा आईना नहीं है, जिसमें आपका आकार समा सके, रत्नाबाई ने सोचा कि कहे। पर कहा नहीं। वह अपने ग्राहकों के मूड और सनक को पहचानती थी। ज्यादातर ढलती उम्र की अमीर महिलाएँ ही उससे मालिश करवाती थीं। अगर वैसा करने से उसके रोजगार को खतरा न होता तो वह उन्हें, चुस्त-दुरुस्त बने रहने का एकाध गुर सिखा सकती थी। वे उस पर यकीन शायद ही करतीं क्योंकि उनके ख़याल से उस जैसी अनपढ़-गँवार को कहाँ कुछ आता होगा। आता तो घर-घर उन जैसे लोगों की मालिश थोड़ा करती घूमती। इससे उन्हें क्या फ़र्क़ पड़ता था कि आधा दर्जन बच्चे जनने के बाद भी इस उम्र में, उसकी छातियाँ पुष्ट हैं, उसका पेट सपाट। रात के अँधेरे में जब उनके बच्चे सोए रहते या कभी न भी सोए रहते, तो शराब के नशे में उसका पति उसे देखकर कहा करता था, 'बिल्कुल कुँवारी।' प्यार करने के लिए अगर वे हर बार आसपास लेटी धड़कनों के लयबद्ध साँस में बदलने

की राह देखते तो रत्नाबाई वाकई कुँवारी रह जाती। बच्चों के जन्म से पहले दूसरी धड़कनें गिननी पड़ती थीं; बूढ़ी, जर्जर धड़कनें, जो खर्राटे की लय या साँसों की घरघराहट में बदलने में देर लगातीं।

आनेवाले वर्षों में रत्नाबाई के गठियाग्रस्त सास-ससुर की जगह तेजी से बढ़ रही इनसानी जानों ने ले ली। फ़र्क़ बस इतना पड़ा कि बूढ़े जानकर भी अनजान बने रहते थे कि अँधेरे की चादर के नीचे क्या हो रहा है और बच्चे जानते न थे कि उन अजीबोगरीब आवाजों का क्या मतलब था, जो रातों को उनके माँ-पिता निकाला करते थे। पर वे उनके आदी हो गए थे, उसी तरह, जैसे खास दिनों पर माँ के लाए बासी पर जायकेदार जूठन के।

उस दिन रत्नाबाई दुल्हन की लजाई कल्पनाओं के साथ रात का इन्तजार करती। उसे पता होता कि बाकी दिनों के आधे पेट और बेस्वाद खाने के मुकाबले, सन्तुष्ट जीभ और भरे पेट की वजह से बच्चे गहरी नींद सोएँगे। जब वे खाली जलते पेट के साथ सोने की दयनीय कोशिश में तरह-तरह की आवाजें निकालते तो उसका दिल बैठ जाता, उसकी अन्तरात्मा छलनी हो जाती। ऐसी रातों में वह प्रार्थना करती कि उसका पति अपनी भूख मिटाने के लिए उस पर न झपटे।

मना करना मुमकिन न होता क्योंकि वह जानती थी, उस पर न बच्चों की बेचैन करवटों का असर होगा, न उसकी अरुचि का, बल्कि उसकी नानुकर, रद्दी खाना खाने के बाद आ रहे उसके गुस्से को भड़काएगी। 'एक बार ही खाना खाता हूँ मैं घर पर,' वह ठसके के साथ कई बार उसे जतला चुका था।

मायूस करनेवाली बात यह थी कि बढ़िया खाना खाने के बाद वह शायद ही कभी उसके पास आता—तब और नहीं, जब वह खाने से पहले या बाद में उसका लाया चटपटा माल डकारे हुए होता। बच्चों की गाढ़ी नींद, उनके तृप्त चेहरों से सन्तुष्ट, जिनकी वह रात के स्याह अँधेरे में कल्पना ही कर सकती थी, देख नहीं सकती थी, वह अकेली जगी रहती। अपने पति के रुक-रुककर सुनाई पड़ते खर्राटे कुछ देर उसे तकलीफ़ देते, फिर पीठ फेरकर वह सुबह के बारे में सोचने लगती। इस रतजगे में उभरनेवाली छवियाँ, मिसेज वर्मा की चर्बी जिसे तेल लगा, मसलकर दूर करना होता या मिसेज सेन की लम्बी पिंजर काया, जिसके हड्डियलपन से उसकी अँगुलियाँ दुख जातीं, उसे आँख बन्द करने के लिए मजबूर कर देतीं और उसके आवारा ख़यालों का गला घोंट नींद उसे घेर लेती।

उसके हाथों में जादू है। मिसेज वर्मा ने सपनीले ढंग से सोच अपने थुलथुल हाथों पर तेल मलती रत्नाबाई की मँजी हुई उँगलियों के मांसल दबाव के आगे समर्पण कर दिया। कभी उनके हाथ भी रत्नाबाई के हाथों जैसे दुबले-पतले थे। कई वर्षों तक मिसेज वर्मा के हाथों ने अपनी मखमली नरमी बनाए रखी थी लेकिन बदन पर चढ़ती चर्बी से हाथ भी बचे नहीं रहे थे।

जब वह इस घर में बहू बनकर आई थी, उनके नाजुक हाथों और सलोनी कलाइयों की चर्चा पास-पड़ोस तक में होती थी। वह छोटी से छोटी चूड़ी इस सहजता से पहन लेतीं जैसे मछलियाँ तालाब में तैरती हैं। बेटे के जन्म के बाद भी, जब उनका वजन काफी बढ़ गया था, कहने को सास के लाड़-प्यार की वजह से, उनकी कलाइयाँ वैसी ही छरहरी थीं। सास उनके परी जैसे हाथ-पाँवों की तारीफ करते थकती नहीं थीं। उन दिनों, इसकी अहमियत थी। चूड़ी के आकार की भी अहमियत थी।

'माँ ने कई लड़कियों को उनकी चूड़ी के बड़े आकार की वजह से मना कर दिया था,' शादी की रात, उनके हाथों को सावधानी से उठा, खुशी भरे आश्चर्य से उन्हें देखते हुए, उनके पति ने कुछ लजाते हुए बताया था। 'उन्हें सावधानी से छूना, ज़रूर उनकी माँ ने उन्हें सिखाया होगा,' सोचकर वह हँस पड़ी थीं। उन्होंने कुछ हैरानी से, हाथ थामे उन्हें देखा था। बेचारे। शायद सोच रहे होंगे कि छोड़ देंगे तो टूट जाएँगे, वह फिर हँसी थी और अपना हाथ छुड़ा लिया था।

'ममा, मैं बाजार जा रही हूँ, तुम्हें कुछ चाहिए?' मालिश के कमरे में गूँजी आवाज ने उनकी तन्द्रा तोड़ दी।

'नहीं,' उन्होंने कुछ तुर्शी से जवाब दिया पर डपटकर नहीं। आखिर ऋतिका बाहर से चीखने के बजाय कुछ देर इन्तजार कर सकती थी, उन्होंने सोचा। दिन भर तो वे मालिश कराती नहीं रहतीं। बस एक ही घंटे के लिए लेट पाती है कि रत्नाबाई उनके जिस्म का दर्द दूर कर सके।

इतनी बेसब्री! सामने के दरवाजे के जोर से बन्द होने की आवाज के साथ मिसेज वर्मा का तेल पिया शरीर सिहर गया और उन्हें खिड़की के बाहर बजरी पर ऋतिका की तेज पदचाप सुनाई पड़ी। जब बगीचे के फाटक की सांकल के उठने और गिरने की आवाज फिर उनके तेल पिए कानों में पड़ी तो उन्हें झुरझुरी आ गई। उस भारी सांकल को उठाने के ख़याल से ही उनके हाथ दुखने लगते थे। जब वे पहली बार इस घर में आई थीं तो न बगीचा था और न फाटक।

उन्होंने अपने बेडरूम की खिड़की के बाहर पौधे रोपने की कोशिश की थी, लेकिन जब भी वे फूलने लगते, गायें आकर उन्हें चर जातीं। जल्द ही उन्होंने वह करना छोड़ दिया था। उनके बेटे की शादी और ऋतिका के वर्मा परिवार में दाख़िल होने तक झाड़-झंखाड़ बढ़ते रहे थे।

ऋतिका ने तय किया कि वह उस जंगल को हरे-भरे बगीचे में बदलेगी।

'कोई फायदा नहीं है। गायें आकर सब चर जाएँगी,' मिसेज वर्मा ने चेताया था।

'सवाल ही नहीं उठता,' ऋतिका हँसी थी और उसने लोहे का फाटक लगवा दिया था।

'बहुत भारी है,' मिसेज वर्मा जब भी अकेले बाहर निकलकर उस 'क़ैदखाने के फाटक' से जूझतीं तो बड़बड़ातीं।

ऋतिका को धूप में खटते, ऊसर जमीन खोदते देख, वे पिघल गई थीं और एक माली रख दिया था। बाद में उन्हें पछतावा हुआ था क्योंकि वह बस ज्ञान बघारता रहता और ऋतिका उसके निर्देशन में जमीन–आसमान एक किए रहती। बगीचा खिल उठा।

मिसेज वर्मा ऋतिका के लम्बे हाथों को याद कर कुछ और सिहर गईं। रत्नाबाई तक के हाथ नाजुक–नरम थे। क्या विडम्बना है! उन्होंने अफसोस किया। एक बार उन्होंने उसे अपने हाथों पर नहाने के पहले रोज बादाम का तेल लगाने की सलाह दी थी, लेकिन उसने अनसुना कर दिया था, 'मेरी माँ बहुत पहले मुझसे हार गई थी, आप बेकार कोशिश कर रही हैं।' वह मुस्कुराती हुई बोली थी और बहुत सारे ऐसे मर्दाना काम उसने अपने ऊपर ले लिए थे, जिन्हें मिसेज वर्मा नापसन्द करती थीं।

घर में भी वह बड़े–बड़े जूते पहन, मर्द की तरह घूमती। उन्हें देखकर मिसेज वर्मा का खून जम जाता। एक बार उन्होंने उसे कहा कि वे उसके लिए कानपुर से चप्पल ला देंगी, लेकिन जब ऋतिका ने अपना नाप बतलाया तो मिसेज वर्मा बेहोश होते–होते बचीं। उन्हें मालूम था कि उसके पाँव बड़े हैं, लेकिन आठ नम्बर? कभी किसी औरत को इतने बड़े जूते पहनते सुना है? क्या वह उसी आकार की चूड़ियाँ भी पहनती है? मिसेज वर्मा ने घबराकर सोचा और सोचती रहीं क्योंकि ऋतिका चूड़ियाँ पहनती ही नहीं थी। सिर्फ़ चाँदी का एक कड़ा उसकी मजबूत कलाइयों पर सजा रहता।

वे कानपुर से बिना चप्पलों के लौटी थीं, इसलिए कि उन्हें ऐसे बेढब आकार की चप्पलों की माँग करने में शर्मिन्दगी महसूस हुई थी। एक छोटी दुकान में उन्होंने पूछने की हिम्मत भी की, लेकिन उन्हें मर्दाना चप्पलें ही दिखाई गईं। वह तेजी से दुकान से निकल गईं और अपनी मूर्खता कहीं और नहीं दुहराई।

मिसेज वर्मा बरामदे में बैठकर सन्तरे का ताजा जूस पी रही थी—रत्नाबाई के जाने के बाद यह उनका रोज का नियम था—जब उन्होंने लोहे का फाटक खुलने की बेसुरी आवाज सुनी। ज़रूर ऋतिका होगी, उन्होंने अनुमान लगाया और झल्लाई, ऋतिका बाहर जाने का समय दुरुस्त क्यों नहीं कर सकती...हर काम वह गलत समय पर ही क्यों करती है, उन्होंने कुछ हताशा से सोचा।

'इस गर्मी में आखिर बाजार जाने की ज़रूरत क्या थी?' अपनी खीज को उसके प्रति सौहार्द्र में बदलने की मुश्किल कोशिश करते हुए, उन्होंने नरमी से पूछा।

'अरे, इतनी गर्मी भी नहीं है,' खिड़की की चौखट पर उचककर बैठ ऋतिका ने कहा, उसके पाँव झूल रहे थे।

'मैं बाजार गई ही नहीं—बीच में मुझे अमला पकड़ ले गई...देखिए, उसने मुझे क्या दिया,' अपने पाँव के अँगूठे नचाते हुए उसने खुशी से कहा।

'क्या?' मिसेज वर्मा ने लापरवाही से पूछा, उनकी आँखें बाहर खिल रही चमेली पर थीं।

'देखिए,' ऋतिका ने अपने पाँव बढ़ाए, 'अमला मेरे लिए कानपुर से लाई है।'

अपनी तन्द्रा टूटने पर चौंककर मिसेज वर्मा ने देखा।

'ये पहनोगी तुम?' वह दहशत से बोलीं, उनकी आँखें ऋतिका के पाँवों में सजी बसन्ती पीली चप्पलों से चिपक गईं। काश मैं इसके लिए चप्पल ले लेती, वह भीतर से फूट पड़ीं, गुनाह का पहला दंश उन्हें महसूस होने लगा।

'हाइलाइटर्स।' ऋतिका हँस रही थी, 'वे अँधेरे में चमकेंगी और लोगों को मेरे आने की चेतावनी देंगी। अब फ़र्क़ नहीं पड़ता कि मैं जासूस नहीं बन पाई।' उसने ठंडी साँस ली।

'जासूस?' मिसेज वर्मा ने मूर्ख ढंग से दोहराया, वे सोच रही थीं सही सुना या नहीं।

'कभी मैं जासूस बनना चाहती थी, लेकिन फिर छोड़ दिया...मेरे भाई को लगता था कि इतने बड़े पाँव पकड़ में आ जाएँगे। वह मुझे बुरी तरह चिढ़ाता था और मैं उस पर यकीन करने लगी थी।' उसने सहजता से कहा।

'मैं सोचती थी तुम पत्रकार बनना चाहती थीं—तुमने मुझसे तब यही कहा था, जब बाल छँटाए थे। काम के लिए यही ठीक बाल हैं, तुमने कहा था,' मिसेज वर्मा ने ऋतिका के मर्दाना कटे बालों को हिकारत से देखते हुए शिकायती लहजे में कहा।

शादी के वक़्त उसके कितने लम्बे खूबसूरत बाल थे—हाँ, ठीक-ठाक लम्बे; हालाँकि उतने नहीं जितने मिसेज वर्मा को पसन्द आते। हफ़्ते भर उसके लम्बे हाथ-पाँवों से नाखुश रहने के बाद, मिसेज वर्मा ने इसे उसकी कम से कम एक अच्छी चीज मानकर खुद को दिलासा दिया था। लेकिन उनका दिलासा बहुत कम देर रहा।

'तुमने बाल बढ़ाए ही क्यों थे अगर उन्हें काटने का ही इरादा था?' अपने गुस्से और हताशा पर काबू पाने की कोशिश करते हुए उन्होंने पूछा था।

उसने बताया था, उसने अपनी माँ की जिद पर बाल बढ़ाए थे। माँ ने चेताया था कि अगर उसने एक मिलीमीटर भी बाल छोटे कराए तो वह उसकी शादी के लिए कुछ नहीं करेगी। ऋतिका को खूब अच्छी तरह मालूम था कि माँ अपनी चेतावनी पर अमल कर सकती है। वह ऐसी गहरी चुप्पी धारण कर लेतीं कि परिवार के लोग सिर दीवार पर दे मारने की हालत में आ जाते। एक वधू के तौर पर वह अपनी माँ की गुस्साई चुप्पी का सामना करने को कतई तैयार नहीं थी।

मुझे भी उसे चेतावनी देनी चाहिए थी, मिसेज वर्मा ने ठंडी साँस ली। लेकिन इतना बड़ा फ़ैसला करने के पहले उसने उन्हें बतलाया ही नहीं था।

'अब मैं पत्रकार नहीं बनना चाहती।' ऋतिका ने जोरदार ढंग से एलान किया, 'अब मैंने पढ़ाने का फ़ैसला किया है।'

'पढ़ाने का?' मिसेज वर्मा ने उसे सवालिया निगाहों से देखा। वह अपने भीतर की ऊर्जा खत्म होती महसूस कर रही थीं। ऋतिका से बात करना थका देनेवाला होता है। और उसके साथ कदम मिलाकर चलते हुए बात करना तो इतना यातनादायी कि एक बार के बाद, उन्होंने अगले दो दिन बिस्तर पर पड़े गुजारे थे। उसके बाद उन्होंने कभी साथ टहलने की ऋतिका की पेशकश को मंजूर नहीं किया।

'हाँ, मैं बच्चों को पढ़ाना चाहती हूँ, कल से शुरू कर रही हूँ।' वह हल्के से मुस्कुराई।

उसे बच्चे पसन्द हैं? वैसे वह उस तरह की लगती नहीं जो बच्चों पर मोहित हो, मिसेज वर्मा ने थकान के साथ सोचा। फिर उन्हें एक ख़याल आया। वे तन कर बैठ गईं। अगर उसे बच्चों को पढ़ाना पसन्द है—तो बच्चे भी पसन्द होंगे, क्योंकि जो उसे पसन्द नहीं, वह काम वह कभी नहीं करती—तो अपना एक बच्चा होने के ख़याल के भी वह खिलाफ़ नहीं होगी। उसके लम्बे समर्थ हाथ बच्चों के लालन-पालन के लिए बिल्कुल सही होंगे। अपने भीतर प्यार जैसी चीज की हिलोर महसूस करते हुए वह ऋतिका को देख कोमलता के साथ मुस्कुराईं। कौन जाने, वह अपने बाल भी बढ़ा ले, उन्होंने मनभावन ढंग से सोचा।

एक कदम पीछे

रोहित खन्ना, रिटायर्ड डीआईजी पुलिस, बिस्तर पर लेटे हुए, कुछ देर पहले आए फ़ोन के बारे में सोच रहे थे। उनके दोस्त अविनाश गोयल का फ़ोन था। इतनी रात गए, वह भी कुछ अलग तरह की गुजारिश के साथ। क्या इस समय उन्हें वहाँ जाना चाहिए, वे असमंजस में थे। हालाँकि उसका घर सड़क के पार ही था, फिर भी...। वह सुबह जल्दी उठता था, वे भी तो! दोनों रात को जल्दी सोना पसन्द करते थे।

लेकिन अविनाश इस वक़्त उन्हें क्यों बुला रहा था? शायद वह बीमार हो...सुबह तो ठीक था, हालाँकि कुछ खिंचा-खिंचा सा। रोज की तरह वे दोनों सुबह की सैर पर निकले थे।

रिटायरमेंट के बाद दोनों ने इसकी आदत डाल ली थी, वही उनकी दोस्ती की वजह भी थी।

दो बार ऐसा लगा था कि अविनाश कुछ कहने जा रहा है। कोई बात ज़रूर उसे परेशान कर रही थी, लेकिन ऐन वक़्त पर उसने मन बदल लिया और शब्द अनकहे रह गए। क्या बात थी? सिर्फ़ उस सुबह ही नहीं, बल्कि बीते कुछ समय से अविनाश की बढ़ती बेचैनी और खोएपन को, रोहित खन्ना की तेज आँखें नोटिस करती रही थीं। यह ठीक-ठीक कब से शुरू हुआ, वे बतला नहीं सकते। शायद उसकी पत्नी के मरने के बाद से। ना, बाद की बात है, काफी बाद की।

रोहित को याद था कि वे अविनाश की पत्नी के दाह-संस्कार के वक़्त, अविनाश के धैर्य से अचम्भित थे; उसके आत्मतुष्ट रवैये से परेशान थे। उसे धीरज बँधाने गए थे, दिलासा देना चाहते थे, लेकिन उन्होंने अविनाश को पूरी तरह शान्त पाया था। उस आदमी की हिम्मत की दाद देते हुए, वे अनमने-से बाहर निकल आए थे। याद करके उन्हें शर्म आने लगी थी कि वे अपनी पत्नी की मौत पर कितना रोए थे।

'आप पुलिस के अफ़सर हैं,' भाई ने झिड़का था।

'और यह अदना टीचर...!'

वह सोच भी नहीं सकते थे कि वह इतनी हिम्मत दिखला सकता था। उस दिन और उनका अपना गला रुँध आया था, और उन्हें अपने ऊपर शर्मिन्दगी महसूस हुई थी। पर कुछ कर पाना उनके हाथ में नहीं था। मौत उन्हें इसी तरह प्रभावित करती थी। किसी अनजान की मौत भी। शायद ही वे कभी अविनाश के घर आए-गए थे। सैर के दौरान उनका मिलना हो जाता था, फिर भी वे जब कभी गए थे, उसकी पत्नी पृष्ठभूमि में रही थी, एक छाया की तरह। कैसे वे उसकी मृत्यु पर इतना व्यथित हो सकते थे? यह एक विडम्बना थी कि सारी उम्र पुलिस में रहने के बावजूद, वे मौत को प्राकृतिक नहीं मान पाए थे, स्थितियाँ चाहें जितनी प्राकृतिक हों या अप्राकृतिक।

अनमने-से रोहित अपने आरामदेह बिस्तर से बाहर निकले। उन्हें जाना ही होगा। अविनाश अकेला रहता था। रहा नौकर, जो उसकी देखभाल करता था, रात के वक़्त जा चुका होगा। शायद अविनाश अकेलापन महसूस कर रहा हो और किसी से बात करना चाहता हो।

'कमबख्त, यही वक़्त मिला अकेले पड़ने का,' सुनसान सड़क पर चलते हुए वे बुदबुदाए थे। वह जाड़े की एक सर्द रात थी और लोग अपने गर्म और आरामदेह घरों के अन्दर थे, उन्होंने खुद को कोसा कि उन्हें बाहर निकलना पड़ रहा है।

'मुझे पता था, तुम आओगे,' उनका दोस्त उन्हें देखकर फुसफुसाया था।

ठंड से उनकी हड्डियाँ ठिठुर चुकी थीं और दोस्त के इस अनुमान पर उन्हें खुशी नहीं हुई थी।

'कोई खास बात है?' उन्होंने पूछा था।

'नहीं, कुछ भी नहीं।'

रोहित ने उसके कुछ और कहने का इन्तजार किया था, लेकिन वह कॉफी ढालने में मगन, चुप था।

'तब, इतनी रात गए मुझे बुलाया क्यों?' वे भड़क उठे थे।

अविनाश ने पहले उन्हें देखा फिर अपनी घड़ी को, 'तुम जानते हो, ऐसी ही एक रात, वह गुजर गई थी, मेरी पत्नी। और तकरीबन यही वक़्त रहा होगा जब उसने जहर पिया था—मेरा लाया चूहे मारने का जहर। अगर मैं नहीं लाता, तो वह नहीं मरती।'

'खुद को दोषी ठहराने से कोई फायदा नहीं। तुम थोड़ा जानते थे कि वह उसे पी लेगी,' रोहित ने धीरज बँधाया था, यह सोचते हुए कि अभी न आया होता तो बेहतर रहता।

यह बात सुबह तक टल सकती थी।

'मुझे पता था...मुझे पता था कि वह पिएगी। मैंने जानबूझकर उसे रसोई में रख छोड़ा था ताकि वह उसे खोज ले।'

रोहित अवाक् देख रहे थे, कुछ-कुछ उनकी समझ में आने लगा था।

'वह डिप्रेशन में थी...तभी से, जब हमारा बेटा गुजर गया था। हमारा इकलौता बच्चा...15 बरस बाद हुआ था। असामान्य...असन्तुलित। वह नियति को स्वीकार नहीं कर सकी। चार बरस तक, वह बच्चे की हर जरूरत पूरी करती रही, इस उम्मीद में कि एक दिन वह सामान्य हो जाएगा। लेकिन डाक्टरों ने उसे बताया था वह लाइलाज है। एक दिन जब मैं स्कूल से लौटा तो पाया कि वह बच्चे को गोद में लिए बैठी हुई थी। मरा हुआ। उसने उसे मार डाला था...तकिए से दम घोंटकर।

'अगर मैं चाहता तो उसे पुलिस के हवाले कर सकता था, मगर मैंने चुप्पी साध ली। हम दोनों के बीच चुप्पी की एक दीवार खड़ी हो गई। वह खुद में कैद हो गई। मैंने भी उसे अकेला छोड़ दिया। उसके साथ रहना मेरे लिए यातनादायी था, उसे गुनाह में गर्क देखना...दिन पर दिन, साल दर साल। मैं उसे राहत नहीं दे सका क्योंकि मैंने उसे माफ नहीं किया था। मैंने खुद से तर्क करने की कोशिश की, लेकिन कोई तर्क उसके अपराध को कम न कर सका। मेरी नजर में वह एक कातिल थी। मुझे पता था कि वह मरना चाहती थी...अगर मैं चूहे मारने का जहर नहीं लाता...' वह थरथराने लगा।

'अब उसका ख़याल रात-दिन मुझे परेशान कर रहा है। मुझे शान्ति नहीं है। क्या तुम सोचते हो कि वह अपनी मौत का जिम्मेदार मुझे मानती है? क्या तुम्हें ऐसा लगता है?' अपने दोस्त की आँखों में आँखें डालकर उसने पूछा था।

रोहित के पास कोई जवाब नहीं था। अगर वे अपना मत ईमानदारी से कह देते तो उसकी तकलीफ़ और बढ़ जाती।

'तुम क्या सोचते हो? क्या तुम्हें ऐसा लगता है?' अविनाश ने जोर देकर पूछा था।

'हाँ,' वे बुदबुदा दिए थे।

वह सिर झुकाकर बैठ गया था, गहरी सोच में डूबा। और तब रोहित को पूरी तरह भौचके में डाल वह सिसक पड़ा था। वे गुनहगार की तरह उसे देख रहे थे। क्या वे अपने फ़ैसले में कठोर हो गए थे? लेकिन उसका फ़ैसला करनेवाले वे होते कौन थे।...अविनाश खुद क्या फ़ैसला लेता है, यह ज्यादा अहमियत रखता था, अब, एक साल बीतने के बाद।

वे उठकर जाने लगे थे। अविनाश ने रोका नहीं था।

रोहित बिस्तर पर लेटे करवट बदल रहे थे। वे सो नहीं सके थे। एक अनजान टीसता भय उन्हें कुरेद रहा था। तड़के जाकर ही उन्हें नींद आ पाई।

जब उठे तो उनके टहलने का वक़्त खत्म हो चुका था। क्या अविनाश टहलने गया होगा, उन्होंने सोचा। उन्हें सन्देह था। वास्तव में, वे जानते थे...एक पूर्वाभास था कि वह नहीं गया होगा।

वे बरामदे में कॉफी पीते हुए बैठे थे। एक मोटा चूहा सीढ़ियों पर इधर-उधर दौड़ रहा था, घर में घुसने की नाकाम कोशिश में। रोहित की त्योरियाँ चढ़ गई थीं। ये मूर्ख चूहे...वे सीधे तनकर बैठ गए। क्या अब भी अविनाश के पास चूहे मारने का जहर था? क्या वह...ना, ये बेकार की बात थी। वह एक सन्तुलित दिमाग़वाला आदमी था, ऐसे कायराना कदम नहीं उठा सकता। वे अखबार में ध्यान लगाने की कोशिश करने लगे लेकिन शब्द उनकी आँखों के आगे बेमानी नाच रहे थे। वे उठ खड़े हुए। उन्हें जाना था।

तभी उनका जर्जर फाटक चरमराया था। अविनाश के पुराने नौकर को तेजी से अपनी ओर आते देखकर उनका दिल बैठ गया था। 'क्या बात है?' उन्होंने बेसाख्ता पूछा था।

'मैंने—मैंने सुबह साहेब को मरा हुआ पाया,' वह सिसकने लगा था, 'बिस्तर के पास मुझे यह मिला।'

उसने एक खाली डब्बा दिखाते हुए डरते हुए पूछा था, 'यह क्या है?'

'चूहे मारने का जहर,' डिब्बे की ओर देखे बिना रोहित बुदबुदाए थे। उन्हें पता था। अविनाश गोयल के जीवन का और दूसरा अन्त नहीं हो सकता था। फ़ैसला खुद उसने लिया था। या...रोहित काँप गए थे। ना...अविनाश की मौत से उनका कोई वास्ता नहीं था, उन्होंने खुद को भरोसा दिलाया। मरना उसकी नियति थी। तब इस तर्क से उसकी पत्नी और उसके बच्चे की भी। कोई कसूरवार नहीं था। या वे सब कसूरवार थे, अपने-अपने ढंग से?

सन्देहों से घिरे, वे जाने-पहचाने रास्ते पर चल पड़े थे, उलझे, खोए-खोए लेकिन शान्त और बिना आँसू बहाए। ठीक अपने दोस्त की तरह...दोनों सन्देह के शिकार।

इस दुनिया की नहीं

उसने अपने ताबूत पर पड़ी ताज़ा मिट्टी पर धीमे से क़दम रखे। वह हैरान थी कि वह अपनी क़ब्र के ऊपर चल पा रही थी। वह मुस्कुराई, एक भुतहा मुस्कान। क्या यह उसकी अपनी अन्त्येष्टि थी जिसे उसने कुछ मिनट पहले देखा था? क्या वह, अन्ना लोपेज़, मर गई थी?

अपने जिस्म के कब्र में क़ैद होने से बहुत पहले, वह कारा तोड़ भाग ली थी। अपने जेम्स से मिलने को बेचैन, उसकी छटपटाती रूह को आसान नहीं था रोकना।

उसकी वापसी पर जिस प्रगाढ़ स्वागत की रूपरेखा उसने बनाई थी, उससे कितनी भिन्न थी सिमिट्री की अमूर्त मुलाक़ात। क्या वह कल की बात थी जब वह खुशी से छलकती खरीदारी कर रही थी...होनेवाली दुल्हन की तरह, माँ नोरा ब्रेगैन्जा ने तंज़ से कहा था, 'उसे तुम्हारे नायाब केक की परवाह होगी भी कि तुम पाकशास्त्र की क़िताब लिये घनचक्कर की तरह घूम रही हो।'

'वह हमेशा कहता था वे इस दुनिया के नहीं हैं,' अन्ना हँसी थी।

'तुम ख़ुद इस दुनिया की नहीं रहती, अगर मैं साथ न देती,' माँ ने कटखने अन्दाज़ में कहा था, 'अगर वाकई वह तुम्हें प्यार करता; खच्चर की तरह कहता ज़रूर था तो तुम्हें मरने के लिए छोड़ नहीं जाता।'

'उसने मुझे मरने के लिए नहीं छोड़ा। उसे क्या मालूम था, मेरा गर्भपात हो जाएगा,' अन्ना ने गुस्से से कहा, 'उसका ऐसा कोई मनसूबा नहीं था; बच्चे के जन्म से पहले जाना पड़ा तो गया।'

'वाह, क्या ख़ूब मनसूबा था! बीवी को प्रेग्नेंट करो और भाग लो। या उसे मालूम नहीं था कि औरत तभी प्रेग्नेंट होती है जब...'

'ममा! तुम इतनी अश्लील कैसे हो सकती हो,' अन्ना का चेहरा सुर्ख हो गया था।

'अश्लील? और उसे क्या कहेंगे, जब वह तुम्हें फिर से प्रेग्नेंट करेगा,...कब तक रहेगा?' उसने कुटिलता से पूछा था।

'मुझे नहीं मालूम,' अन्ना भुनभुनाई थी।

'हमेशा के लिए आ रहा है?'

'उम्मीद तो है।'

'मतलब, नहीं आ रहा। उससे कहना तुमसे दूर रहे...यह क्या तरीक़ा हुआ कि वह भागता फिरे और मैं अपना घरबार छोड़, तुम्हारी देखभाल करती तुम्हारे आगे-पीछे घूँमूँ,' मिसेज़ ब्रेगैंजा ने तिक्तता से कहा था।

'चिन्ता मत करो माँ, मर भी रही हूँगी तो तुम्हें नहीं बुलाऊँगी,' गुस्से से थरथराकर अन्ना ने कहा था और लाइट के बदलने से बेख़बर, बेपनाह उमड़ आए ट्रैफिक को अनदेखा कर, सड़क पार कर गई थी। आख़िरी बात जो उसे याद थी, वह थी टूटते अंडों के ऊपर उठती माँ की गगनभेदी चीख। क्या सब टूट गए थे? पूरे दर्जन? उसे पता नहीं चल पाया था क्योंकि न वह उन्हें गिनने जा सकी, न अपनी बौराई माँ से पूछने।

बेचारी ममा। पागल की तरह चीख रही थी। सब की तरह उसने मान लिया था कि वह मर गई। स्वाभाविक था। वह उस रूह को नहीं देख सकी जो तुरत-फुरत उठ, घर की तरफ़ उड़ चली थी। उस औचक घटना और भीड़ भरे चौराहे पर ट्रैफिक की चिल्लपों से हतप्रभ, उसने उस घर के बाहर चौकीदार की तरह तैनात अनार के पेड़ पर शरण ली, जो एक घंटे पहले तक उसका था। उसे कतई अन्दाज़ा नहीं था कि अपनी कुचली और कुरूप पार्थिव काया को छोड़ वह इतनी जल्दी लौट आएगी। कितनी मायूसी की बात है कि जेम्स उसे इस हाल देखेगा। उसका चुपके-चुपके ब्यूटी पार्लर जाना बेकार गया। उसके बारे में उसकी माँ तक को पता नहीं चला था, जो उसके ठौर-ठिकानों की, किसी न किसी तरह, थाह ले लेती थी। आज उसे बाजार जाने के बारे में न बतलाया होता तो वह ज़िन्दा होती...रैडिएंट में, मारिया की कुशल उँगलियों के नीचे अपनी भीतरी ख़ूबसूरती का बाहर आना महसूस कर रही होती। पर कहाँ! उसकी माँ को सबकुछ बरबाद जो करना था।

अन्ना की परेशान आत्मा उसके तीखे शब्दों को याद करके सिहर गई। क्या यह सच था कि जेम्स अब उसे प्यार नहीं करता? शायद वह सही हो। जेम्स को अब केक भी पसन्द नहीं थे। उसके केक भी नहीं? घर आने से एक दिन पहले उसकी असामयिक मौत को ख़बर सुनकर वह सदमे में होगा, ज़ाहिर है, केक खाने को उसका मन नहीं होगा। लेकिन बाद में, जब एक कप चाय के लिए घर आएगा तो ज़रूर दुनिया से अलग उसका केक याद आएगा। नादान मत बनो, उसने अपनी प्रसन्न आत्मा को झिड़का, तुम्हारे केक से ज़्यादा उसे तुम्हारी कमी खलेगी। क्या वाकई? जब वह बाहर था, करीब पूरे साल तो क्या उसकी कमी खली थी? वह इतनी दूर गया क्यों? वह जाना नहीं चाहता था, उसी ने उससे चले जाने का आग्रह किया था। वह नहीं चाहती थी, उसका अपना करिअर बर्बाद हो। वही तो। जिसने

भी पूछने की हिम्मत की, उसने उससे यही कहा। सबने सन्दिग्ध सहमति में सिर हिलाया, पर उसकी माँ ने नहीं। न रज़ामन्दी दी, न सिर हिलाया।

'वह मान क्यों नहीं लेता कि वह नाकामयाब है और लौट आए?' कुछ महीने बीतने पर उसने कहा था।

'तुम्हें पता है, उसका काम बढ़िया चल रहा है,' अन्ना ने बचाव किया था।

'तो तुम्हें एक एयर टिकट क्यों नहीं भेज देता?' माँ ने कुटिलता से कहा था।

'पता भी है, कितना महँगा होता है?'

'कितना?'

'मुझे क्या मालूम? मैं कौन बाहर गई हूँ,' अन्ना ने खीजकर कहा था।

माँ नाराज़ होकर चली गई तो अन्ना ने सोचा, ऐसी ही है ममा। एक बार राय बना ले, अच्छी या बुरी—ज़्यादातर बुरी—तो उसे जकड़कर बैठी रहती है। ढीठ खच्चर की तरह, उसके पिता छेड़ा करते थे। जेम्स की तक़दीर उसी दिन फूट गई थी, जब उसने उसकी माँ के लज़ीज़ व्यंजनों की कायदे से तारीफ़ करने में चूक की थी। ख़ास अपने लिए—उस शाम घर का ख़ास मेहमान वही था—बनाए व्यंजनों को नज़रअन्दाज़ कर दिया था। इस ग़ैरइरादतन अपमान की भरपाई कभी न हो पाई। उस मनहूस शनिवार के बाद, जब भी वह शनिवार की शाम को आता और डिनर के लिए रुकता, मिसेज़ ब्रेगैन्जा सेहत के नाम पर, निष्ठा के साथ, उसे बेस्वाद और सादा खाना परोसतीं।

परिवार का हर बाशिन्दा जानता था, उसके आने पर क्या होगा और भूख न होने का कोई न कोई बहाना खोज लेता। मिसेज़ ब्रेगैन्जा उनकी अरुचि से लापरवाह, पूरा ध्यान अपने 'शिकार' पर केंद्रित रखतीं, जो कमर कसे, धीरे-धीरे, सब कुछ निपटा देता। परिवार के भूखे जन मुश्किल से छोटे-छोटे कौर उठा मुँह में डालते हुए उसे वह बेहिसाब बेस्वाद खाना खाते देखते, जो मेज़बान मुस्कुराहट भरी मनुहार के साथ बेरोक परोसती जाती। 'खच्चर की तरह ढीठ है; खच्चर की तरह खाता है,' अपने परिवार के साप्ताहिक उपवास से मायूस, मिसेज़ ब्रेगैन्जा बड़बड़ातीं। लेकिन हार मानने को तैयार नहीं थीं, सो शनिवार के वे बेलज़्ज़त डिनर जारी रहे। उसने भी आने में कोताही नहीं की।

'या तो यह आदमी पागल है, या हमारी प्यारी बहन के प्यार में दीवाना,' अन्ना के भाई ने फ़ैसला सुनाया।

'इससे पहले कि हम भूख से पागल हो जाएँ, उससे शादी करके यहाँ से निकाल क्यों नहीं ले जातीं,' उसकी छोटी बहन गुर्राई।

अन्ना का यह मानना स्वाभाविक था कि उसके प्यार की वजह से ही वह उसकी माँ की यंत्रणादायी पाककला झेलता रहा था। इसलिए जब जेम्स ने शादी का प्रस्ताव रखा तो रीझी अन्ना ने तुरत अपनी उल्लसित रज़ामन्दी दे दी।

'उससे शादी मत करो,' माँ ने चेताया, 'वह तुम्हें प्यार नहीं करता...बस खच्चर की तरह ज़िद पर अड़ा है।'

'अच्छा है, दोनों एक जैसे हैं,' पिता हँसे।

'ओह, जेम्स मुझे कितना चाहता है,' वैवाहिक जीवन के दौरान अन्ना एलान करती घूमती रही और बेटी के प्रेम-प्रलाप पर टिप्पणी करने से बचने की ख़ातिर, मिसेज़ ब्रेगैन्जा होंठ भींचे रहीं।

जब भी माँ उसके घर आतीं, जेम्स के विदेश प्रवास के दौरान ज़्यादा आने लगी थीं, वह आह भरकर कहती, 'वहाँ जेम्स मेरे बिना कितना अकेला है।'

'मैं ख़ूब जानती हूँ अकेले मर्दों को,' अपने दामाद के एकनिष्ठ प्रेम का बखान सुन मिसेज़ ब्रेगैन्जा ख़ुद को रोक नहीं सकी थीं, 'जितने अकेले होते हैं, उतने ख़ुराफ़ाती।'

'जेम्स वैसा नहीं है,' अन्ना ने जलती आँखों के साथ प्रतिवाद किया था, सोचा माँ चुनौती का जवाब देंगी पर उसकी दहकती आँखें देख उन्होंने ज़ुबान पर ताला जड़ लिया था, बस होंठ असहमति में भिंचे रहे थे। जब अन्ना नाराज़ हो जाती—वाकई नाराज़—जो खुशक़िस्मती से कम होता, तो वह यही रणनीति अख़्तियार करतीं। मिसेज़ ब्रेगैन्जा उसके बचपन का रोना-पीटना भूल नहीं पाई थीं, जिसका नतीजा अक्सर बुरा होता क्योंकि अपनी तुनकमिज़ाज बेटी से निबटने की कला वह नहीं सीख पाई थी। किशोरावस्था के आगमन के साथ उसका मचलना बन्द हो गया पर मिसेज़ ब्रेगैन्जा जानती थीं बाहर से वह कितनी भी शान्त दीखे, अन्दर से धधकता शोला थी।

भटकती आत्मा ने सूनी सिमिट्री को मायूसी से देखा, ठिठकी, फिर उड़ चली। थकी-माँदी अनार के पेड़ पर उतरी तो रात क़रीब आ चुकी थी। धुँधले पड़ते उजाले में, उसने हल्की रोशनीवाले ड्राइंगरूम के भीतर झाँकने की कोशिश की, पर खिड़की पर खिंचे परदों ने कुछ देखने न दिया। उसने, अन्ना लोपेज़ ने—हाँ, उसका एक नाम हुआ करता था—बाज़ार जाने से पहले परदे खींच दिए थे, 'दुष्ट नज़र से बचाने के लिए,' मज़ाक में माँ से कहा था। मैं दुष्ट नहीं हूँ जेम्स, अन्ना की रूह पुकार उठी। मैं सदय और प्यार करनेवाली हूँ...सभी रूहें दुष्ट नहीं होतीं जेम्स, उसने याचना की। जेम्स का रूहों पर यक़ीन नहीं था। गरमागरम बहस के बाद, एक दिन उसने उसका कितना तो मज़ाक उड़ाया था, क्योंकि वह उस सब पर भरोसा करती थी। वह वाक़ई विश्वास के साथ नहीं कह रही थी, दूसरे प्राणियों की तरह उसे भी सन्देह था। अब नहीं हैं। अब वह प्राणी जो नहीं हैं। कौन या क्या है वह? एक रूह? अन्ना का प्रेत? जेम्स देखो, मुझे देखो, इस बार मैंने तुम्हें गलत साबित कर दिया, वह हँसी।

मौसम बदला। परदे हमेशा खिंचे रहते। हर सुबह जेम्स बाहर आता, कार में

बैठता और चल देता। एक बार भी उसने खिलते बगीचे, उसकी वापसी की हार्दिक प्रतीक्षा करते, फलों से लदे अनार के पेड़ की तरफ नहीं देखा। एक झलक, और वह गायब हो जाता, घर के अन्दर बन्द। कई ख़ूबसूरत सुबह हुईं और बेख़बर गुज़र गईं। काश वह बाहर आए...कम से कम खिड़की तो खोलो जेम्स। कमरे को हवा चाहिए, खिड़की खोलो जेम्स, परदे हटाओ, अन्ना की दिली पुकार अनसुनी रह जाती। अनार का पेड़ गुस्से से लाल हो गया। घर की मालकिन के साथ ऐसा शर्मनाक सलूक, वह रो पड़ी।

'जेम्स, बस एक बार अनार के पेड़ की तरफ़ देखो। इसमें आग लगी हुई है,' एक पिघलती दोपहर, एक साफ़ और ऊँची आवाज़ गूँजी जिसने ऊँघते पेड़ में सनसनाहट दौड़ा दी।

'अरे ममा, तुम हो...मैंने तुम्हें आते देखा ही नहीं,' खिड़की पर परिचित चेहरे को देख, अन्ना की आत्मा चहक उठी, 'शुक्रिया ममा,' वह फुसफुसाई, 'तुम न आतीं तो खिड़की बन्द पड़ी रहती, हमेशा-हमेशा। इतने दिन कहाँ थीं तुम, ममा? तुम्हें जेम्स को अकेला नहीं छोड़ना चाहिए था।' उसने देखा जेम्स टहलता हुआ खिड़की तक आकर डूबते सूरज के स्पर्श से दहकते अनारों को देख रहा है तो सिसक उठी, 'ओह, जेम्स।'

'ख़ून की तरह लाल,' वह बुदबुदाया।

'क्या?' मिसेज़ ब्रेगैन्जा सिहर गईं। उसे अन्ना के सिर से फूटता ख़ून याद आ गया था। दूसरी तरफ़ मुड़कर काँपती आवाज़ में कहा, 'मैं तुम्हारे लिए केक लाई हूँ जेम्स।'

जेम्स हिला-डुला नहीं। उसकी आँखें झूमते पेड़ पर टिकी थीं। वह मेरी ओर देख रहा है, एक से दूसरी शाख पर थिरकती अन्ना की आत्मा नाच उठी।

'आँधी आने को है जेम्स, खिड़की बन्द कर दो,' मिसेज़ ब्रेगैन्जा ने सिहरकर कहा।

थिरकती हुई रूह थम गई। अब एक पत्ता नहीं हिल रहा था।

'कैसी आँधी, ममा,' जेम्स गुनगुनाया। पत्ते फड़फड़ाए। 'हल्का-सा झोंका है, इससे आपका क्या नुकसान होगा,' वह हँसा।

मिसेज ब्रेगैन्जा असहमति में भुनभुनाईं। जेम्स ने तरजीह नहीं दी, खिड़की खुली छोड़, उनकी तरफ मुड़ उदारता से मुस्कुराया—खच्चर की तरह, मिसेज़ ब्रेगैन्जा ने सोचा, लेकिन कहने से परहेज किया।

पेड़ खुशी से झूम रहा था क्योंकि उस पर बैठी आत्मा कलाबाज़ियाँ खा रही थी। लगे रहो जेम्स, उसने शाबाशी दी। अपने हौसले को कमज़ोर मत पड़ने दो। ममा की बात मत सुनो।

'बेचारी अन्ना,' मिसेज़ ब्रेगैन्जा ने आह भरी, 'काश मेरी बात सुनी होती और

सड़क पर दौड़ न पड़ती। मैंने इस केक के लिए उसी की रेसिपी इस्तेमाल की है। तुम उसके केक पसन्द करते थे न?' उनकी नज़र में शिकायत थी।

तुम्हें पूछने की ज़रूरत नहीं है ममा, उत्साहित अन्ना पुकार उठी। उसे देकर चुको। तुमने मेरी रेसिपी भले इस्तेमाल की हो पर उसमें मेरे हाथ का स्पर्श नहीं है, बतला दो उन्हें जेम्स। झिझको मत...

'जाने से पहले तुम्हें उसके केक ख़ूब पसन्द थे न?' मिसेज़ ब्रेगैन्जा ने शक़ के साथ जेम्स को देखा।

'कतई नहीं,' जेम्स बुदबुदाया, 'मुझे वे सख़्त नापसन्द थे।'

स्तब्ध, मिसेज़ ब्रेगैन्जा ने उसे घूरा। क्या वह अब झूठ बोल रहा था, या तब बोलता रहा था, जब अन्ना के बनाए केक खाकर उनकी तारीफ करता था? पहले भी उसने वैसा बर्ताव किया था, कई बार, शनिवार रात के डिनर पर...वह सिर्फ़ खच्चरपन नहीं हो सकता, अनिच्छा से उसे मानना पड़ा। 'वाकई तुम्हें अन्ना से गहरा प्यार रहा होगा,' वे धीरे से बोलीं, उनकी आवाज़ में गुनाह का एहसास था।

वह चुप रहा। बाहर भुतहा स्तब्धता थी। जब निर्जन में हलचल करने कोई जन नहीं आता।

'मैंने कभी अन्ना से प्यार नहीं किया। बाद के वर्षों में, मैं उससे स्नेह करने लगा था पर प्यार...वह मैं...कभी नहीं कर पाया।' जेम्स की आकुल आवाज़ सन्नाटे में गूँजी।

अनार का पेड़ वहशी रफ़्तार के साथ चक्राकार डोलने लगा।

'कौन है?' वह कहने को हुआ कि खिड़की की राह एक अनार भीतर उछला और उजले मेजपोश पर गिर फट गया।

मिसेज़ ब्रेगैन्जा ने दागदार मेज़पोश को देखा और काँप गई।

'मैंने तुमसे कहा था खिड़की बन्द कर दो...तूफ़ान आ रहा है।'

'कोई तूफ़ान नहीं आ रहा ममा,' जेम्स झुँझलाया, 'हल्की-सी हवा है। पेड़ बहुत फ़ैल गया है। इसे छँटवा देना चाहिए,' वह बुदबुदाया।

'नहीं जेम्स, इस पेड़ को मत कटवाना।' थरथर काँपते पेड़ की आत्मा से जो पुकार उठी, हवा ने उसे बगलगीर कर लिया। 'यह वही पेड़ है जिसे हमने प्यार से रोपा था...लेकिन तुमने तो मुझे कभी प्यार नहीं किया। तुमने मुझसे शादी क्यों की जेम्स?'

'फिर तुम हर शनिवार मेरे घर क्यों आते थे, मेरा खाना खाने, मुझे पागल बनाने?' मिसेज़ ब्रेगैन्जा पूछ रही थी।

'शुरुआत आपने की थी, बेस्वाद खाना परोस कर...मैं बस खेल में साथ दे रहा था।' वह हँस दिया।

'पर उसे उतनी दूर तक खींचने की क्या ज़रूरत थी—शादी के लिए प्रपोज़

क्यों किया, जब तुम उससे प्यार नहीं करते थे,' मिसेज़ ब्रेगैन्ज़ा ने गुस्से से कहा।

'प्रपोज़ करने की नौबत ही नहीं आई। मैंने बस इतना कहा कि अन्ना, वक़्त आ गया है कि तुम्हें सच बतला दूँ और वह फट पड़ी,' ओह जेम्स तुम्हें कहने की ज़रूरत नहीं है। मैं जानती हूँ तुम मुझसे प्यार करते हो। मैं भी तुम से प्यार करती हूँ। मैं तुम्हारे बग़ैर ज़िन्दा नहीं रह सकती। मैंने सोचा बाद में उसे सच बतला दूँगा पर उस शाम तक हर किसी को मेरे प्यार के ऐलान के बारें में पता चल चुका था और...

और तुम खेल खेलते रहे! जेम्स! एक वहशी चीख़ के साथ, चोट से तिलमिलाई अन्ना की रूह, सनसनाते तीर की तरह खिड़की से भीतर घुसी; उसकी चपेट में आकर फूलदान दूर फ़र्श पर जा लुढ़का।

'जेम्स, खिड़की बन्द कर दो, तूफ़ान आ रहा है,' मिसेज़ ब्रेगैन्जा खीजीं।

तूफ़ान नहीं, ममा। यह मैं हूँ, हल्ला बोलती तुम्हारी अन्ना, वह पागलों की तरह हँसी और केक फर्श पर आ गिरा। हैरान मिसेज़ ब्रेगैन्जा उसके पिचके लोंदे को देखती रहीं। तभी एक बड़े से रसीले अनार को उसके ऊपर गिरते देख उनकी आँखें फैल गईं। डाइनिंग टेबल की तरफ घूमीं तो देखा, अनार गायब था।

'आप ठीक कह रही थीं, तूफ़ान आने को है,' झेंपकर मुस्कुराता जेम्स खिड़की के पास आया। इससे पहले वह उसे छूता वह खटाक से बन्द हो गई। मिसेज़ ब्रेगैन्जा थर्रा गईं।

'इतनी फिक्र मत कीजिए, ममा, आज रात यहीं रुक जाइए,' खिड़की की साँकल लगाते हुए वह बोला। भला यह इतना विचलित क्यों हो रही हैं, वह बुदबुदाया।

काँपती मिसेज़ ब्रेगैन्जा ने व्यग्रता से अपना बैग उठाया और फुसफुसाईं, 'नहीं-नहीं, मुझे जाना है।' दरवाज़े पर पहुँचकर वह झिझकीं। शायद जेम्स को वहाँ...उसके साथ अकेले नहीं छोड़ना चाहिए, पर साथ ले जाकर कहीं अन्ना का गुस्सा अपने पर न उतरवाएँ? बेवकूफ़, अन्ना मर चुकी है, कहकर उसने अपने डर पर क़ाबू पाने की कोशिश की पर धौंकनी सा धड़कता दिल बेअसर रहा।

'मैं...मैं जा रही हूँ,' वह हकलाईं।

'जैसा आप चाहें। लगता है तूफ़ान थम गया। नहीं चाहतीं तो न रुकें,' जेम्स धीरज के साथ मुस्कुराया। बुढ़िया पगला गई है, उसने सोचा।

उसकी मुस्कुराहट देख, मिसेज़ ब्रेगैन्जा फिर झिझकीं। वह उसे वहाँ नहीं छोड़ सकतीं। लेकिन उससे कहेंगी क्या? वह उसकी बात पर यकीन करेगा भी?

'यह अन्ना है...अन्ना वापस आ गई है,' व्याकुल स्वर में वह फुसफुसाईं, 'वह गुस्से में है...और जब अन्ना गुस्से में होती है...'

'अन्ना मर चुकी ममा,' जेम्स को बड़बड़ाती औरत पर दया आई। हवा फिर

बिलखने लगी। मिसेज़ ब्रेगैन्जा ने ज़िद पर अड़े जेम्स को हताश भाव से देखा। उसे समझाने की कोशिश की पर प्रकम्पित हवा चंडवात बन गई और उस शोर में उसके शब्द डूब गए। बदहवास वह बाहर दौड़ गई।

सहमे खरगोश की तरह उसे सीढ़ियाँ फलाँगते देख, जेम्स अपनी हँसी न रोक सका। 'बेचारी ममा,' घर के भीतर जाते हुए वह बुदबुदाया।

ड्रिंक लेकर बैठते हुए वह चुपके से हँसा, 'भूत! ऐसी कोई शै नहीं होती!' क्या मैं यक़ीन करूँ कि अन्ना भूत बन गई? बेचारी अन्ना! कितना ख़ौफ़नाक अन्त हुआ उसका। कन्धे झटक वह अपना गिलास भरने को उठा। जॉनी वॉकर, उसकी पसन्दीदा शराब। उसने अनुराग के साथ दमकती बोतल की तरफ़ हाथ बढ़ाया तो आतंकित होकर देखा कि वह लुढ़की जा रही है। लपककर उसे सँभाला तो बोतल हाथ में लिये, अनार की मार से कचूमर बने केक पर फिसलता चला गया।

'इतनी गन्दगी! वह भी इतवार को,' अगली सुबह, हाथ में झाड़ू लिए कामवाली कमरे को देख नाराज़गी से बड़बड़ाई। फिर जो आँखें फ़र्श पर ढेर बेजान जिस्म पर पड़ीं तो दहशत से 'ख़ून-ख़ून!' चीख़ती बाहर दौड़ गई।

'बेचारा! ग़म में पागल हो गया था,' अफ़सोस जतलाते लोग मिस्टर-मिसेज़ लोपेज की त्रासद कहानी अर्से तक सुनाते रहे।

पिछवाड़ा

एक और दिन गुज़र गया था। अन्य दिनों की तरह सपाट। शाम तेज़ी से ढल रही थी; उतरता अँधेरा उसकी जगह ले रहा था। पिछवाड़े एक पटाखा फटा तो मालिनी ने ऊपर देखा—अँधेरा पड़ रहा कमरा एक पल को रोशनी से भर गया था।

कल दीवाली है, और मैं यहाँ सूने घर के अँधेरे में पड़ी हूँ, उसने सोचा। वह दीवाली की शाम थी...हैरत की बात थी कि वह उचाट बैठी थी। नहीं, बेहद स्वाभाविक था, उसने अनमनेपन से सोचा। वह कर क्या सकती थी, करने की ज़रूरत भी कहाँ थी? हर चीज़ का ख़याल रखने के लिए स्टाफ था, उन्हें उसके पति अतुल यही कहते थे, चपरासी और नौकरानियाँ, जो उनके महलनुमा बंगले के पिछवाड़े नौकरों के क्वार्टर में रहते थे। किसी को—किसी औरत को—और क्या चाहिए इसके सिवा, सुविधाओं के आगोश में रहना, वे कहा करते थे।

वही नहीं, मुम्बई के उनके दोस्त और रिश्तेदार भी उसकी सुविधापूर्ण, आरामदेह ज़िन्दगी से ईर्ष्या करते। इससे बेहतर क्या होगा, वे आह भरते। एक छोटे-से, उनींदे शहर की मद्धम, घोंघे जैसी चाल से बेख़बर। वे नहीं जानते थे कि यहाँ समय किस तरह ठिठका खड़ा रहता है; कम से कम मुम्बई के शोर-शराबे के बाद उसे ऐसा ही लगता था।

दरवाज़े की घंटी की तीखी आवाज़ से मालिनी की तन्द्रा टूटी। अतुल घर आ गए थे। उनके लिहाज़ से कुछ जल्दी...ठीक है, दीवाली साल में एक बार आती थी। वह रामलाल का जाना-पहचाना चेहरा देखकर झल्ला गई, दफ़्तर का वह चपरासी फाइलों के ढेर के पीछे से उसे देख रहा था। उसने हैरानी और कुछ अधीरता से सोचा कि वह भीतर दाख़िल क्यों नहीं हो रहा।

'साहब ऑफिस में हैं। उन्होंने जाने को कहा, इसलिए मुझे आना पड़ा।' वह क्षमायाचना के अन्दाज़ में बुदबुदाया।

उसका चेहरा भावहीन रहा; वह कमरे में जाने के लिए मुड़ी।

'क्या मैं मुरली से चाय बनाने को कह दूँ?' उसने हिचकते हुए पूछा, 'साहब को देर लग सकती है।'

'मैं चाय पी चुकी,' उसने रुखाई से कहा। काश कि इकट्ठे चाय और गर्म स्नैक्स लेते हुए दीवाली की शाम का जश्न मनाने की सूझ उसे न हुई होती। रामलाल जैसे ही पिछवाड़े की तरफ गया, उसे सच का पता चल गया। बेसब्र मुरली दिन का कामकाज ख़त्म होने का इन्तज़ार कर रहा था।

'अँधेरे में नहीं बैठना चाहिए। अशुभ होता है,' रामलाल बत्ती जलाते हुए बुदबुदाया।

जी में आया कि उसे डपट दे, तुम्हें इससे मतलब लेकिन वह उनके साथ तब से है जब वे यहाँ आए थे। ऐसी कई अकेली शामों का ख़ामोश गवाह, जब वह अकेला लौटा और अतुल ऑफिस में देर तक काम करता रहा। कम-से-कम आज तो घर आ सकता था; कल दीवाली है, काश मानेक आ गया होता। लेकिन उसने मुम्बई में ही रुके रहना चुना था। कैसी बदहवास हो गई थी वह जब उसने फ़ोन पर बतलाया था कि वह नहीं आ रहा।

'लेकिन बेटा, दीवाली पर तुम हॉस्टल में नहीं रुक सकते,' उसने विरोध किया था।

'और भी लड़के रुक रहे हैं, चिन्ता मत करो माँ,' उसने कहा था।

अपने बेटे के सयानेपन से अतुल काफी ख़ुश था। 'उसे कड़ी मेहनत करनी है। आखिर इसी साल के रिज़ल्ट पर उसका करिअर निर्भर है।' उसने उसे समझाया था। वह चुप रही थी, हालाँकि वह समझ नहीं पाई थी कि दीवाली के दिन कोई बच्चा पढ़ाई कैसे कर सकता है। पर अतुल को मक़सद पर पूरी एकाग्रता के सिद्धान्त पर ही भरोसा था।

दीवाली का उसके लिए कोई आकर्षण नहीं रह गया था। कोई अकेले खुशी नहीं मना सकता। अतुल था पास पर वह दीवाली को सहन-भर करता था; लगातार आँखों में धुआँ जाने की, ख़त्म न होनेवाले पटाखों के धूम-धड़ाके की शिकायत करता। जब बंगले में सब तरफ़ रोशनी हो जाती तो वे दोनों एक बार निरीक्षण के लिए ज़रूर निकलते। मुरली के साथ रामलाल, ऊँची-ऊँची जगहों पर चढ़, दीये जलाता और पूरा घर परीलोक में बदल जाता। चूँकि आसपास कोई और घर नहीं था, बंगला अपनी एकल भव्यता में आने-जानेवालों और ख़ुद उन्हें चमत्कृत कर देता। अगले दिन रामलाल बड़े नाज़ से बतलाता कि पूरे इलाके में सबसे शानदार रोशनी उसके बँगले में हुई थी। उसने अतुल को बतलाया तो वह ओछे सन्तोष के साथ मुस्कुराया, 'हाँ, ऑफिस में भी सब कह रहे थे कि मुझसे पहले किसी अफसर ने इतने अच्छे ढंग से बंगला नहीं सजाया था।'

तुम्हें किस बात का ग़रूर है, उसकी इच्छा हुई, पूछे। तुम तो भीतर बैठे रहे,

दीवार उन्होंने फलाँगी, जबकि उनके बच्चे बेसब्री से उनके लौटने की राह देख रहे थे, ताकि उनकी दीवाली शुरू हो सके। कुछ दीये, मिठाइयाँ और पटाखे, जो बंगले के निवासियों की नकली खुशी खत्म हो जाने के बाद बच जाते, उनके जश्न के लिए काफी थे। अपने स्टाफ के कौशल का जायज़ा ले, उचित अनुमोदन करने के बाद अतुल, धुएँ और शोर से दूर, भीतर बैठना पसन्द करता। मानेक भी, पिछवाड़े के बच्चों के जमघट को हैरान करता, एक बारी में अपनी सारी आतिशबाज़ी फूँक, पसन्दीदा कॉमिक और मीठे-नमकीन की प्लेट लिए कुर्सी पर पसर जाता। एक बार उसने किसी अन्त:प्रेरणा से बच्चों को आवाज़ देकर कह दिया था कि वे मानेक के पास आ जाएँ। मानेक पाँव पटकता भीतर चला गया था।

'उन्हें सामने आने के लिए मत प्रोत्साहित करो,' अतुल ने उसे झिड़का था, 'मैं नहीं चाहता, वे घर के आसपास भागदौड़ करें।'

'आज दीवाली है,' उसने विरोध किया था।

'उनके लिए पीछे का हिस्सा है। उन्हें वहीं जश्न मनाने दो।' उसने पलटकर जवाब दिया।

'इतने सारे बच्चे हैं...और इतने कम पटाखे। वे कितनी देर मौज कर पाएँगे?' उसकी खिन्नता से परेशान, उसने पूछा था।

'पाल नहीं सकते तो इतने पैदा क्यों किए?' वह बुड़बुड़ाया था।

'और हम? हम पाल सकते हैं...फिर हमारा एक ही क्यों है?' उसने सवाल किया था।

अतुल ने उसे हिकारत से देखा था और अख़बार उठा लिया था, वह जानता था कि कमबख़्त अख़बार के पीछे शरण लेना उसे सख्त नापसन्द था।

बाप-बेटे भीतर बैठे कुड़मुड़ाते रहे थे, बाहर अनगिन दीये झिलमिलाते रहे थे, कुछ झपकने भी लगे थे। रामलाल तेल का पीपा लिए उनकी तरफ दौड़ा था। वह चुपचाप देखती रही; कैसे उसने सावधानी से बुझते दीयों में थोड़ा-थोड़ा तेल डाल उन्हें नया जीवन दे दिया। उसकी नज़र बरामदे पर पड़े पटाखों के ढेर पर गई थी। क्या रामलाल से कहे कि उन्हें इन्तज़ार करते बच्चों के लिए ले जाए? पर मानेक का क्या होगा? वह उसे कभी माफ़ नहीं करेगा और अतुल भी ख़ुश नहीं होगा। उसने दीयों की पास बुलाती लौ की तरफ पीठ कर ली, जो उसे आदर्श माँ और विनीत पत्नी की ज़ंजीरें तोड़ने को उकसा रही थीं।

'साहब आ गए।' रामलाल पिछले दरवाज़े से अदब से दाख़िल हुआ तो तन्द्रा से जगकर मालिनी मुड़ी।

'मुझे अन्दाज़ नहीं हुआ, इतनी देर हो गई,' घड़ी देखते हुए अतुल ने कहा, 'कल दीवाली है तो सोचा, ज़रूरी फाइलें आज निबटा लूँ।' उसकी नज़र उस गट्ठर पर पड़ी जो कुछ देर पहले रामलाल मेज़ पर छोड़ गया था। 'बस कुछ बची

हैं, डिनर के बाद देख लूँगा,' उसने जोड़ा। उसकी समझ में नहीं आया, रोए या हँसे। वह उसे काम में डूबे रहने के लिए दोष नहीं दे सकती थी, पर अपने निपट अकेलेपन से पैदा हुए गुस्से से भी पीछा नहीं छुड़ा पा रही थी। इस छोटे से शहर में, जहाँ ख़बरें जंगल की आग की तरह फैलती थीं और लपट तेज़ होने के साथ सच से दूर होती जाती थीं, ऐसा कोई नहीं था जिसके पास वह जा सकती।

कभी-कभी वे क्लब जाते थे—सब के मिलने की साझा जगह। वहाँ भी वह अकेली पड़ जाती थी। अतुल ब्रिज खेलने बैठ जाते; महिलाएँ मसालेदार ख़बरों और गर्म पकौड़ों के साथ रमी खेलने और वह पत्रिकाएँ पलटती रह जाती। उसका दोनों में मन नहीं लगता था, उनके मनुहार करने पर कभी खेलने बैठती तो बेमन से खेलती और बुरी तरह हारती।

'लिस्ट बना लो। कल हम दीवाली की खरीदारी करने निकलेंगे,' अतुल कह रहा था।

'मैंने सब कुछ ख़रीद लिया,' उसने रुखाई से कहा।

'अरे हाँ, मैं भूल गया,' वह बुदबुदाया। उसे याद आ गया था कि कल उसने उसके लिए गाड़ी भेजी थी। जानता था, उसे अकेले खरीदारी करना पसन्द नहीं था ख़ासकर दीवाली पर लेकिन कल जब मीटिंग के बीच सेक्रेटरी ने उसका फ़ोन थमाया था तो उस पर बरसे बिना न रहा।

'यह क्या है?' रामलाल ने एक भारी बैग मेज़ पर रखा तो उसने तीखेपन से पूछा।

'कुछ पटाखे,' अतुल मुस्कुरा रहा था, 'लौटते हुए रास्ते में ले लिये।'

'इतने सारे क्यों ख़रीद लिए?' उसने झल्लाकर पूछा।

'मैंने सोचा, तुम्हें पसन्द हैं,' अख़बार उठाते हुए उसने कहा।

वह पागल हो गया था क्या? या सोचता था, वह ऐसी दीवानी है कि मानेक के बिना अकेले पटाखे जलाएगी...

'चाय बना दूँ?' मुस्कुराता मुरली सामने खड़ा था।

'नहीं, बहुत देर हो गई। मैं सिर्फ़ डिनर करूँगा,' थके स्वर में अतुल ने कहा।

डिनर? इतनी जल्दी, वह भी दीवाली की शाम? वह अपनी फाइलों पर झुका बैठा था जबकि वह...वे फ़िल्म देखने जा सकते थे, नहीं? पर क्या अतुल जाएगा? सुझाने की हिम्मत करे? उसने नज़रें ऊपर उठाईं तो देखा, आँखों में चमक लिये मुरली रसोई की तरफ भागा जा रहा था। हँस क्यों रहा है, मूर्ख, गुस्से से उसने सोचा और उसके पीछे रसोई में पहुँच गई।

उसे खिड़की से बाहर लटकते देखा तो रुक गई। 'जल्दी करो, तैयार हो जाओ, हम लोग फिल्म चलेंगे,' वह फुसफुसा रहा था।

'टिंकू का क्या करें?' खिड़की के पार से एक जनाना आवाज़ भीतर तैरी।

'उसे सुला दो, कभी-कभार तो वे जल्दी खाते हैं,' वह बड़बड़ाया।

'अपनी नई साड़ी पहन लूँ?' कानों में खुसखसी आवाज़ पड़ी तो उसने तेजी से कदम लौटा लिये।

मालिनी बिस्तर पर करवटें बदल रही थी और अतुल फाइलें पलट रहा था। वे कौन-सी फ़िल्म देख रहे होंगे, उसने सोचा। मुरली और उसकी तेज़-तर्रार बीवी रामकली। उसकी टूटी साइकिल पर सवार वह हवा के साथ उड़ रही होगी; वह किसी नई फिल्म का गाना गुनगुना रहा होगा, वह चिढ़ने का दिखावा करती, मन ही मन, ग्लैमरस हीरोइन की तरह खुश हो रही होगी। अपने बेडरूम की खिड़की से, मालिनी ने कई बार, शाम को हलचल से गुलज़ार पिछवाड़े में ताकझाँक की थी। रात के खाने के लिए अँगीठी जलाती औरतें, बरामदे की चारपाई पर बैठे मर्द और चारों तरफ हुड़दंग करते बच्चे। वह ऊष्मा, स्वतःस्फ़ूर्त खुशी बिजली के करंट की तरह उसके जिस्म को झकझोरकर गुज़रे दिनों की याद ताज़ा कर देती। तब अतुल इतने व्यस्त एग्जिक्यूटिव नहीं थे, मानेक छोटा था, घुटलियों चलता बच्चा, जो उनके छोटे-से फ्लैट में घुटनों पर दौड़ता रहता और घर खिलखिलाती हँसी से गुंजान रहता या कभी कोई माँग पूरी न होने पर उसकी रुलाई से। मौजूदा घर में पसरी मातमी चुप्पी घुटन पैदा करती तो वह भागकर खिड़की पर चली जाती, खेलते बच्चों की झलक पाने; उन घरों की भी, जो शाम घिरते ही, मर्दों के काम से लौटने पर चहल-पहल से भर जाते।

दीवाली की सुबह साफ़ और चमकीली थी। तड़के ही पिछवाड़े में ख़ूब हलचल मच गई थी। हर आदमी घर पर था और शाम की तैयारी में जुटा था। जब वह बिस्तर से उठी तो नथुनों तक तरह-तरह का खाना पकने की मिली-जुली ख़ुशबू चली आई। आज बैठे रहने का दिन नहीं था अतुल घर पर था और अपनी नींद पूरी कर रहा था। मुरली के आने से पहले वह नाश्ता बनाने में जुट गई। उसने पीछे का दरवाज़ा नहीं खोला तो वह समझेगा, वे सो रहे हैं और...

'जल्दी से अपना खाना बना लो। मैं लंच के साथ उनका डिनर भी तैयार कर दूँगा, फिर शाम हमारी होगी,' खुली खिड़की के ज़रिए मुरली की आवाज़ कानों में पड़ी।

'अच्छा? और उनके भूत बंगले में रोशनी कौन करेगा?' रामकली ने ताना मारा।

'ऐसे मत बोलो,' उनके बेडरूम की तरफ देख मुरली ने चेताया, 'सुन लिया तो...'

'सुनने दो। मैं उनकी नौकरी नहीं करती,' रामकली ने पलटकर जवाब दिया।

खिड़की से सटकर खड़ी मालिनी के कान जल उठे। ढीठ औरत! और उसका कायर पति, एक शब्द बोलने की हिम्मत नहीं हो रही।

'हम अभी ऊपर चढ़कर मोमबत्तियाँ क्यों नहीं लगा देते?' त्यौरी चढ़ाए रामलाल की तरफ़ देख मुरली ने अचकचाकर कहा।

'क्या! दिन-दुपहरिया में मोमबत्तियाँ जला दूँ?' रामलाल भन्नाया।

'नहीं, लगा-भर देंगे, फिर रात को तुम उन्हें जला देना,' उसने हल्की उम्मीद के साथ सुझाव रखा।

'डरपोक,' रामलाल ने थूका और चारपाई से उठकर कमरे में चला गया।

बूढ़े के चले जाने से और हिम्मती हो रामकली ने कहा, 'चाहते हैं पूरे घर में रोशनी हो पर ख़ुद एक उँगली नहीं उठा सकते। वाह, क्या तरीका है दीवाली मनाने का। बाहर निकलकर घूमें-फिरें तो उनका भी भला हो—ज़रा सोचो, साहब सूट में सीढ़ी चढ़ रहे हैं। हैट भी लगाते हैं क्या?' वह चहकी।

मालिनी खिड़की से हट गई, उसके गाल दहक रहे थे। वह उन्हें निकाल देगी, मुरली और उसकी बदज़ुबान बीवी को। नाश्ता भूल, वह पीछे का दरवाज़ा खोलने के लिए लपकी। आने दो मुरली को, वह उसकी अहमक़ाना मुस्कुराहट का सफ़ाया कर देगी...। लेकिन आज दीवाली थी—और उसका क़सूर क्या था? रामकली सच तो कह रही थी—कड़वा सच। उथल-पुथल होते मन से उसने दरवाज़ा खोला और बेडरूम में चली आई। कुछ पकाने की इच्छा नहीं बची थी।

मालिनी शाम की पूजा के लिए थाली सजा रही थी, तभी रामलाल को आते देखा, उसके पीछे नाक-भौं सिकोड़े सीढ़ी घसीटता, मुरली था।

वह बाहर निकल आई, 'सीढ़ी की ज़रूरत नहीं है। छत पर मोमबत्तियाँ नहीं लगानी,' उसने शान्त स्वर में कहा।

'हम हमेशा लगाते हैं,' भौचक रामलाल बोला, 'और तब तक लगाते रहेंगे जब तक...'

'नहीं लगानी,' मालिनी ने बीच में काटा, 'जब तक हम यहाँ हैं, तब तक नहीं। हम सिर्फ़ सामने दीये जलाएँगे और उसके लिए तुम लोगों की ज़रूरत नहीं होगी,' वह मुस्कुराई।

रामलाल ने शिकायती नज़र से लाल पड़ते मुरली को देखा। 'और मोमबत्तियाँ? उन्हें कहाँ लगाएँ?' दुविधा भरे स्वर में उसने पूछा।

'पिछवाड़े अपनी छत पर।'

'लेकिन...'

'मैं चाहती हूँ, पूरे पिछवाड़े में रोशनी हो, जैसे तुम हर साल इस घर में करते रहे हो। आओ, मोमबत्तियाँ ले जाओ,' उसने मुरली को इशारा किया। रामलाल की घूरती आँखों से बचता मुरली उसके पीछे भीतर चला आया। यह कल्पना करके कि रामकली दुल्हन के जोड़े में, मोमबत्तियाँ जला रही है, उसका दिल ज़ोरों से धड़क उठा। उनकी झिलमिलाती रोशनी में वह किस क़दर दमकेगी...रामलाल भन्नाया करे...वह अपने पिछवाड़े को छोटी-सी अयोध्या बना डालेगा।

'पिछवाड़ा जगमगा दो,' बीबीजी ने कहा था। पहली बार छत के लिए सीढ़ी

रखते हुए, वह आक्रोश में नहीं था। सबसे बढ़िया साड़ी में सजी, बरामदे में मोमबत्तियाँ जलाती रामकली की आँखों में हज़ार रोशनियाँ थिरक रही थीं। आज रामलाल की भन्नाई मौजूदगी भी उसकी खुशी कम नहीं कर पा रही थी।

पूजा खत्म हो गई थी। राहत की साँस ले, अतुल सोफे पर बैठ गया। 'चलो, अब दीये जलाएँ,' मालिनी ने उठते हुए कहा।

'वे जला रहे होंगे।' फर्श पर चौकड़ी मारकर बैठे रहने के बाद, सख्त हो आई टाँगों को पसारते हुए उसने कहा।

'नहीं, मैंने उन्हें अपने घरों में रोशनी करने भेज दिया है। अपने घर में रोशनी हम करेंगे।' बाहर निकलते हुए वह उत्साह से बोली।

अनायास बदले घटना-चक्र से रुष्ट, वह अनिच्छा से उसके पीछे-पीछे आया। वह काम हमेशा वे करते थे; मालिनी को पुराना चलन बदलने की क्या ज़रूरत थी? अचानक उसे हो क्या गया था?

'बस इन दीयों में तेल डाल दीजिए,' तेल की पीपी उसे थमाते हुए उसने कहा।

'बहुत किचकिच का काम है।' दीये से बह आए तेल ने उसकी कमीज़ दागदार कर दी तो नाक-भौं सिकोड़, वह झल्लाया, 'हमें मोमबत्तियाँ जलानी चाहिए। मोमबत्तियाँ कहाँ हैं?'

'पहले सामने के दीये जला लें...'

'आखिर मोमबत्तियाँ हैं कहाँ?' गुस्सा ज़ाहिर न करने की असफ़ल कोशिश में उसने फिर पूछा।

'ये अच्छे लगते हैं न?' दीयों की मद्धम रोशनी में, मुँह ऊपर उठाकर उसकी तरफ देखते हुए, मालिनी ने सपनीली आवाज़ में कहा।

अतुल ने उसका चेहरा देखा और बुदबुदाया, 'हाँ, और तुम भी। लेकिन मोमबत्तियाँ हैं कहाँ?' ग़ायब मोमबत्तियों का राज़ जानने की ज़िद में उसने फिर कहा।

पटाखे उठाकर उसने कहा, 'आओ।' त्योरी चढ़ाए अतुल उसके साथ पिछले दरवाज़े तक गया और जगमग करते आँगन...झिलमिलाती नन्ही छतों को देख, अवाक् खड़ा रह गया। एक छोटा सा गाँव उसकी आँखों के आगे साकार हो गया...उसका गाँव, जहाँ उसने अपना बचपन बिताया था, कई दीवालियाँ इस आस के साथ कि एक परी सिर्फ़ उसके लिए, थैला भर पटाखे ले आसमान से उतरेगी। परी तो नहीं आई, हाँ एक दिन, शहर से उसके चाचा ज़रूर आए, अपने साथ ले जाकर उसे 'सही शिक्षा' दिलवाने के लिए। शहर पहुँचकर, बाद में कई बार दुहराया अपना घन्टा-भर लम्बा प्रवचन पूरा करते हुए, उन्होंने कहा था, 'मैंने तुम्हें अवसर दे दिया था, अब तुम पर निर्भर है कि तुम अपने को कितना योग्य सिद्ध करते हो।' बचपन की फन्तासी, सफल होने की दहकती ललक में बदल गई,

किसी भी कीमत पर, जैसे कई फीकी दीवालियाँ, खोया बचपन...

'देखो बच्चो, मैं तुम्हारे लिए कितने सारे पटाखे लाई हूँ,' एक कोमल आवाज़ गुनगुनाई। भौचक उसने उस झिलमिल काया और बुत बने बच्चों की तरफ़ देखा...परी आ चुकी थी फिर बच्चे खुशी क्यों नहीं ज़ाहिर कर रहे थे?

'जो सबसे पहले आएगा, सब के सब उसे मिल जाएँगे,' परी ने मनुहार की।

अपनी जड़ता को तोड़, बच्चे उसकी तरफ़ लपके, उनके ऊपर उठे चेहरे उत्तेजना से काँप रहे थे, आँखें चमक रही थीं, चमकदार से चमकदार सितारे से तीखी थी उन आँखों की कौंध।

मोहित अतुल अपने बचपन को लौटता देखता रहा। अविश्वास से डगमगाए रामलाल को बिहँसते मुरली को टोहका मारते देख, वह सँभल गया और कमरे की तरफ़ मुड़ गया।

बेडरूम की बत्ती बुझा, वह खिड़की पर खड़ा मौज मनाते बच्चों और मालिनी को देखता रहा...पहले कभी उसे इतना खुश नहीं देखा था। मन हुआ वह भी उनके साथ हो ले। पर जानता था वह वहाँ नहीं जाएगा। जो जंगला उसने ख़ुद अपने चारों तरफ़ खड़ा किया था, उसे तोड़ना उतना आसान नहीं था।

कुछ देर बेसब्री से वह मालिनी का इन्तज़ार करता रहा फिर मौज में आकर पटाखे खरीदने निकल पड़ा, सिर्फ़ अपने और मालिनी के लिए।

वैनिला आइसक्रीम और चॉकलेट सॉस

रत्ना सेठ को खाना पकाना अच्छा लगता था, उससे भी अच्छा लगता था खाना। मेज़ की सफ़ाई शुरू करते हुए वह सन्तोष के साथ मुस्कुराई। खाना बढ़िया था। होना ही था, आखिर यह उसका आखिरी खाना था। उसने देर तक मेनू पर सर खपाया था। कई चीजें उसे खूब पसन्द थीं—चिकन बिरयानी, मलाई कोफ्ता, शाही पनीर...लिस्ट अनन्त थी। लेकिन वह एक ही दिन में सारी चीजें खा तो नहीं सकती थी। खा सकती थी क्या? इसलिए एक बार निर्णय कर लेने के बाद वह पूरे हफ्ते पकाती और खाती रही। आज, जब काफी उद्वेग के साथ उसने अपना वजन लिया और पाया कि उसके डरावने मोटापे में दो किलो का इजाफा हो चुका है, तो उसने मन बना लिया। आज ही ये करना है, अब वह और देर नहीं कर सकती।

ऐसे ही उसने डाक्टर के पास जाने की नहीं सोची थी। हाल में उसे कुछ कमजोरी महसूस हो रही थी, और उसने डाक्टर के क्लिनिक में प्रवेश करने से पहले सोचा था, 'बस कुछ विटामिन से दुरुस्त हो जाएगी।' लेकिन डाक्टर ने विटामिन नहीं दी, उसने पूछा था, 'परिवार में डायबिटीज़ की कोई हिस्ट्री?'

'मेरे पापा..,' वह धीरे से बोली, 'क्या आपको लगता है...?'

'पहले ये टेस्ट करा लें, फिर देखते हैं,' डाक्टर ने सहजता से कहा था। बाहर निकलते वह घबरा गई थी। 'मुझे कुछ नहीं हुआ है,' वह खुद को दिलासा दे रही थी। लेकिन वह परेशान थी। 'क्या होगा, अगर पापा की तरह उसे भी...' उसने जाकर सारे टेस्ट कराए।

'आपको डायबिटीज़ है,' डाक्टर ने फ़ैसला सुना दिया। उसे लगा, ये सजाए-मौत है। वह कुर्सी पर निढाल हो गई। चेहरा सफेद हो चुका था, पसीने से लथपथ।

'घबराने की बात नहीं है,' डाक्टर ने समझाया, 'हम आपका ध्यान रख लेंगे। बस आपको कोऑपरेट करना होगा। आप बुरी तरह ओवरवेट हैं। मैं चाहता हूँ...' वह बतलाता रहा।

'अगर मैं आपकी हिदायतें न मानूँ तो?' उसने हिम्मत जुटाते हुए कहा था।

'इस तरह तो आप ज्यादा दिन बचेंगी नहीं।' डाक्टर ने कन्धे झटकते हुए कहा।

'मुझे मौत से डर नहीं लगता।' उसने ढिठाई से कहा।

'आपको हार्ट अटैक हो सकता है। पैरालिसिस हो सकता है,' उसने रूखेपन से कहा। उसका खून जम गया। 'लेकिन ऐसा नहीं होगा, अगर आप वो करें जो मैं कहता हूँ।' वह क्लिनिक से फौरन निकल आई थी।

उसने डाक्टर के साथ हुई बातचीत को किसी बुरे सपने की तरह भुलाने की कोशिश की। यह सच नहीं था। यथार्थ की मोहक गन्ध उसके नथुनों पर छा जाती, जब वह लज़ीज़ केक बनाती या फिर चिकन बिरयानी पकाती। लेकिन जब वह खाने बैठती और दूसरी-तीसरी बार परोसती, डाक्टर के शब्द उसके कानों में गूँजते। उसने बहुत कोशिश की, लेकिन इसे मिटा नहीं सकी।

कमबख्त कैसे वो मुझसे इतना वजन घटाने की उम्मीद रख रहा है, वह भन्ना रही थी। उसने एक्सरसाइज और डाइटिंग करने की सलाह दी थी। उसकी सुझाई हुई खुराक पर तो उसके लिए ज़िन्दा रहना भी मुश्किल हो जाता। लेकिन तब, अगर उसकी माँ की भविष्यवाणी सच हो गई तो?

वह देर तक टहलने लगी। लेकिन जब लौटती तो भुक्खड़ हो जाती। पहले से ज्यादा खाती। और मिठाई के बिना उसका काम नहीं चलता। बीते दस साल से, अपने पति के देहान्त के बाद, वह इसी में डूबी रही थी। उसे मीठा अच्छा लगता है, बचपन से ही सुनती आई थी। और पापा? वह सिहर गई। वह भूल नहीं सकती...साल दर साल, बिस्तर पर पड़ा पिता का लकवाग्रस्त शरीर और ऐंठा हुआ चेहरा।

कितने मजबूत और खुशमिजाज शख्स थे वे, हँसने-हँसानेवाले। माँ इससे चिढ़ जातीं, वह शायद ही कभी हँसतीं। 'इसमें हँसने लायक क्या है,' वह झल्लाकर पूछतीं। यह आश्चर्य ही था कि उनके बावजूद उनका हँसना जारी रहा। उस दिन तक...रत्ना कभी वह खौफ़नाक दिन भूल नहीं सकी। वह स्कूल से लौटी थी, भूखी, और सीधे किचन में घुस गई थी, खाना माँगती हुई। माँ वहाँ नहीं थीं। बल्कि वह बेडरूम से निकली, पीछे फैमिली डाक्टर थे। 'क्या हुआ,' उसने पूछा था। किसी ने जवाब नहीं दिया। घबराई सी, वह बेडरूम की तरफ दौड़ी। भौचक, वह अपनी रोती हुई बहनों को देख रही थी। अगर उनको कुछ नहीं हुआ तो किसे...वह बिस्तर पर निस्पंद पड़ी आकृति को देखने के लिए झुकी। एक ऐंठे हुए चेहरे से जो आँखें उसे घूर रही थीं, वे आँखें उसके पिता की थीं।

ज़िन्दगी फिर कभी वैसी नहीं हो सकी। पिता की लम्बी बीमारी ने उन सबको शारीरिक और आर्थिक दोनों तरह से निचोड़ लिया। हमेशा से चिड़चिड़ी स्वभाववाली उसकी माँ और तुनकमिजाज हो उठीं। उनका गुस्सा इन लोगों पर निकलने लगा, खासकर रत्ना पर, जिसके लिए खाना बहुत अहमियत रखता था। 'जितना खाती हो, उससे तुम्हारा भी यही हाल हो जाएगा।' वह डपटतीं। उनकी लगातार मनाही ने

रत्ना को और ढीठ खानेवाली बना डाला।

वह अपने पापा की लाड़ली थी और उसकी माँ हमेशा इस बात से नाराज रहती कि वह अपनी सबसे छोटी बेटी की तरफदारी करते हैं। वे हमेशा कहा करते कि उसकी शादी एक राजकुमार से करेंगे। और माँ ने क्या किया? उसकी शादी एक विधुर से कराई, जिसे पेप्टिक अल्सर था। जब उसने विरोध करने की कोशिश की तो माँ ने ताना मारा, 'तुम जैसी मोटी से और कौन शादी करेगा?'

15 साल तक उसका पति उसे सादा, उबला हुआ खाना खिलाता रहा। उसने कभी जानना नहीं चाहा कि उसे क्या पसन्द है। बूढ़ा, झुर्रियाया हुआ रसोइया भी अपने मालिक की पसन्द से खुश था। दिन पर दिन, वह खाना निगलती जाती, किसी तरह हलक से नीचे उतारती। खाने का समय उसके लिए यातना हो गया। खाना उसके लिए आनन्द की चीज नहीं रह गया। बस यह बचे रहने का जरिया था। उसके पति को इस कहावत पर कुछ ज्यादा ही विश्वास था कि जीने के लिए खाओ। उसे नहीं था। लेकिन वह ये बात कह नहीं सकी। दरअसल उसने उनसे कभी कुछ कहा ही नहीं। दोनों आपस में बात करते थे, लेकिन बतियाते नहीं थे। उसके लिए यह रहस्य ही था कि उसने दुबारा शादी क्यों की। उसका कोई बच्चा नहीं था जिसे वह देखती। खाने में उसकी दिलचस्पी नहीं थी। न ही उसमें। अगर वह उससे प्यार भी करता तो बस जिस्मानी ज़रूरत पूरी करने के लिए, इससे ज्यादा नहीं।

ज़िन्दगी इसी बँधे-बँधाए ढर्रे पर चलती रहती, अगर अचानक एक दिन नींद में उसके पति का देहान्त नहीं हो गया होता। जिन लोगों को उसने कभी नहीं देखा था, वे उसके शोक में शामिल होने की चाहत लिए चले आए थे। लेकिन वह शोक महसूस नहीं कर रही थी। उसके चारों तरफ बैठी महिलाएँ विलाप करतीं, लेकिन वह सिर झुकाए बैठी रहती। आँखें बिल्कुल सूखी। उसके होंठों पर एक दबी मुस्कुराहट रहती। वह आजाद थी, अपनी मर्जी के मुताबिक जीने के लिए आजाद। और खाने के लिए। बाद की बात से उसे अपने ऊपर कुछ शर्मिन्दगी-सी महसूस हुई। उसने बहुत कोशिश की लेकिन अपने अवचेतन से ये बात निकाल नहीं सकी।

उसने धीरज के साथ शोक मनानेवालों की विदाई का इन्तज़ार किया। सबसे पहला काम उसने रसोइये को निकाल बाहर करने का किया। वह उसका खर्च उठा सकती थी—उसका कंजूस पति रईस आदमी की मौत मरा था, लेकिन वह नहीं चाहती थी कि उस पर कोई निगाह रखे।

पहली बार वह अपनी मर्जी की मालिक थी। वह अपने ढंग से जीने लगी, अपनी खुशी के हिसाब से, रोज नए पकवान आजमाती, कभी-कभी तो रात को उठकर अच्छी-अच्छी चीजें खाती। बचपन में भी उसने ये किया था, लेकिन उसकी माँ, जिसकी नींद कच्ची थी, हमेशा उसे रंगेहाथ पकड़ने में कामयाब होती। अगले दिन चोर करार दिए जाने की यंत्रणा झेलनी पड़ती। जब वो खड़ी होकर अपना जुर्म

स्वीकार करती तो उसकी बहनें खिलखिलातीं। उसके हमेशा से दब्बू पिता, उसे बचाने की कोशिश करते, लेकिन बुरी तरह नाकाम रहते।

अपने पति के घर में—उसे उसने कभी अपना नहीं समझा—खाना इतना बेस्वाद होता कि खाने के ख़याल से भी उसे उबकाई आने लगती। उसने एक बार रसोई का जिम्मा लेना चाहा, लेकिन अपने ढर्रे में बँधे उसके पति ने उसके हाथ का बना जायकेदार खाना छूने से भी इनकार कर दिया। यहाँ तक कि उसके स्वामिभक्त रसोइये ने भी उसकी कोशिशों पर नाक सिकोड़ ली।

वह ढिठाई के साथ खाने बैठी। लेकिन उसके प्रवचनों के साथ वह खाने का मज़ा नहीं ले सकी। बचा हुआ खाना फेंक दिया गया। 'अगर यही कचरा खाती रही तो बीमार पड़ जाओगी।' उसने फ़ैसलाकुन ढंग से कहा। फिर उसने कभी रसोईघर में पाँव नहीं रखे।

यह काफी पहले की बात है। दस साल पहले, उसकी मौत हो गई। ज़िन्दगी पुरलुत्फ थी। उसे कोई फिक्र नहीं थी। उसे खाना पसन्द था और वह जी भर कर खाती। अगर वह मोटी थी तो क्या? कोई उसे डपटनेवाला नहीं था। उसकी माँ अब परवाह नहीं करती थी और पति मर चुका था। वह ज़िन्दा थी। और उसका इरादा देर तक जीने का था। तब तक जब तक वह बिना डाक्टर की मदद के चल सके। उसे डाक्टरों से घृणा थी। बचपन में, उसने डाक्टरों को अपने पिता के असहाय शरीर को छेदते-कोंचते देखा था। वे उन्हें हँसा नहीं पाए। बस वे उन्हें ज़िन्दा रख पाए। सात साल तक, अपने बिस्तर पर सड़ते हुए, गलते हुए। अकेले। उसकी माँ ने शुरू में उनकी सेवा की, लेकिन जल्द ही उसने उम्मीद छोड़ दी और उनकी देखभाल के लिए एक नौकर को लगा दिया। हर सुबह, वह नियमित तौर पर उनके कमरे में जाती, कुछ देर रुकती और फिर निकल जाती। उसने एक बार भी उनकी ओर नहीं देखा। अगर देखा होता तो शायद इतनी लापरवाही से पेश नहीं आती। शायद उसका बरताव जायज था। आखिरकार सात साल एक लम्बा वक़्त होता है। वह हर किसी को कहती। रत्ना को हर किसी से घृणा हो गई थी...अपनी माँ से, अपनी बहनों से, और अपनी नानी से, जो अक्सर आती और उसकी माँ को साथ ले जाती। वह अपने पिता के कमरे में घंटों बैठती, उनसे बातचीत करती, उन्हें बताती कि एक दिन वे पूरी तरह ठीक हो जाएँगे...फिर हम इन सबको सबक सिखाएँगे, वह गुस्से में बोलती। उनकी आँखें उस पर धँस जातीं, उसे बतलाती हुईं कि उसे नहीं पता कि क्या और कैसा सबक?

अब वह पचास पार की थी। ठीक उतने ही, जब उसके पापा...नहीं, वह अपनी माँ को मैंने कहा था न कहने का मौका नहीं देगी। वह उन सबसे तेज निकलेगी—बददिमाग़ डाक्टरों से भी।

क्या उसने डाक्टर से ये नींद की गोलियाँ नहीं लिखवा ली थीं? उसने उसे

झाँसा दिया था, कहा था, इन्सोम्निया। पल्ले दर्जे का मूर्ख। उसे खाते और सोते देख लिया होता, तो खुद उसे वह हो जाता—कमबख्त इन्सोम्निया।

उसने अपनी हथेली पर सारी गोलियाँ उँडेल लीं। कितनी खूबसूरत लग रही थीं, जैसे गहरा सागर। इसीलिए उसने इनका सहारा लेने की सोची थी। फिर कभी नहीं, अपने पति की मृत्यु के बाद उसने कसम खाई थी कि अब वह कुछ भी बदजायका नहीं निगलेगी। और अपने फ़ैसले पर वह कायम रही। बदबू देती चूहे मारनेवाली दवा उसके लिए नहीं है। वह शाही ढंग से मरेगी—रानी की तरह।

उसने गोलियाँ गटकनी शुरू कीं—एक के बाद एक। अचानक वह रुकी। फ्रिज में पड़े वैनिला आइसक्रीम और चॉकलेट सॉस का क्या होगा? वह जी भर के खा चुकी थी और अब मीठा खाने की हालत में नहीं थी। उसने आधी खाली बोतल को देखा। उसे अच्छा लगा। गुनगुनाती हुई, वह रसोईघर में गई।

वह बैठकर एक-एक चम्मच खाती रही, उसका स्वाद लेती रही। बीच में उसे थकान लगने लगी। और उनींदापन। चम्मच इतना भारी लग रहा था...उनींदेपन में उसने सोचा, शायद बाकी मैं ब्रेकफास्ट में ले पाती। लेकिन अब कोई आनेवाला कल नहीं होगा। वह खाती रही, जब तक नींद के आगोश में नहीं चली गई।

शह और मात

वह एक गर्म और उमसाई दोपहर थी। सुबह हुई बारिश से अगस्त महीने की मुम्बई की चिपचिपी गर्मी में कोई फ़र्क़ नहीं पड़ा था। बारिश जैसे अचानक गिरनी शुरू हुई, वैसे अचानक बन्द हो गई, हुआ बस यह कि सुबह-सुबह बाहर निकले अभागे मुसाफिर तरबतर हो गए।

ईगल आई डिटेक्टिव एजेंसी के नीम-अँधेरे दफ्तर में बैठी, मैगी डिसूजा, उचाट मन से खिड़की के बाहर, अनचाहे मेहमान की तरह आ धमके धूसर आसमान को देख रही थी। उसे बारिश पसन्द नहीं थी। बारिश होते ही उसके मन पर मनहूसियत छा जाती, वह एकदम बदमिजाज हो उठती। कामकाज के लिहाज से एजेंसी के लिए वह दिन मन्दा था, इसलिए उदासी के समन्दर में गोते लगाने के लिए उसके पास काफी वक़्त था।

सुबह जब वह सोकर उठी तो हमेशा की तरह, दिन में घट सकनेवाली अनेक सम्भावनाओं की कल्पना करके उत्फुल्ल थी। जासूस होने के नाते, वह हर सम्भावना के लिए तैयार रहती थी। यहाँ तक कि जब-तब कयास लगा उठती, एक दिन उसका बॉस मरा पाया जाए और एजेंसी की सारी जिम्मेदारी उसके समर्थ हाथों में आ जाए। उसे मालूम था, ऐसा होगा नहीं, लेकिन यही दिवास्वप्न, ऑफिस में उसके उत्साह को डगमग होने से बचाए रखते थे।

कुछ लोग ऐसे भी होते हैं जिन्हें सुनहरे मौके थाल में परोसे मिल जाते हैं एक नहीं, कई-कई बार। उन्हें 'अभी नहीं तो कभी नहीं' के हालात से नहीं गुजरना पड़ता। मैगी जानती थी कामवाली की बेटी होने के नाते उसे जिन्दगी की नीरस, बेमतलब दिनचर्या से निकल भागने का कोई सुनहरा मौका नहीं मिलनेवाला था।

जैसे-जैसे वह बड़ी हुई, उसकी हैसियत भी बड़ी होती गई। वह कामवाली की बेटी से बढ़कर कामवाली हो गई। इस बदलाव के प्रति कृतज्ञ, उसकी माँ ने खुशी-खुशी कदम पीछे लौटा लिये और अपने घर का चूल्हा फूँककर सन्तुष्ट रहने लगी।

उस घर की जिम्मेदारी, जहाँ उसकी माँ ने एक दशक से ज्यादा काम किया था

और जहाँ वह पाँच साल की कमजोर लड़की से औरत में बदली थी, मैगी ने सँभाल ली। औरत यूँ क्योंकि उसकी माँ की नजर में रजोनिवृत्ति तक पहुँचते ही लड़की औरत हो जाती थी।

मैगी, खुद को किशोर मानती थी, मालिक की गुस्ताख बेटी टीना और बेटे बिन्नी की तरह, जो तेरह साल की उम्र में एक नम्बर का बदमाश था। उनके लाड़ लड़ाते माँ-बाप उनकी बदमाशियाँ इस तर्क पर नजरअन्दाज या माफ़ कर देते कि वे किशोरावस्था के मुश्किल दौर से गुजर रहे थे। शानदार किशोरावस्था। हाय वह गुजरा जमाना की तर्ज पर वे आँखें नम करके अपनी हुड़दंगी जवानी याद करते।

मैगी की माँ भी टीना की ढिठाइयों और उसके भाई की बदमाशियों को हरदम नजरअन्दाज करने को तैयार रहती, उनके किशोर होने की वजह से नहीं, मालिक के बच्चे होने की खातिर। उनका वर्ग जो अलग था। मैगी इस भेदभाव को मानने को तैयार नहीं थी।

जब वह वक़्त से पहले औरत बन जाने की मजबूरी में फँसी न थी और उसकी माँ बुखार में पड़ी थी, एक दिन वह, उकड़ूँ बैठी, पानी-भरी बाल्टी और अपने बीच तालमेल बिठाती, लम्बे-चौड़े कमरे का फ़र्श, बड़ी कुशलता से साफ़ कर रही थी। उसे उस पर काफी नाज था। सही भी था क्योंकि वह कोई छोटा काम नहीं था, कम से कम ऐसा नहीं जिसे नौसिखिया कर दिखाए। जैसे ही वह खड़ी होने को हुई, एक जोड़ी जूते उसकी कारसाजी पर जम गए। वह उन जूतों को पहचानती थी। रीबॉक। कई एक्सपोर्टेड चीजों के साथ ये जूते भी बिन्नी के लडियाते 'पॉप' अपने हाल के यूएस दौरे से उसके लिए लाए थे।

अमरीका, मरियम्मा कहती, लेकिन मैगी को 'यूएस' कहना पसन्द था। आखिरकार वह अपनी माँ की तरह अनपढ़ नहीं थी। वह स्कूल जाती थी। उसके अलावा जब शाम को, टीना को ट्यूटर पढ़ाने आता तो बिन्नी के साथ मैगी को भी वहाँ बैठना पड़ता; बिन्नी को इसलिए कि वह बदमाशी न करे और मैगी को इसलिए क्योंकि मालकिन नहीं चाहती थी वह घर में इधर-उधर ताकझाँक करती घूमे।

बड़े लोग कितने चालाक होते हैं, मैगी बड़बड़ाती। इस तरह मालिक-मालकिन मेलजोल के लिए निकल जाते और बेचारा ट्यूटर एक फीस में बड़े बच्चे को पढ़ाता और छोटे की बेबी सिटिंग करता। वह शिकायत नहीं कर सकता था, क्योंकि कहने को बिन्नी का ख़याल मैगी रखती थी। मैगी को बुरा नहीं लगता था; कुछ इसलिए कि उसे उन स्नैक्स का स्वाद लेने का मौका मिल जाता जो मालकिन बाहर जाने से पहले बेमन से निकाल जातीं, ज्यादा इसलिए कि धीरज से करवाई जा रही पढ़ाई का बहुत सा हिस्सा उसे याद हो जाता। बेचारे ट्यूटर को पैसे की खासी ज़रूरत रही होगी, जो सब्र खोए बिना, अपनी मन्दबुद्धि छात्रा से तालमेल बिठा लेता था। जब खीज चरम पर पहुँचकर दम लेती तो बेबसी से मैगी की तरफ

देखता। जवाब में उत्साह बढ़ाती चमकती मुस्कुराहट पा, जान जाता कि ज्ञान देने की उसकी कोशिश बिल्कुल जाया नहीं जा रही। अफसोस वह अमीर नहीं है, यानी इतनी कि उसे ट्यूटर रख सके, एक दिन...शायद.. ? वह ठंडी साँस भरता।

'हटाओ,' मैगी रिबॉक्स पर चीखी। जूतों ने जरा ध्यान नहीं दिया, और नाचने लगे। 'मैगी नूडल, तुम पागलों की तरह उछल-कूद क्यों मचा रही हो? हॉप-हॉप,' उसकी उकड़ूँ बैठी मुद्रा की नकल करते हुए उसने कहा।

मैगी के गाल शर्म से लाल हो गए। उसने एक जूते को पकड़कर खींचा। बिन्नी गीले फर्श पर आ गिरा, गन्दे पानी की बाल्टी उलट गई। 'इडियट। मेरी नई लीवाइस का क्या हाल बनाया तुमने!'

मैगी की माँ ने उसकी ख़ूब पिटाई की। लेकिन पिटाई से ज्यादा, बिन्नी के विजय से खिले चेहरे से भी ज्यादा, उसे भीतर तक जो चीर गया, वह टीना के टेढ़े होंठों से निकला शब्द था, कमीनी। वहीं उसी वक़्त, उसने तय किया कि उसे अपनी हैसियत से ऊपर उठना है। उसने फ़ैसला किया, वह तब तक इन्तजार करेगी, जब तक लोहा गरम न हो जाए। उसने अपने जख्म और गुस्से को दब्बूपन की आड़ दे दी, जो नौकरानी की बेटी, और बाद में नौकरानी की हैसियत से मेल खाता था।

टीना की शादी के बाद, टीना की माँ उस पर ज्यादा निर्भर रहने लगी—घर को ठीक से चलाने के लिए ही नहीं, अपनी निजी उलझनों को सुलझाने के लिए भी—किस मौके पर कौन सी साड़ी पहनी जाए, कैसे गहने चुने, नेलपॉलिश और लिपस्टिक का रंग क्या हो—बूढ़ी हो रही सेठानी के लिए ये गम्भीर विचार के विषय थे।

सेठ ने सोचा उसकी मुश्किल दूर करने का उपाय यह था कि अपने विदेशी दौरे से उसके लिए दर्जन-भर रंगों की लिपस्टिक और मैचिंग नेलपॉलिश ला दे। इस तरह सेठानी के पास वह बहाना नहीं बचा, जिसके सहारे वह, देर तक सेठ को इन्तजार करवाती, आईने के सामने सजती-सँवरती रह सकती थी। संयोग कुछ ऐसा बैठा कि उसके साथ ही मैगी का कायांतरण हो गया।

मैगी जब भी उस अजूबे के बारे में सोचती, चमत्कृत रह जाती। एक टूटी नेलपॉलिश की बोतल, उसकी बदरंग ज़िन्दगी बदल, उसे कल्पना से परे नई राह पर ले गई। वह जानती थी अगर वह काइयाँपन न दिखाती तो किस्मत की देवी से पहली मुलाकात, बेख़बर गुजर गई होती।

मालकिन अपने ताजा तराशे नाखूनों पर मोव फैंटेसी का पहला कोट चढ़ाने के बाद, बिस्तर पर उनींदी लेटी थीं; पर नाखूनों को अन्तिम शक्ल देने को बेताब भी थीं। ज्यादा वक़्त नहीं बीता; जैसे ही पॉलिश का पहला कोट सूखा, उन्होंने बोतल की तरफ हाथ बढ़ाया। उसकी जगह उलझे बालों का गुच्छा पकड़ में आते ही, उँगलियाँ सिकुड़ गईं। मैगी को अपने बिस्तर के पास उकड़ूँ बैठे बदहवासी से फर्श

पर पड़ा जामुनी दाग पोंछते देख, उन्होंने ऐसी जोरदार चीख मारी कि घर से बाहर निकलते सेठ का खून जम गया। वहाँ से तुरत रफा-दफा होने की इच्छा को दरकिनार कर, वह बीवी के कमरे में दाख़िल हुआ। लौटने की मूर्खता के लिए खुद को कोसते हुए उन्हें शान्त करने की कोशिश की। लेकिन वे आसानी से शान्त होनेवाली नहीं थीं।

आजिज आकर उसने कहा, वह नई ला देगा। बिल्कुल वैसी, रात से पहले? उन्होंने उसे बचने का मौका न देते हुए पूछा। उसने सिर हिलाया और बाहर निकल गया।

उस दोपहर मैगी घर से बाहर नहीं निकल पाई। दोपहर खाने के बाद आमतौर पर झपकी लेनेवाली उसकी मालकिन, मैगी की गलतियाँ खोजती घर में चक्कर काटती रहीं। हाथ में झाड़न लिए, मैगी साथ चलती रही।

बगल के कॉम्प्लेक्स में उतनी ही बेचैनी से दीप्ति मालिश करनेवाली की राह देख रही थी। हालाँकि लड़की पेशेवर नहीं थी, लेकिन उसके हाथ फुर्तीले थे और वह बातें सुनने में माहिर थी। अपनी परेशानियाँ और ख्वाहिशें उसके कानों में उड़ेलते वक़्त दीप्ति को डरने की ज़रूरत नहीं थी कि उसकी राय सुननी पड़ेगी। वह कुछ नहीं कहती थी।

घंटी बजी। दीप्ति ने तेल के दाग से सना, अपना फिड्डा तौलिया लपेटा और दरवाजा खोलने के लिए दौड़ी। सेठ हरिदास को भीतर घुसते देख वह जड़ रह गई। वे यहाँ क्या कर रहे हैं, भरी दोपहर में? बिना मेकअप वे उसका चेहरा न देख लें, इस ख़याल से घबराई दीप्ति अपने परदेदार बेडरूम में जा छिपी।

उस दिन बीस साल से बोझिल वैवाहिक बन्धन में बँधे अपने पति को सेठानी ने दुबारा प्रशंसा के साथ देखा। वह जज्बा उसने, कुँवारेपन के साथ शादी की पहली रात ही तज दिया था। मोव फैंटेसी, हूबहू वही, मेड इन अमेरिका, वे पुलककर बुदबुदाईं और अपने लम्बे नाखूनों पर दूसरी परत लगाने में जुट गईं।

सेठ ने राहत की साँस ली और ड्रिंक लेने बार में चला आया। वे कॉकटेल पार्टी में जा रहे थे—वह और उसकी चुड़ैल पत्नी। काले कपड़े, बैंगनी होंठ और मेल खाते नाखून। उसे झुरझुरी हुई और उसने गिलास खाली कर दिया।

मैगी के तुच्छ वजूद में इस दैवी हस्तक्षेप को एक हफ्ता गुजर चुका था, लेकिन सेठानी अब भी पति के छुपे प्यार को लेकर ही-ही कर रही थी। बीस साल, और अब भी वह मुझे दुलहन की तरह मानता है। वरना मिलती-जुलती नेलपॉलिश लाने के लिए इतनी तकलीफ़ क्यों उठाता, सोचो जरा, वह हँसती और सिन्दूरी हो जाती।

वाकई क्यों, मैगी ने सोचा। इस मसले में जो सम्भावनाएँ दिखीं, उन्होंने उसके शान्त मस्तिष्क में आग लगा दी। वह अपने मालिक की हरकतों पर नजर रखने लगी।

सेठ हरिदास हाथ में ड्रिंक लिए सोफे पर पसरा हुआ, बेवाच शो में नहाती नायाब सुन्दरियों पर आँखें टिकाए था। उसकी पत्नी अपने अनगिन सामाजिक दौरों

में से एक पर गई हुई थी, इसलिए उसके पास कुछ मनपसन्द करने की छूट थी। 'बेहया,' वह होती तो कहती और टीवी का स्विच ऑफ़ कर देती। जैसे वे हिन्दी फिल्में, जिन्हें वो बड़े चाव से देखा करती थी, बड़ी हयादार होती थीं।

मैगी ने उसके बगल में पापड़ की प्लेट रखी और वहीं खड़ी रही। उसकी मौजूदगी से बेख़बर, उसने चपड़-चपड़ पापड़ खाना शुरू कर दिया।

'मुझे पता है, आपको वो नेलपॉलिश कहाँ से मिली,' उसने कहा।

'चपड़...च...प...ड़।' सेठ के जबड़े जाम हो गए। 'क्या मतलब?' लड़की के दुस्साहस से हैरान, वह गुर्राया। इससे पहले उसने कभी उससे सीधे बात करने की हिम्मत नहीं की थी। और अब यह बेलिहाज़ लड़की,...उसकी आँखें उस पर जम गईं।

'दीप्ति मैडम के पास बिल्कुल ऐसा ही सेट था।' सेठ की घूरती नजर से कुछ घबराई, मैगी बोल पड़ी, 'और अब उनकी एक नेलपॉलिश गायब है—बैंगनीवाली—वही जो आपने मालकिन को दी,' उसने हिम्मत करके कह डाला।

'दिमाग़ खराब है तुम्हारा,' हरिदास गरजा।

फिर हालात का जायजा लेते हुए—उसकी बीवी किसी वक़्त आ सकती थी, वह नहीं चाहता था, उसके शक्की दिमाग़ में यह फितूर जाए—उसने चालाकी से मुस्कुराकर कहा, 'और तुम वहाँ क्या कर रही थीं? ताक-झाँक?'

'मैं दोपहर को उन की मालिश करने जाती हूँ।' सेठ के इशारे से बौखलाई मैगी ने जवाब दिया।

'एक दिन उन्हें मालिश नहीं करानी थी। उन्होंने मुझे सफ़ाई करने को कहा। मैंने देखा, उनकी ड्रेसिंग टेबल से एक बोतल-मोव फैंटेसी,' वह मानीखेज ढंग से रुकी, 'गायब थी। मैंने उनसे उसके बारे में पूछा। उन्होंने कहा, वह टूट गई। कब? मैंने पूछा, आज सुबह, उन्होंने झुँझलाते हुए जवाब दिया। मुझे मालूम था, वे झूठ बोल रही हैं क्योंकि कहीं रंग का निशान नहीं था। पूरी तरह साफ़ किसने किया? किसी ने नहीं, क्योंकि बोतल टूटी ही नहीं थी।' मैगी ने हरक्यूल पेरॉ के मजे अन्दाज में बात खत्म की।

ऊपर से शान्त रुख बनाए सेठ हरिदास का दिमाग़ तेजी से चल रहा था। इससे छुटकारा पाना होगा, उसने सोचा, लेकिन कैसे?

'मैगी, मैं सोच रहा था, तुमसे कहूँ, मेरे कारखाने में आकर काम करो—आखिर तुम पढ़ी-लिखी हो,' वह बड़े-बुजुर्ग की तरह मुस्कुराया।

मैगी के होंठ हिकारत में टेढ़े हो गए। वह सेठ के जूते के फीते बाँधते उम्र नहीं बिताना चाहती थी। 'मैं जासूस बनना चाहती हूँ, किसी डिटेक्टिव एजेंसी में काम करना चाहती हूँ।' उसने दो टूक बात की।

सेठ की रीढ़ में सर्द लहर दौड़ गई। उसने उसकी शाम बरबाद कर दी थी, पूरी

ज़िन्दगी तबाह करने पर तुली थी और अब कुछ और राज खोजना चाहती थी, जिससे उसे ब्लैकमेल कर सके...उसने उसे शैतानियत से घूरा। मैगी कुछ सहम गई। सेठ हरिदास को हँसी आ गई, उसका डर गायब हो गया। वह है कौन, एक छोटी सी लड़की जो अपने जूतों से बड़ी हो गई है, उसने तिरस्कार से सोचा? उसे मालूम था, इस तरह की लड़कियों से कैसे निबटा जाता है। 'गुड आइडिया,' उसने उत्साह से कहा, 'तुम सुबह जा सकती हो। अपनी मालकिन को जगाने की ज़रूरत नहीं है। वह चिढ़ जाएगी—उसे तुम्हारी आदत हो चुकी है। लेकिन मुझे भरोसा है, मैं समझाऊँगा तो समझ जाएगी। मैं तुम्हारा बकाया वेतन दे दूँगा।' उसने उठते हुए कहा और अपने ब्रीफकेस से नोटों की गड्डी निकाली, 'सारे रख लो।' वह मुस्कुराया।

रुपये झपट लेने की इच्छा से लड़ती, वह अडिग खड़ी रही। 'मुझे पैसे नहीं, नौकरी चाहिए।' उसने कुछ काँपते हुए कहने की हिम्मत की।

'मैंने कहा न, कर लो नौकरी।' दाँत भींचते हुए सेठ ने कहा। उसका सब्र जवाब दे रहा था।

'मैं ईगल आई में काम करना चाहती हूँ। दीप्ति मैडम के पति उसके मालिक हैं। मैंने एक बार उनसे कहा था मुझे वहाँ काम दिला दें, लेकिन वे हँस दीं। अगर आप उनसे कहें तो...' उसकी काली आँखें सेठ हरिदास को बेध रही थीं। वह पीला पड़ गया।

एक पक्का कारोबारी होने के नाते सेठ हरिदास को मालूम था कि पलड़ा लड़की की तरफ झुका है। उसने उसे नौकरी दिला दी, और अँधेरी में एक दमघोंटू फ्लैट भी। चाहता तो सेठ उसे साइबेरिया भेजना था या धरती के किसी दूर कोने पर, लेकिन मैगी मुम्बई की जिद पकड़े थी। कम से कम ईगल आई दूर तो पड़ती थी, औचक उनके मिलने का ख़तरा नहीं था, इसलिए भी क्योंकि वह लोकल ट्रेन से आवाजाही करनेवाली थी।

इस तरह अपना मनचाहा हासिल करके वह बन गई, मैगी डिसूजा, प्राइवेट डिटेक्टिव। उसके दरवाज़े पर लगी सुनहरी प्लेट पर ये काले अक्षर उसकी नई पहचान के साक्ष्य थे।

'मैगी क्या?' एक दिन तभी पोछे फर्श पर आठ साला पाँव जमाकर, उसने अपनी माँ से पूछा था। बौखलाई माँ ने उसे झिड़क दिया था। 'वो नालायक आदमी तुझे क्या नाम देता। जिस दिन तू पैदा हुई, उसी दिन छोड़ गया। अगर उसकी चलती तो इस धरती पर ही न होती।'

उसे पूरा नाम देने का श्रेय बिन्नी को जाता है। 'मैगी नूडल,' वह उसे चिढ़ाता और उसकी बहन हँसते-हँसते दोहरी हो जाती। 'दो मिनट।' वह अलग-अलग

जायकों के इंस्टैंट मैगी नूडल के लिए दर्शकों को लुभानेवाले टीवी विज्ञापन की नकल करती। 'सादा मैगी। तुम इतनी नीरस हो कि मसाला मैगी भी नहीं हो सकती।' वह नापसन्दगी में नाक सिकोड़ ताना मारती।

जब मैगी ईगल आई की दहलीज पर पहुँची, तब जाकर वह अपने सन्दिग्ध पितृत्व को ठोकर मार, मैगी डिसूजा हो पाई। खुद अपना दिया नाम, दफ्तर में दाख़िल होती तो गरूर से सोचती।

मैगी डिसूजा को सेठ हरिदास का कफ परेडवाला आलीशान अपार्टमेंट छोड़े और अपना घर बसाए सात साल हो गए। अब उसे मुम्बई की तेज रफ़्तार ट्रेनें डराया नहीं करतीं। आखिर वह हफ़्ते में छह दिन अँधेरी से विरार और वापस सफर करती है। शुरू-शुरू में वह इस बात से हताश रही कि वह दिन-भर ऑफिस में बैठी रहती है; आनेवालों से बात करती है, उनकी शिकायतें और अपने सहकर्मी रमन की, जो जासूसी का काम करता था, रिपोर्ट्स दर्ज करती है पर बाहर नहीं जाती। फिर दिन-भर, और रात-बिरात मुम्बई की लम्बाई-चौड़ाई नापने का ख़याल, उसे एक जगह टिके रहने से सन्तुष्ट करने लगा। उसका कमरा उसकी पनाहगाह बन गया, जो उसे दुश्मन दुनिया से बचाता था। बस एक बार, वह बांद्रा तक गई थी। चमचमाती दुकानों और पैसेवाले खरीदारी का तामझाम उसे हर कदम पर रोक देता, वह डर जाती कि अपने बचपन के आतताइयों बिन्नी और टीना से मुलाकात न हो जाए। वे अब हैं कहाँ, उसने सोचा और उनके ख़याल से ही खरीदारी भूल, स्टेशन भागी चली आई।

पाँच बज रहे थे। जिस कागज पर मैगी डिसूजा आड़ी-तिरछी रेखाएँ खींच रही थी, उसपर वह कलम रगड़ने लगी—बीते दिनों के प्रेतों को दफन करने की नाकाम कोशिश में। गहराते अँधेरे से ताकत हासिल कर, वे उसकी खिड़की के बाहर चहकते हुए आ खड़े हुए थे,...मैगी नूडल-मैगी नूडल।

'मिस डिसूजा?' दरवाजे से आवाज आई।

'हाँ,' मैगी ने फौरन जवाब दिया, उसके राख-राख चेहरे पर पेशेवर मुद्रा लौट आई।

'मैं मिसेज खंडेलवाल हूँ।' भड़कीले परिधान में सजी महिला ने सामने कुर्सी पर बैठते हुए रुखाई से कहा। मैगी इन्तजार कर रही थी कि वह अपना लहीम-शहीम काला चश्मा उतारे। उसके लिए यह आम नजारा था, धूप न होने पर भी धूप का चश्मा। उसके बहुत सारे ग्राहक गुमनाम बने रहने की कोशिश में ऐसे ही आते थे। आँखें चश्मे से ढँकी रहें तो परिचित से इत्तिफाकन हुई मुलाकात से बच निकलना आसान होता है। हैरानी की बात यह थी कि अपनी समस्या बतलाते हुए भी उस औरत ने चश्मा लगाए रखा। कहानी वही थी, जो छोटी सी एजेंसी की

जाँच–कर्ता के तौर पर मैगी बारहा सुन चुकी थी। ऐसी एजेंसी, जो अपनी सावधानी के लिए खुद पर नाज करती हो, भटके जीवनसाथी पर खुफिया नजर रखवाने के लिए आदर्श थी। इसकी शोहरत कई वर्षों में धीरे–धीरे बनी थी। वहाँ कोई साज–सज्जा नहीं थी। ताजा शैंपू की खुश़बू उड़ाती या़ रँगे होंठों से ग्राहकों को डराती कोई ढीठ, सुघड़ पुतली रिसेप्शन पर नहीं थी। मैट्रन जैसी मिसेज दास थीं, जो अपने खुशनुमा चेहरे और संयत हावभाव से बुरी तरह टूटे ग्रहकों को भी राहत देती थीं।

मिसेज खंडेलवाल का मामला नियम का अपवाद नहीं था। उसने कहा, वह काम से पुणे जा रहा है, बतलाते हुए उसका मुँह हिकारत से टेढ़ा हो गया। उन ऐंठे होंठों को देख मैगी का दिल अचानक मुँह को आ गया।

'मैं जानती थी, वह झूठ बोल रहा है—उसका बैग चेक किया तो सबसे ऊपर मिला जैकेट। पहुँचते ही निकालने में आसान। लेकिन कहाँ पहुँचते ही? निश्चित तौर पर पुणे नहीं—उस कीड़े को भी गर्मी में उसकी ज़रूरत नहीं थी।' वह हिकारत से हँसी।

उसकी मखौल उड़ाती हँसी कमरे में भर गई। मैगी को घुटन महसूस होने लगी। वह खिड़की की तरफ दौड़ी और शान्त होने के लिए लम्बी साँस ली। फिर मुड़कर वापस आई—आखिर वह उसके पास मदद के लिए आई थी—और औरत से मुखातिब हुई। 'तुम टीना हो न?' उसने पूछा। उसकी आवाज भुरभुरा रही थी।

औरत ने अपना चश्मा उतारकर उस पर सख्त निगाह डाली। 'मिसेज खंडेलवाल,' उसने जोर देकर कहा। उसका चेहरा निर्विकार था।

क्या वाकई उसने उसे नहीं पहचाना या...'मैं मैगी हूँ...' उसकी आवाज लड़खड़ा गई।

'देखिए मिसेज डिसूज़ा। मैं यहाँ पेशेवर मुलाकात के लिए आई हूँ। इसलिए बाद वाले नाम ही ठीक हैं।' वह गरूर से मुस्कुराई। 'मुझे सबकुछ जानना है—वह कहाँ जाता है, किससे मिलता है, छोटे से छोटा ब्योरा। और जल्दी। आप अपने बॉस को रिपोर्ट कर सकती हैं। उनके पास मेरा कंटैक्ट नम्बर है।'

वह कमरे से बाहर निकल गई, उसकी गरदन तनी हुई थी।

मैगी किंकर्तव्यविमूढ़ बैठी रही। उसने खुद को पिघलता महसूस किया—केंचुए की तरह; जिसे गलाने के लिए बस थोड़ा सा नमक चाहिए था। टीना का उपहास उसे उसके नूडल दिनों में पहुँचा गया। केंचुए जैसा लिजलिजा नूडल, उसने घिन के साथ सोचा। बारिश में डूबे एक दिन को याद करके, उसकी खाल सिकुड़ गई। बरामदे की सीढ़ियों पर एक केंचुआ रेंगा कि बिन्नी ने उसे मारने के लिए उस पर नमक छिड़क दिया। उसकी कामयाबी पर उसकी बहन ने, जो केंचुओं से बुरी तरह डरती थी, उसे शाबाशी दी। अगर मैं केंचुआ होती तो उसे डराकर उसकी जान निकाल देती,' मैगी की आँखें शैतानी से चमकीं।

'मैगी,' दरवाज़ा खुला और उसके गोलमटोल बॉस मिस्टर मुखी नजर आए। 'वह गईं?' उन्होंने चिन्तित लहजे में पूछा।

मैगी ने सिर हिलाया।

'मैंने उन्हें तुम्हारे पास इसलिए भेजा क्योंकि तुम महिला हो। सोचा, तुम उनकी समस्या को लेकर ज्यादा संवेदनशील होगी। मैंने उन्हें बताया कि हम अपनी बेहतरीन जासूस उन्हें दे रहे हैं।'

वे इन्तजार कर रहे थे कि वो विनम्र अदा दिखलाकर आभार प्रकट करेगी। लेकिन वह बस उन्हें देखती रही। उसकी ढिठाई से झल्लाए वे पाँच फुट चार इंच की अपनी पूरी काठी में अकड़े। फिर फाइल को उसकी मेज पर रखते हुए सख्ती से बोले, 'मेरे पास छोड़ गई थीं। तुम फौरन शुरू हो जाओ। वह हमारी बहुत खास ग्राहक हैं।'

सहसा बारिश मूसल की तरह बरस उठी और उनके शब्द उसकी आवाज में डूब गए। मैगी उन पर फाइल वापस फेंकते-फेंकते रह गई यानी अपनी नौकरी गँवाने से बच गई।

उदासी में डूबी मैगी ने तेजी से खाली हो रहे दफ़्तर में अपना बैग उठाया। उसकी चिपचिपाई उँगलियाँ अपना छोटा छाता टटोल रही थीं, जो उसे मालूम था, बैग के कोने में पड़ा है। छाता पकड़ते ही उसने उँगलियों में गर्मी लौटती महसूस की।

'किसी बारिश के लिए बेकार, मुम्बई के मानसून की तो बात ही छोड़ो।' सिंगापुर से लौटकर छाता उसे पकड़ाते हुए अनन्त हँसा था। लेकिन उसने ऐसा महसूस नहीं किया, उसके सूखेपन के छोटे दायरे के भीतर वह कई बारिशों से लड़ी। आज की बात अलग नहीं थी न? हाँ, थी। टीना के ऐंठे होंठों को याद करके उसने सोचा। मैगी नूडल...मैगी नूडल...बिन्नी की आवाज कड़कड़ाती बारिश से ऊँची हो रही थी। उसने दाँत भींचे ताकि वे बजें नहीं।

फ़ोन बजने लगा। मशीन की तरह उसका हाथ फ़ोन तक गया। 'हैलो! मैगी,' दूसरे सिरे से आ रही आवाज अनन्त की थी। 'मुझे अन्देशा था, तुम निकल न गई हो। मैगी, मैं, हम बाहर जा रहे हैं...' उसका दिल बैठ गया। तो...आखिर, वह उसे छोड़ रहा था। 'तुम और मैं, इस वीकेंड महाबलेश्वर में होंगे,' उसने एक साँस में कह डाला।

'मुझे लगा तुम...' टनों ईंट की तरह सच्चाई सिर पर गिरी तो उसकी आवाज टूट गई।

'पुणे जा रहा हूँ? वह तो मैंने बीवी को बताया था,' वह हँसा।

मैगी फ़ोन पकड़े बैठी रह गई। उसका दिमाग़ अलग-अलग भावनाओं के झंझावात में फँसा हुआ था।

'मैगी, मैगी, तुम लाइन पर हो न,' अनन्त की चिन्तित आवाज ने उसे जड़ता से जगाया।

'हाँ, अनन्त,' उसने कातर आवाज में जवाब दिया।

'तुम खुश नहीं लग रहीं। क्या बात है?' उसने चिड़चिड़ाकर पूछा, 'तुम आओगी, आओगी ना?' वह याचना कर रहा था, 'तुम्हें पता है, मैं तुम्हें प्यार करता हूँ। हमने तीन साल एक-दूसरे से प्यार किया है। तुम मुझे प्यार करती हो। करती हो न मैगी?' उसने पूछा, उसकी आवाज टूट रही थी।

मैगी बैठी फाइल उलट-पुलट रही थी, कुछ कहने को शब्द नहीं थे। फिर हिम्मत जुटाकर उसने कहा, 'हाँ अनन्त, मैं तुम्हें प्यार करती हूँ लेकिन मुझे सोचने के लिए वक़्त चाहिए।'

'सोचने के लिए? क्या सोचने के लिए?' अनन्त ने प्रतिवाद किया। 'क्या तीन साल काफी नहीं होते? देखो मैगी।...'

नहीं, मैगी ने रुखाई से सोचा। यह जानने के लिए काफी नहीं थे कि उसकी बीवी कोई और नहीं टीना है। ठीक है, वह उसे दोष नहीं दे सकती कि उसने कभी अपनी बीवी का जिक्र क्यों नहीं किया। वह एक नावजूद, बेनाम डर बनी रही थी, जो कभी भी उसकी दुनिया तबाह कर सकता थी। अब, अचानक उसका एक नाम था। टीना। नहीं, मिसेज खंडेलवाल। क्या कुछ ही देर पहले, उसने उसे पहले नाम से पुकारने की छूट लेने पर झिड़का नहीं था।

मैगी के होंठ सख्त हो गए।

'तुम कितनी देर चाहती हो, मैं फ़ोन पकड़े रहूँ?' अनन्त की हताश आवाज से मैगी के चेहरे पर मुस्कुराहट आ गई।

'मैं तुम्हें रात में फ़ोन करूँगी। अभी मुझे निकलना है।' उसने जल्दी से कहा और लाइन काट दी। झपटकर अपना बैग उठाया और दरवाजे की तरफ चल दी। फिर उसे छाता याद आया, वह तेजी से अपनी मेज पर लौटी। छाता खुली हुई फाइल के ऊपर पड़ा था। वह एक लम्हे के लिए हिचकी, और फिर उसने उसे बन्द कर दिया। केस पूरा हो चुका था। उसके पास सारे सवालों के जवाब थे।

मिस्टर मुखी खुश होंगे, सीढ़ियों से उतरते हुए उसने सोचा। वह उन्हें पैसा बढ़ाने के लिए कह सकती है। उसके होंठ टीना जैसी मुस्कुराहट में टेढ़े हो गए। उसने हाथ का एक दबंग इशारा किया और टैक्सी रुक गई—बिल्कुल टीना की तरह—वह सन्तोष से मुस्कुराई और घर की तरफ चल दी। उसे काफी कुछ करना था।

बहरहाल, धन्यवाद

मैं कभी नहीं भूल सकती—शवदाहगृह तक अपनी उस पहली यात्रा को। उनके अन्तिम संस्कार के लिए। यूँ रोने-धोने की ख़ास बात नहीं थी, आखिर वे उन्नासी साल के थे। लेकिन उनकी खिलखिलाती हँसी, खुशमिज़ाजी, अपने बेटे-पोतों से मिलने की ललक का ख़याल आया और मैं उदासी से भर गई। दया से नहीं—हालाँकि उन्होंने जीवन बिल्कुल अकेले जिया था लेकिन वे दया के पात्र नहीं थे। मेरे पति बार-बार मुझसे पूछते रहे, किसी अनजान शख़्स (वे वही थे, रेस्त्रां की उस संक्षिप्त मुलाकात से पहले) को लेकर कोई उदास कैसे हो सकता है। मैं उन्हें कैसे समझाती कि अपना उनतीसवाँ जन्मदिन मनाने की मेरी इच्छा मर क्यों गई थी।

सुबह मैं कितनी ख़ुश थी। मैंने दो केक बनाए थे, एक अपने परिवार के लिए और एक छोटा सा अपने-उनके कॉफ़ी सेशन के लिए। हफ़्ते में पाँच दिन, मैं ड्राइव करके उनके बंगले पर जाती और उनके साथ एक कप कॉफी पीती। नौकरानी जाने से पहले तैयार करके रख जाती थी और चूँकि वे गर्म कॉफी पीना पसन्द करते थे, मैं देर करने की हिम्मत नहीं कर सकती थी। मेरा इरादा केक से उन्हें हैरत में डालने का था क्योंकि मैंने अपना जन्मदिन उनसे छुपाए रखा था।

उनकी जगह मैं सदमे में थी। वे नौकरानी को अपनी पसन्दीदा आरामकुर्सी में मृत मिले थे। मेरे पहुँचने तक वहाँ छोटी सी भीड़ इकट्ठा हो चुकी थी। किसी को पता नहीं था, क्या करना है। दरअसल सब मेरे पहुँचने का इन्तज़ार कर रहे थे।

मैं तय नहीं कर पा रही थी, मुझे अमेरिका में रह रहे उनके बेटे को सूचना देनी चाहिए न...लेकिन उन्होंने मुझसे वादा करवाया था कि उनके मरने पर उनका अन्तिम संस्कार उनके बेटे के पहुँचने का इन्तज़ार किए बिना कर दिया जाएगा।

'मैं चाहता हूँ, अन्तिम संस्कार उसी दिन हो और मेरा बेटा उतनी जल्दी कभी नहीं पहुँच सकता। और याद रखो, कोई रिश्तेदार नहीं,' उन्होंने चेताया था।

'आप तत्काल मर नहीं रहे,' मैंने मामले को टालने की कोशिश की थी।

‘मैं अठत्तर का हूँ,’ वे अड़े रहे थे, ‘इस उम्र में, किसी का क्या पता? मौत मेरे छोटे बेटे को पाँच साल की कोमल उम्र में छीन ले गई थी...’ अगले पल वे नौकरानी के तीन साल के बेटे पर हँस रहे थे जो गिलहरियों के पीछे लगा था, और मैं उनके मृत बेटे के बारे में सोच रही थी...अगर वह ज़िन्दा होता...?

पड़ोसी कौतूहल से देखते रहे और मैं ज़रूरी इन्तज़ाम में लग गई। कई भवें उठीं, लेकिन मैंने परवाह नहीं की। उन्होंने भी कभी परवाह नहीं की थी। तब भी नहीं, जब वे उस भड़कीले इटिंग जाइंट में खाने जाते, जहाँ ज़्यादातर नौजवान लड़के जाया करते थे। उनके पैर, ‘तुमको देखा तो मुझको ऐसा लगा’ की धुन पर थिरकते रहते।

लोग उनके चुस्त-दुरुस्त कपड़ों का मज़ाक उड़ाते या उनकी तन्दुरुस्त भूख पर हैरान होते तो वे परवाह नहीं करते। उनसे पहली मुलाकात याद कर मैं मुस्कुरा उठी। वे झक्क उजले कपड़ों में थे, जूते तक चमचमाते उजले थे और रुमाल...। मेरे लिए आज तक यह राज़ बना हुआ है कि आख़िर वह रुमाल मेरे पर्स में आया कैसे।

यह उस दिन की बात है जब काफ़ी ख़रीदारी करने के बाद, मैंने तय किया कि शानदार लंच का लुत्फ लिया जाए। एक कुर्सी पर अपने पैकेट रख, पर्स खोल, रुमाल निकाल मैं चेहरे का पसीना पोंछ ही रही थी कि एक सख्त आवाज़ ने शिकायती लहजे में कहा, ‘आप जो रुमाल इस्तेमाल कर रही हैं, वो मेरा है यंग लेडी।’

मैंने हैरानी से ऊपर देखा, फिर रुमाल पर नज़र डाली। हे भगवान, ये तो पुरुषों का रुमाल था। ‘लेकिन...’ मैं अटक गई।

‘और ये मेरी मेज़ हुआ करती है। मैं अपना रुमाल यहाँ छोड़ गया था। हाँ, मुझे क्लेप्टोमैनियाक्स का ख़याल नहीं आया,’ वे फुसफुसाए। बुरी तरह शर्मिन्दा, मैं अपने पैकेट उठाने लगी।

‘आप चाहें तो मेज़ मेरे साथ शेयर कर सकती हैं,’ सूप मेज़ पर रखते हुए, उन्होंने उदारता दिखलाई।

‘एक चोर के साथ मेज शेयर करना आपको बुरा नहीं लगेगा?’ मैंने ठंडे लहजे में जवाब दिया।

‘च्च-च्च, मैंने आपको चोर नहीं कहा, क्लेप्टोमैनियाक चोर नहीं होता,’ उन्होंने धृष्टता से मुस्कुराते हुए कहा।

‘आपकी सूचना के लिए, मैं वह भी नहीं हूँ,’ मैंने गुस्से में कहा।

‘मेरा रुमाल मुझे वापस मिलेगा?’ वे हँसे।

हे भगवान, उनका रुमाल मैंने अब तक हाथों में जकड़ रखा था। शर्म से गड़ते हुए मैंने उसे वापस किया।

वे हँसे, ‘यह लिपस्टिक का निशान मैं कैसे छुड़ाऊँगा? हालाँकि अब इससे

फ़र्क़ नहीं पड़ता, क्योंकि मेरी प्यारी बीवी गुज़र चुकी है, लेकिन... ।'

मैंने उनके हाथ से रुमाल झपट लिया। 'मैं इसे धुलवाकर आपको वापस कर दूँगी,' मैंने ठसके से कहा।

'यह मेरी तरफ़ से आपको उपहार। इसे बतौर यादगार रख लें,' उन्होंने ठहाका लगाया।

'बिल्कुल नहीं। आप अपना पता देने की कृपा करें तो यह आपके पास पहुँच जाएगा,' मैंने झल्लाकर कहा। एक मामूली रुमाल पर इतना तूल मुझे खिजाने लगा था। ज़िन्दगी में ऐसी शर्मिन्दगी की नौबत पहले कभी नहीं आई थी। क्लेप्टोमैनियाक! मेरे बच्चे क्या सोचेंगे अगर...मैं सिहर गई। मेज शेयर करने के उनके अनुरोध को ठुकरा, मैं भूखे पेट बाहर निकल आई, हथेली पर उनका पता लिख कर।

मेरा इरादा पक्का न होता तो उनके घर का पता लगाने में कभी कामयाब न होती। लेकिन वह नामुराद रुमाल वापस करने, मैं जहन्नुम भी चली जाती। मैं सारे रास्ते उनको कोसती गई कि उन्होंने अपना घर खोज निकालने का काम मेरे ऊपर छोड़ दिया था। कम से कम उसका अता-पता तो बता सकते थे।

उनका निवास था, धुंधली पड़ चुकी नेम प्लेट से सजा एक विशाल बेनूर बंगला। मैंने सन्देह के साथ चारों तरफ देखा। कोई दिखाई नहीं पड़ा। घंटी बजाने का नतीजा न निकलने पर मैं लौटने को थी कि नजर नीम के पेड़ के नीचे आराम-कुर्सी पर ऊँघते उन पर पड़ी। मैं सोच रही थी, उन्हें कैसे उठाऊँ कि वे हिले, अपना चश्मा ठीक किया और बोले, 'तो तुमने मुझे खोज निकाला। मेहनती हो। नहीं?'

'ये रहा आपका रुमाल,' मैंने रुखाई से कहा।

आँखें मिचमिचाकर वे जोर से हँस पड़े।

'तुम इतनी परेशान क्यों हो? ऐसा हो जाता है। यही ज़िन्दगी का मज़ेदार पहलू है। अगर ऐसे राहत देनेवाले लम्हे न आएँ तो ज़िन्दगी कितनी बोझिल हो, नहीं?' उन्होंने ख़ुशदिल मुस्कुराहट के साथ मुझे निहारा।

सहसा, मेरे सीने से बोझ उतर गया। वाक़ई वह मज़ेदार था। मैं हँसने लगी। मेरे साथ वे भी।

'तुमने लिपस्टिक के दाग मिटा दिए,' रुमाल का मुआयना करते हुए वे प्रसन्न भाव से मुस्कुराए, 'काफी पुरानी बात है। मैं दफ़्तर से लौट रहा था कि एक युवती ने मुझे रुकने के लिए हाथ दिया। मैंने कभी लिफ्ट न देने का नियम बना रखा था, लेकिन उसमें कुछ था जिसकी वजह से मैं रुक गया। वह बेहद कातर नज़र आ रही थी। मैं अँगूठा दिखाकर लिफ्ट माँगने की गलती पर उसे नसीहत दे रहा था कि वह फूट-फूटकर रोने लगी।

'अब रो क्यों रही हो,' मैंने उसे झिड़का, 'कम से कम अपना रुमाल तो इस्तेमाल करो।'

'खो गया,' अपना बैग खँगालती, वह रोती रही। मैंने उसे अपना रुमाल दे दिया।

जब मेरी बीवी ने मेरे रुमाल पर लिपस्टिक का दाग देखा तो समझो क़यामत आ गई। वह पूछती रही, पर लगा कैसे? सारी सफ़ाई के बाद भी सन्तुष्ट नहीं हुई। बेचारी...।' उन्होंने ठंडी साँस ली।

वक़्त के भागने से बेख़बर हम गप मारते रहे। मैंने फिर आने का वादा किया। इस तरह शुरू हुई हमारी ग्यारह बजे की दोस्ती—हमने उसे वही नाम दिया था। कई बार मैं स्नैक तैयार करके कॉफी के साथ खाने के लिए ले जाती। वे मुझे अपना बगीचा मातृत्व—या कहना चाहिए, पितृत्व के—अभिमान के साथ घुमाते। उनकी इकलौती फिक्र थी, वे नहीं रहे तो इन पौधों का क्या होगा। ऐसा नहीं था कि वे अक्सर मरने के बारे में सोचते थे। कभी-कभार जब पीछे मुड़कर देखने के मिज़ाज में होते, तभी इस बारे में बात करते।

'तुम्हें पता है, अपने बेटे निखिल को देखे मुझे पाँच साल हो गए। शुरू में, वह हर साल आता था, लेकिन अब—लगता है, वह बहुत व्यस्त हो गया है। वह अच्छा कर रहा है वहाँ; प्रॉपर्टी भी ख़रीद ली है...वह इस टूटे-फूटे पुराने घर का ख़याल क्यों करेगा?' वे बुदबुदा रहे थे—मुझसे ज़्यादा अपने-आप से। लेकिन मैंने सुन लिया था।

'कम से कम वह अपने पिता का ख़याल रख सकता है,' मैंने जवाब दिया।

'रखता है, मुझे अक्सर गिफ़्ट भेजता रहता है।'

'लेकिन वह आपको देखने नहीं आता?'

वे ख़ामोश हो गए और उनके चेहरे पर तकलीफ़ की छाया उभर आई। वे अचानक बूढ़े लगने लगे—अठत्तर साल से ज़्यादा। मैंने दुबारा यह मसला नहीं छेड़ा। वे भी निखिल के बारे में बात करने से बचते, जब तक उसका ख़त न आ जाता। फिर वे खुद को रोक नहीं पाते। अपने निक्की के बारे में, उसके बचपन के बारे में, अपने पोतों के बारे में उनकी बात ख़त्म ही नहीं होती। उनके फोटो दिखाते हुए उन्होंने उत्साह से कहा, 'बिल्कुल निक्की जैसे लगते हैं न?' मैं फीकी मुस्कुराहट मुस्कुराई। यह कहने की हिम्मत नहीं जुटा पाई कि वे अपनी माँ पर गए हैं।

कभी एक घंटे की जगह हम ज़्यादा देर बैठकर गप करते रहते तो घर पहुँचकर मैं बहुत हड़बड़ी में काम निबटाती। मेरे पति को—जो लंच के लिए घर आते थे—कई बार कामचलाऊ खाना मिला करता। जाहिर तौर पर वे झल्लाहट अनुभव करते। 'आखिर एक बूढ़े खूसट से तुम क्या बात करती हो?' वे पूछते।

'आप एक दिन साथ क्यों नहीं चलते,' मैं जवाब देती, 'वे दिलचस्प आदमी हैं, और काफी जानकार। आपको पता है, उनके पास ढेर सारी किताबें हैं।'

'मेरे पास किसी सनकी बूढ़े के लिए समय नहीं है—वह भी अजनबी।'

'वे बूढ़े ज़रूर हैं पर सनकी नहीं, हमारे रिश्तेदार भले न हों पर अजनबी भी

नहीं हैं...क्या कोई अजनबी दोस्त नहीं बन सकता?'

'ठीक है, तुमको थकेले बूढ़ों का साथ चाहिए, तो वह तुम्हारी समस्या है,' वे उकताकर कहते।

मेरे दोस्त भी दोपहर से पहले के हमारे कॉफी प्लस गॉसिप सेशंस से मेरे अचानक गायब हो जाने से हैरान थे। अपने तजुर्बेकार और हाज़िरजवाब सत्तरसाला दोस्त के मुकाबले मुझे वे बचकाने लगने लगे थे।

फुरसत के वक़्त उनसे मिलना और उनका 'मन बहलाना'—मेरे पति को लगता मैं यही करती थी, उनकी समझ से बाहर था पर अपना जन्मदिन न मनाना तो अकल्पनीय था। 'तुम इसलिए मातम नहीं मना सकतीं कि वह बूढ़ा टपक गया,' उन्होंने एतराज़ किया। मैं उन्हें कैसे समझाती कि वे बस एक बूढ़े शख़्स नहीं थे—एक दोस्त, मार्गदर्शक, पिता, सब थे। ऐसा आदमी जिसकी जगह दूसरा आसानी से नहीं ले सकता था। हमारी साल भर की दोस्ती ने मुझे काफी कुछ सिखाया था, जीवन के प्रति मेरा नज़रिया बदल डाला था। मैं उन बेशक़ीमती बारह महीनों को नज़रअन्दाज़ कैसे कर सकती थी? आदमी चला गया था, लेकिन उसके शब्द बचे हुए थे...वे शब्द जिन्हें सुनने की फुरसत किसी को नहीं थी। उनके बेटे को भी नहीं।

मैंने उसे टेलीग्राम भेजा लेकिन जवाब नहीं आया। मैं बेसब्री से इन्तज़ार कर रही थी। मुझे यह घर उसके आधिकारिक मालिक के हवाले करना था।

एक हफ़्ते बाद उसका फ़ोन आया। वह अपने परिवार के साथ छुट्टियों पर था और लौटने के बाद उसे तार मिला था। 'आप कब आ रहे हैं,' मैंने पूछा। लगा वह हैरान रह गया था। 'अब आने का कोई मतलब नहीं है,' उसने सपाट लहजे में कहा। 'मेरा वकील आपसे सम्पर्क कर लेगा। तब तक कृपया चाबियाँ अपने पास रखें।'

लाइन कट गई थी। वह निस्संग आवाज़...क्या वाकई उनके बेटे की थी? ज़िन्दादिली और गर्मजोशी से भरपूर शख्स का बेटा ऐसा कैसे हो सकता था? मैं इस बात को हज़म नहीं कर पा रही थी। हो सकता था दूरी की वजह से उसकी आवाज़ इतनी ठंडी और बेजान लग रही हो। उस बुजुर्ग की जीवन्त और ओजपूर्ण आवाज़ के इतने विपरीत। वह अब भी मेरे कानों में गूँज रही थी—साफ़ और जोशीली।

मैं उनके घर से दूर नहीं रह सकी। मैं पौधों को मुरझाने के लिए नहीं छोड़ सकती थी। वकील आया था और चाबियाँ ले गया था। 'पौधों का क्या होगा?' मेरे मुँह से निकला था। उसने मुझे अजीब नज़रों से देखा था और चलता बना था।

मैं रोज पौधों को पानी दिया करती। वे मेरी देखरेख में खिलते रहे। मेरे पति को लग रहा था, मैं बिल्कुल सनक गई हूँ। उन पड़ोसियों को भी, जिन्होंने मुझे बगीचे की देखभाल करते देखा। 'क्या उन्होंने घर आपके हवाले कर दिया है?' एक ने चुटकी ली थी। 'शायद,' मैंने पलटवार किया था। उसके बाद किसी ने

मुझसे पूछने की हिम्मत नहीं की थी, लेकिन जुबान सबकी चलती रही थी। उस दिन और ज्यादा, जब सारे पौधे उठाकर मैं अपने घर ले आई। मैंने परवाह नहीं की। कम से कम मैंने उनके मालिक से इतना सीख लिया था।

और फिर एक दिन वह आया—उनका वारिस। अपनी सम्पत्ति का मुआयना और मूल्यांकन करने। आखिर दो साल बाद और किस काम के लिए आता? वह मेरे गुलज़ार बगीचे को देखता रहा, फिर संजीदगी से बोला, 'मैं अपने पिता की देखभाल करने के लिए आपको धन्यवाद देना चाहता हूँ।'

'उन्हें देखभाल की ज़रूरत नहीं थी,' मैंने जवाब दिया, 'हम बस अच्छे दोस्त थे।'

उसने गला साफ़ किया, 'मेरे पिता के देहान्त के बाद शायद आप उनके पौधे ले आई थीं।'

स्तब्ध, मैं उसे घूरती रह गई।

'मैंने एक घर खरीदा है...हम यहीं सेटल होने की सोच रहे हैं। मेरी पत्नी को बागवानी का बहुत शौक है, और...'

अपने गुस्से पर क़ाबू रखकर मैंने कहा, 'आप अपने, यानी अपने पिता के पौधे ले जा सकते हैं। उनपर आपका हक है।'

'मैं नहीं माँगता...लेकिन मेरी पत्नी...आप समझ रही हैं न...'

'बेशक़,' मैंने सर्द लहजे में कहा, 'वे मेरे थे भी नहीं।'

'आप चाहें तो एकाध रख लें,' उसने पेशकश की।

'नहीं, धन्यवाद,' अपनी उमड़ती रुलाई को किसी तरह रोककर मैंने कहा, 'आप सब ले जाएँ।'

वह मेरे रुआँसे चेहरे को ताकता खड़ा रहा, फिर कन्धे झटककर बोला, 'बहरहाल, धन्यवाद, पौधों की देखभाल के लिए,' और चला गया।

अगर इच्छाओं के पंख होते

राहुल को अपनी पीठ झुलसती हुई महसूस हो रही थी। उस झुर्रियाए, सख्त चेहरे की डूबी आँखों में इतना तीखापन था कि उसकी हिम्मत नहीं हुई कि मुड़कर उनका सामना करे, कहीं उनकी लपट उसे लील न जाएँ।

वे क्या चाहती थीं? क्यों उनकी आँखें लगातार उसका पीछा करती रहती थीं—बेरहमी से, ख़ामोशी से। नहीं वे ख़ामोश नहीं थीं। सिर्फ़ होंठ चुप थे, आँखें नहीं। वे याचना कर रही थीं, चुनौती दे रही थीं, आरोप लगा रही थीं। किस बात का? क्या किया है उसने? या क्या नहीं किया है? जैसे ही उसे अपनी घबराई पत्नी विभा का फ़ोन आया, वह ज़रूरी मीटिंग छोड़कर, उन्हें डाक्टर को लेकर घर चला आया था। उनकी 'उच्च ज़िन्दगी' से परिचित डाक्टर ने—भले ही वे सब उसके आउटडेटेड होने को लेकर उसका मज़ाक बनाते थे—उन्हें अस्पताल में भर्ती कराने की सलाह दी थी। वह तैयार हो गया था, कुछ ज़्यादा ही व्यग्रता से। डाक्टर ने उस पर एक तीखी निगाह डालकर कहा था, 'आपको फिर भी उनका ख़याल रखना होगा। नर्सें सबकुछ नहीं कर सकतीं।'

'हाँ, हाँ, विभा छुट्टी ले सकती है...हम दोनों मिलकर मैनेज कर लेंगे,' उसने डाक्टर की चुभती निगाहों से बचते हुए जल्दी से कहा था। लेकिन उन्होंने मना कर दिया था। लाख मान-मनुहार के बाद भी तैयार नहीं हुई थीं। उसकी सीधी-सादी माँ, जिसे वह बचपन से जानता था, उसके दबंग पिता के सामने हमेशा घुटने टेक देती थीं, कब उनके भीतर जिद्दीपन की यह टेक पैदा हो गई? वह हमेशा उसकी बात सुना करती थीं, उससे कुछ डरती भी थी, क्योंकि उनके मुताबिक वह अपने पापा जैसा ही था। अक्सर वे उसकी पत्नी को चेतावनी देती थीं कि उसे उकसाया न करे, लेकिन वह हँसकर उड़ा देती थी। 'चिन्ता मत कीजिए माँजी, मेरा मिज़ाज भी इतना ही तेज़ है,' विभा पलटकर कहती थी। वाकई था, लेकिन माँ? क्या वह होश खो बैठी हैं कि उसकी इच्छा, उसका आदेश मानने से इनकार कर रही है?

आख़िर उसे मुड़कर उनकी जलती आँखों का सामना करना पड़ा। उनके बगल

में बैठकर, उसने उनके बर्फ जैसे उजले बाल सहलाए, 'माँ, तुम्हें अस्पताल जाना होगा। मैं कह रहा हूँ न...डाक्टर कहता है...।'

'नहीं,' वे बुदबुदाईं।

'नहीं का मतलब?' उसने झल्लाकर पूछा।

'मैं नहीं जाऊँगी। मैं यहीं मरूँगी।'

'तुम मर नहीं रही हो, यहाँ पड़ी नहीं रही तो नहीं मरोगी।'

'मैं मर रही हूँ, लेकिन उसके पहले मैं उड़ूँगी, ऊपर बादलों में।'

बहुत देर हो गई, उसने हताशा से सोचा, उन्हें अस्पताल पहले भर्ती करवाना चाहिए था। उनका अन्त आ चुका था। आख़िरकार वे काफी बूढ़ी थीं। सत्तर पार। उनकी सही उम्र उसे मालूम नहीं थी। पिता जीवित होते तो शायद उन्हें पता होता मगर उसमें सन्देह था। शायद ही वे अपनी आज्ञाकारी और घरेलू पत्नी के बारे में कुछ जानते थे।

'जाओ, दो टिकट ले आओ,' वे बुदबुदाईं।

'क्या?' अपनी बेसब्री पर क़ाबू रखने की कोशिश करते हुए उसने पूछा। काश वह अस्पताल जाने को तैयार हो जाएँ। वह उनके लिए चौबीस घंटे की नर्सों का इन्तज़ाम कर देगा। वह पैसा खर्च कर सकता था। पर समय? समय क़हीं ज़्यादा क़ीमती था। काश विभा समझ पाती। लेकिन वह आपसी बराबरी में यक़ीन करती थी। उसके पास भी हासिल करने को मक़सद थे, पूरे करने को वादे थे। उसके बावजूद वह घर की देखरेख करती थी। उसके घर पर न रहने पर भी घर नियम से चलता था न। कम से कम वह अपनी माँ का ख़याल तो रख सकता था। 'आख़िरकार यह तुम्हारी ज़िम्मेवारी हैं,' उसने दो टूक कहा, और उसे उनकी बड़बड़ाहट सुनने को छोड़ गई।

'विमान के दो टिकट ले आओ। मरने से पहले...मैं एक बार उड़ना चाहती हूँ।'

'लेकिन तुम कहीं नहीं जा सकती। अभी नहीं। जब ठीक हो जाओगी तो मैं तुम्हें ले जाऊँगा। अगर तुम अस्पताल जाने को राज़ी हो गईं तो मैं वादा करता हूँ, जैसे ही लौटोगी, मैं तुम्हें ले जाऊँगा।'

'अगर मैं कहीं जाऊँगी तो प्लेन में, यह मेरी आख़िरी इच्छा है।'

बेबस राहुल उन्हें तकता रहा, वह भी उसे घूरती रहीं, उनकी आँखें उसे भेद रही थीं, होंठ सख्ती से कसे थे। वह जानता था, अब वे नहीं बोलेंगी। जब से उसने उन्हें जाना है, चुप्पी उनका इकलौता हथियार रहा है। कोई उससे लोहा नहीं ले सकता था। उसके पिता भी नहीं। क्या वह...नहीं वह पागलपन होगा। इस हाल में उन्हें कहीं नहीं ले जाया जा सकता। वे रास्ते में मर जाएँगी। वह इस ख़याल से सिहर गया कि उसके हाथों में एक शव होगा, कितना अभद्र दिखेगा। वह, जिसने अब तक खूबसूरत एयरहोस्टेस की आँखों में अपने लिए तारीफ़ के अलावा कुछ

नहीं देखा था। इस उम्र में भी, अपने उड़ते बालों और हल्की उभरी तोंद के बावजूद, वह मर्दानगी की मिसाल था। उसे औरतों को ख़ुश रखने का राज़ जो मालूम था। नई पीढ़ी, स्त्रियों से शिष्ट व्यवहार के आकर्षण के बारे में नहीं जानती। वह ख़ुद उसमें भरपूर यक़ीन रखता था और उसके इस्तेमाल में पारंगत था। इस हद तक कि उसकी आज़ाद ख़याल पत्नी भी झल्ला जाती थी। वह अन्दाज़ और अदाएँ थकानेवाली ज़रूर थीं पर आख़िर हर चीज़ की क़ीमत अदा करनी पड़ती है न। तारीफ़ का इनाम भी तो मिलता है।

उसने गहरी साँस ली। काश अपनी सनक के बारे में उन्होंने पहले बतलाया होता। पर क्या सचमुच उसे मालूम नहीं था? जब वह छोटा था, वे ऊपर से गुजरते हवाई जहाज़ को तब तक देखती रहती थीं जब तक वह दूर आसमान में लक़ीर न बन जाता। तब भी मोहपाश में बँधी वे उसे ताकती रहतीं।

उसे धुँधला सा याद था कि वे टैरेस पर खड़े होकर ऊपर देखती रहती थीं। उसने कभी पूछने की ज़रूरत नहीं समझी कि वे क्या देख रही थीं। वह उनकी पुरानी आदत थी, वह बचपन से उसका अभ्यस्त था। जब भी वह विमान से सफ़र करता, वह बेवकूफ़ाना सवाल किया करतीं, जिसके जवाब देने का न उसके पास वक़्त था, न सब्र। 'तुम तो ऐसे कह रही हो जैसे मैं चाँद से होकर आया हूँ,' वह एक बार फट पड़ा था। उन्होंने दुबारा उससे नहीं पूछा था पर उनकी आँखें उसका तब तक पीछा करती रहतीं, जब तक वह अपने कमरे में शरण नहीं ले लेता, जहाँ उसे मालूम था, वे नहीं आएँगी।

उसने उन्हें सख्ती से देखा। आँखें अब भी उसी पर टिकी थीं। तीखी, झुलसाती हुईं। वह कमरे से बाहर निकल गया।

दरवाज़े पर खड़े होकर उसने कहा, 'माँ, मैं दफ़्तर जा रहा हूँ। अगर किसी चीज़ की ज़रूरत हो तो घंटी दबा देना। रामदीन यहाँ है। मैं तुम्हारे लिए एक नर्स का इन्तज़ाम कर दूँगा।' उनकी ओर देखे बिना, वह बाहर निकल गया।

'गुड मॉर्निंग, सर,' जैसे ही वह अपनी कुर्सी पर बैठा, हाथ में भाप फेंकती कॉफी का कप लिये, उसकी ख़ूबसूरत सेक्रेटरी दाख़िल हुई। सावधानी से उसे उसके सामने रख दिया।

'थैंक्यू,' उसकी ओर देखे बिना वह बुदबुदाया। कुछ हैरान, वह एक लम्हे के लिए खड़ी रही, फिर चुपचाप चली गई। वह खिसियाकर मुस्कुराया, उसे अहसास था, वह अपनी मशहूर मुस्कान उसकी तरफ़ फेंकने से चूक गया था। इतना अभद्र व्यवहार?

उसने सुरुचि से सजे कमरे को देखा। खुला, आरामदेह। घर के उसके कमरे की तरह नहीं, जिसे उसकी पत्नी जब-तब सजाने में लगी रहती है और जिससे उसे झल्लाहट होती है।

उसे तभी समझ जाना चाहिए था कि वह किस चक्कर में पड़नेवाला है, जब

उसकी होनेवाली पत्नी ने गर्व के साथ बतलाया था कि उसने इंटीरियर डिज़ाइनिंग की है। वह गर्व से चहकती अपनी होनेवाली पत्नी को देखकर लगाव से मुस्कुराया था। हर किसी के शौक होते हैं। उसकी माँ के भी हैं। क्या वाकई ? खाना पकाना, सीना-बुनना, क्या वे शौक थे ? या ऐसे काम, जिन्हें वह आदतन—भले उनकी ज़रूरत न रह गई हो—मशीनी ढंग से करती रहती थीं ? क्या उन्हें उनमें लुत्फ़ आता था ? जब वह छोटा था, तभी उसने उनके असल रोमांच को महसूस कर लिया था...अनुभव तब किया, जब अपनी पहली हवाई ट्रिप पर गया। बादलों के पार...। उसने फाइल बन्द कर दी। काम में ध्यान लगाना असम्भव हो गया था। पहले कभी उसका मन इस तरह नहीं भटका। वह धुन का पक्का और कामकाजी आदमी था। वह उठ गया। 'वह डेढ़ बजे गॉल्फ़ क्लब में है, सर,' उसकी सेक्रेटरी उसके सामने खड़ी थी।

'क्या ?'

'मिस्टर रॉय के साथ लंच।'

'कैंसिल कर दो।'

'लेकिन सर...'

उसने ब्रीफ़केस उठाया तो वह उसे ताकती रह गई। 'मैं वापस नहीं आऊँगा,' कह, उसके कुछ समझ पाने से पहले वह बाहर निकल गया।

'कहाँ चले गए थे तुम ?' जैसे ही घर में दाख़िल हुआ, विभा ने पूछा। 'रामदीन ने तुमसे सम्पर्क करने की कोशिश की लेकिन तुम दफ़्तर में नहीं थे। फिर उसने मुझे फ़ोन किया और मुझे दौड़कर घर आना पड़ा। तुम उनके साथ एक दिन रह नहीं सकते थे ? वह मर रही हैं और...।' वह उसे पीछे छोड़ दौड़ता हुआ माँ के कमरे में पहुँचा। उनकी बन्द आँखें देख उसका दिल बैठ गया। क्या वे मर गईं ? उसने उनकी नब्ज़ देखी। नब्ज चल रही थी पर कुछ मद्धम। उन्हें करना ही होगा। ज़्यादा वक़्त नहीं था। उसे जल्दी करनी होगी।

'माँ,' वह फुसफुसाया। उनकी आँखें खुल गईं, 'टिकट ले आए ?' वे अनर्गल बड़बड़ा रही हैं, विभा दरवाज़े पर खड़ी थी।

'माँ, तुम्हें मेरे साथ चलना होगा।'

वे ना में सिर हिलाने लगीं।

'तुम पछताओगी नहीं,' वह उनके कानों में फुसफुसाया, 'अपने तमाम ऊनी कपड़े रख लो। बाहर बहुत ठंड है। चल पाओगी न ? मैं तुम्हें उठाकर ले चलूँगा।'

'मैं चल सकती हूँ,' उन्होंने दृढ़ता से कहा।

'लेकिन...'

'रास्ते में बतलाऊँगा। अगर तुम्हें ठीक नहीं लगा तो हम लौट आएँगे। मैं वादा करता हूँ।' उन्हें अपनी तरफ सन्देह से देखते पाकर उसने जोड़ा।

'उनकी कुछ चीज़ें पैक कर दो।' उसने विभा से कहा।

'बस, ज़रूरत भर सामान।'

'तुम उन्हें कहाँ ले जा रहे हो? कौन से अस्पताल? मैं चलूँ साथ?'

'नहीं, मैं रहूँगा उनके साथ। बाद में तुम्हें बतला दूँगा, हम कहाँ हैं।'

कुछ राहत महसूस करते हुए कि उसे साथ चलने को नहीं कह रहा, वह पैकिंग में जुट गई। उसे अस्पतालों से घिन्न आती थी...ऐंटीसेप्टिक की गन्ध, घिनौने मरीज़, सपाट चेहरेवाली नर्सें, डिटर्जेंट की गन्ध, सबसे।

'टैक्सी के लिए फ़ोन कर दो,' अपने सामान एक ओवरनाइटर में ठूँसते हुए उसने हड़बड़ाकर कहा।

'मैं तुम्हें छोड़ दूँगी,' कुछ अपराधबोध अनुभव करते हुए उसने कहा।

'नहीं, नहीं, हम कैब ले लेंगे। जल्दी पहुँच जाएँगे।' उसने अविश्वास से उसे देखा तो उसने जोड़ा, 'मैं नहीं चाहता, तुम तेज़ ड्राइव करो।'

कन्धे झटककर उसने रिसीवर उठा लिया।

उन्हें घर छोड़े चार दिन हो गए थे। हैरानी की बात यह थी कि उसने फ़ोन नहीं किया था, न घर, न दफ़्तर। उसकी परेशान सैक्रेटरी के कई फ़ोन आए थे। बेवकूफ लड़की, इतनी घबराई, इतनी परेशान। विभा ने उससे कहा कि वह उसके सारे अप्वाइंटमेंट रद्द कर दे—एक हफ़्ते के लिए, एक महीने के लिए या जब तक ठीक समझे, तब तक। वह इसी लायक है! उसने यह बतलाने की भी जहमत नहीं की कि वह है कहाँ? ठीक है, उसे अस्पताल नापसन्द थे, लेकिन कम-से-कम एक बार जाकर उन्हें देख तो आती। ज़रूरत पड़ जाती तो शायद साथ भी रह लेती। क्या वे मर चुकीं? नहीं, कदापि नहीं। तब वह उन्हें घर ले आता—यानी उनके शव को। उसकी रीढ़ में सिहरन दौड़ गई। उसे शवों से और ज्यादा नफ़रत थी। ठीक है, अभी वह अपने दोस्तों के साथ लंच के लिए जा रही थी। तो बुरी बातों का ख़याल क्यों करे, गाड़ी की चाबी उठाते हुए उसने सोचा। वह अपनी छुट्टियों का पूरा इस्तेमाल करेगी। कौन जानता है, कब उसे शोक मनाना पड़ जाए। वह ख़याल ही दिल डुबानेवाला था। तभी घंटी बजी। उसे किसी के आने का इन्तज़ार नहीं था। ठीक है, जो होगा, जल्दी विदा कर देगी। वह तेज़ी से दरवाज़े की तरफ बढ़ी...और अचंभित खड़ी रह गई, जब सामने हँसते रोहित को खड़े देखा।

'आखिर तुम थे कहाँ?' हड़बड़ाई सी वह बोली।

'मैंने उड़ान भरी...बर्फ भी पड़ रही थी। क्या तुम मानोगी, मैंने वाकई बर्फ देखी,' पीछे से बूढ़ी औरत चहचहा रही थी।

हैरान, उसने अपनी सास को घूरा। हे भगवान! बीमार सास काफ़ी नहीं थी क्या जो अब एक खिसकी बूढ़ी औरत से भी निबटना पड़ेगा।

'क्या तुमने कभी बर्फ देखी है, बहू?'

'हाँ, कई बार,' विभा ने सर्द आवाज़ में कहा, 'मैं शिमला में पढ़ी हूँ।'

'लो, मैं भूल ही गई थी। क्या वहाँ हर साल बर्फ पड़ती है? तब अगली सर्दी में हम सब चलेंगे,' वे खुशी से हँस रही थीं।

रोहित ने कुछ शर्मिन्दगी से पत्नी को देखा। बूढ़ी औरत खुशी-खुशी अपने कमरे की तरफ़ जा चुकी थी।

'तुम उन्हें यहाँ क्यों ले आए?' विभा फट पड़ी, 'क्या तुम सोचते हो, मैं एक पागल के साथ रहूँगी?'

'वे पागल नहीं हैं विभा। उन्होंने वाकई बर्फ देखी है। हम श्रीनगर गए थे। मेरा इरादा अगले दिन लौट आने का था, लेकिन हम फँस गए...'

'वाकई? जाते वक़्त मुझे बतलाकर नहीं जा सकते थे? टिकट तो पहले से ले रखे होंगे न?' उसने तंज़ से कहा।

'पहले कोई योजना नहीं थी। वह मर रही थीं और हवाई जहाज़ में बैठना उनकी आख़िरी इच्छा थी। मैं-मैं बस, यों ही, अन्तःप्रेरणा पर टिकट ले आया—बतलाने का वक़्त नहीं था।' उसने बेबसी से पत्नी के खीझे चेहरे को देखा। उसे नाराज़ होने का हक है। कम से कम...'पर श्रीनगर क्यों? बर्फ, वाह! करिश्मा ही समझो कि वे मरी नहीं।'

'वे बेहद ख़ुश थीं। हवाई जहाज़ में बैठते ही उन पर जादू हो गया। और बर्फ...वे सातवें आसमान पर थीं। मैंने उन्हें कभी, एक बार भी इतना खुश नहीं देखा। वे तो बर्फ पर चलना भी चाहती थीं,' वह हँसा।

बर्फ पर चलना! लम्बे समय से भूली बचपन की तमन्ना लौटी और विभा का दिल जोर से धड़क उठा। हर जाड़े में जब शिमला में बर्फ पड़ती और स्कूल की लम्बी छुट्टी में वह अपने मम्मी-पापा के साथ मैदान में होती तो बर्फ के लिए मचलती। कुछ दिन ठहरकर पहली बर्फ देखने के उसके सहमे सुझाव को उसके पिता बेतुका बतलाकर ख़ारिज कर देते। 'उस खाली बोर्डिंग हाउस में तुम ठिठुरकर मर जाओगी,' उसकी माँ का फ़ैसला होता।

एक बार उन्होंने उसकी इच्छा के आगे हार मानी थी और उसे बर्फबारी दिखाने ले गए थे। जब वे पहुँचे थे, तो धूप खिली मिली थी और सन्तुष्ट पिता ने उसका पूरा फ़ायदा उठाते हुए अपनी मॉर्निंग वॉक ज़ारी रखी थी। 'बर्फ पड़े या नहीं, चार दिन में हम लौट जाएँगे,' उनका अकाट्य फ़ैसला था। आख़िरी सुबह जब वह जगी तो पिता बेचैन टहल रहे थे और माँ धीरे-धीरे कुछ बुदबुदा रही थीं। बाहर बर्फ पड़ रही थी। उसने दरवाज़े की तरफ ज़ोरदार दौड़ लगाई, लेकिन माँ ने बेरुख़ी से उसे वापस खींच लिया। खिड़की से नाक सटाए, वह बर्फबारी देखती रही और उसके माँ-पापा जल्द से जल्द वहाँ से निकलने की गुंजाइश पर बहस करते रहे।

'इस बार मैं मफ़लर ले चलूँगी—बर्फ में घूमने के लिए ज़रूरी है। मेरे पास कुछ ऊन पड़ी है...एक तुम्हारे लिए भी बुन दूँगी, रोहित। और तुम्हारे लिए भी बहू, अगर तुम साथ चलो,' वे वहाँ खड़ी चहक रही थीं।

हैरान विभा ने एक झुर्रियाए चेहरे को अपनी तरफ़ उम्मीद से देखते पाया। पहली बार, उसने वाक़ई उन्हें देखा, उनसे अजीब-सा लगाव महसूस किया। उसे हैरानी हो रही थी कि वह, ऊँचाई पर पहुँची, कामयाब करिअर वूमन, एक सीधी-सादी अनपढ़, घर में बन्द औरत के साथ, अरसे से सँजोया सपना, साझा कर सकती है। हाँ, वे एक जैसी हैं, वे दोनों, बर्फ से जुड़ी हुईं।

'कौन सा रंग पसन्द करोगी?' बर्फ-सी उजली आवाज़ पूछ रही थी।

'सारे...इन्द्रधनुष जितने रंग,' उसने खुशी-खुशी जवाब दिया।

'मुझे नहीं लगता, मेरे पास उतने रंग हैं,' बूढ़े चेहरे ने याद करने की कोशिश की।

'फिक्र मत कीजिए। मैं ला दूँगी।' अपना बैग उठाते हुए विभा हँसी। उसे देर हो रही थी, उसके दोस्त इन्तज़ार कर रहे होंगे।

'तुम जा कहाँ रही हो?' एक हँसते चेहरे से दूसरे हँसते चेहरे को देखते हुए, हैरान रोहित ने पूछा।

'ऊन लाने के लिए।' उसकी माँ हँसी।

✿✿✿